Dolce Vita mit Opa

Das Buch

Astrid Conrady ist froh, endlich auf eigenen Füßen zu stehen: Sie arbeitet erfolgreich als Eventmanagerin, die fast erwachsenen Kinder gehen ihrer Wege, und die Ehekrisen mit ihrem Mann Thomas sind glücklich überstanden. Wenn nur ihr Schwiegervater Johann sich nicht ständig in ihr Leben einmischen würde.

Da erhält Astrid überraschend einen Anruf ihrer besten Freundin Kristina: Die schlägt einen Urlaub in Frascati bei Rom vor. Nur sie beide. Ohne Männer, ohne Kinder – und vor allem ohne Opa Johann, der schon Astrids letzte Italien-Urlaube auf den Kopf gestellt hat. Eine traumhafte Vorstellung! Doch Opa Johann sieht es gar nicht ein, dass irgendjemand ohne ihn Urlaub in Italien macht ...

Die Autorin

Susanne Fülscher, geboren 1961, widmete sich nach ihrem Germanistik- und Romanistikstudium sehr schnell dem Schreiben. Bisher sind von ihr über 40 Romane und Kurzgeschichten für Jugendliche und Erwachsene erschienen, die mehrfach ausgezeichnet und in viele Sprachen übersetzt wurden. Susanne Fülscher lebt als freie Schriftstellerin und Drehbuchautorin in Berlin.

Von Susanne Fülscher sind in unserem Hause bereits erschienen:
Mit Opa auf der Strada del Sole
Mit Opa am Canal Grande

Susanne Fülscher

Dolce Vita mit Opa

Roman

List Taschenbuch

Besuchen Sie uns im Internet:
www.list-taschenbuch.de

Originalausgabe im List Taschenbuch
List ist ein Verlag der Ullstein Buchverlage GmbH, Berlin
1. Auflage Juni 2014
© Ullstein Buchverlage GmbH, Berlin 2014
Umschlaggestaltung und Titelabbildung:
© bürosüd° GmbH, München
Satz: LVD GmbH, Berlin
Gesetzt aus der Minion
Papier: Holmen Paper Hallsta, Hallstavik, Schweden
Druck und Bindearbeiten: CPI books GmbH, Leck
Printed in Germany
ISBN 978-3-548-61185-3

1

Es war der Morgen, an dem die Frühlingssonne einen breiten Pinselstrich auf die Küchenfliesen warf. Ein Strauß Tulpen stand auf dem Frühstückstisch, Kaffeeduft hing in der Luft, und Astrid wollte nur eins: dem wohligen Gefühl nachspüren, dass der medizinische Kongress, den sie organisiert hatte, glatt über die Bühne gegangen war. Sie war als gute Fee umhergehuscht, hatte getan und gemacht, und besonders Professor Dr. Dr. Wemker hatte am Ende nicht mit Lob gegeizt.

Doch etwas störte. Opa Johann schmatzte.

»Johann«, sagte sie leise, fast flehend.

»Was denn, Astrid-Schatz?«

»Schling nicht so. Du hast alle Zeit der Welt.«

Sein Adamsapfel hüpfte auf und ab, als er sich die Tageszeitung schnappte und auf Tauchstation ging. Zwei Minuten Ruhe. Himmlisch.

Astrid lud sich ein Croissant auf den Teller, bestrich die Spitze mit einem Klacks Butter und biss ab. Sie hatte nicht vor, sich die Laune verderben zu lassen. Nicht an diesem Morgen. Beim zweiten Happen schweiften ihre Gedanken zu den goldgelben Brioches, die sie im Venedig-Urlaub im letzten Sommer jeden Morgen in der Bar *Dal Mas* gegessen hatte. Die Croissants aus der Bäckerei Helms schmeckten nicht annähernd so gut, waren aber ein annehmbarer Ersatz und traten eine Kette von Erinnerungen in ihr los. Die Ferien waren wundervoll gewesen. Sie hatte ihre neue Lieblingsstadt entdeckt, interessante Leute kennengelernt und sich ein paar Grundlagen Italienisch angeeignet. Ganz nebenbei war Opa Johann seiner Tochter Franca, die das Leben ihm nahezu fünf Jahrzehnte lang vorenthalten hatte, nähergekommen, und Astrids Tochter Lucie hatte sich verliebt. Die große Liebe, na ja. Das würde man noch sehen.

Seitdem war ein Dreivierteljahr vergangen, und Opa und Franca korrespondierten per E-Mail. Franca schien das zu genügen – es hatte eine Weile gedauert, bis sie sich von dem negativen Bild ihres Erzeugers verabschiedet hatte –, doch Astrid merkte, wie sehr Johann auf einen Besuch von ihr lauerte. Verständlich. Er wollte ihr alles zeigen. Seine kleine Johann-Welt, hier in Berlin. Das Brandenburger Tor und den Reichstag, den Alexanderplatz und den Gendarmenmarkt. Sicher auch das ausgebaute Dachgeschoss im Reihenhaus, in dem er bei Astrid und seinem Sohn Thomas residierte. Vermutlich würde er sie sogar in den Kiosk schleppen, dem Umschlagplatz für seine Drogen. Gummibärchen. Rote, gelbe, grüne und weiße, er liebte sie alle, aber neben diesen Klassikern mussten es ab und zu auch Frösche, bunte Krokodile und extrasaure Kirschen sein.

Opa Johann aß seine Schrippe auf, ganz manierlich und ohne zu schmatzen, dann wanderten seine Hände unter den Tisch, wo es augenblicklich zu rascheln und zu knistern begann. Astrid stieß einen kaum hörbaren Seufzer aus. Ihr war klar, was das zu bedeuten hatte. Johann frönte seinem Laster bisweilen gleich nach dem ersten Schluck Kaffee am Morgen.

»Johann«, mahnte sie, weil sie das Rascheln und Knistern noch mehr nervte als sein Schmatzen.

»Was hast du denn bloß immer? Bin doch ganz handzahm.«

Und dann sagte sie es doch. Das, was sie sich lieber verkniffen hätte: »Musst du eigentlich immer schon zum Frühstück naschen? Das ist ungesund.«

»Papperlapapp. Croissants mit dick Butter drauf sind auch ungesund. Da verstopfen deine Gefäße, irgendwann macht es« – er riss die Augen dramatisch auf – »plopp! Und dann guckst du dir aber die Radieschen von unten an.«

»Wie du meinst«, sagte Astrid und zog das Feuilleton zu sich heran. Ihr Schwiegervater hatte ja recht. Er rauchte und trank nicht, seine Schwäche waren Gummibärchen, und obwohl er Unmengen davon aß, hatte er mittlerweile ein stolzes Alter erreicht.

Eine Weile war es still. Astrid überflog eine Filmkritik, goss sich Kaffee nach und streichelte beiläufig ihren Mann, der sich mit einem Küsschen auf ihren Nacken revanchierte. So konnte Frühstücken auch gehen. Friedlich, harmonisch – herrlich geräuschlos. Doch sie hatte sich zu früh gefreut. Kaum hatte sie das Feuilleton durchgeblättert und wollte sich dem Berlin-Teil zuwenden, riss Opa Johann, der sich anscheinend unbeobachtet fühlte, die Tüte mit den Zähnen auf und schüttete sich eine Handvoll süßer Bärchen in den Mund. Man konnte sie kauen, lutschen oder zerbeißen, ihr Schwiegervater tat am liebsten alles gleichzeitig. Und manchmal mit einer Ausdauer, bis die Tüte leer war.

Ganz ruhig, redete Astrid sich gut zu. Bemüht, die schmatzenden Geräusche zu überhören, widmete sie sich einem Artikel über den Mauerpark, doch die Wörter wollten keinen Sinn ergeben. Und dann explodierte etwas in ihr. »Thomas, fährst du Opa gleich?«, fragte sie in einer Lautstärke, dass nicht nur Johann, sondern auch ihr Mann zusammenzuckte.

Eigentlich hatte sie sagen wollen: »Thomas, fährst du Opa Johann ein paar Minuten früher zum Arzt? Also am besten jetzt gleich? Damit hier endlich mal Ruhe einkehrt?«

Ihr Mann blickte sie verdutzt an. »Ja, sicher. Das hatten wir doch so abgesprochen.«

Opa Johann musste zum Augenarzt. Beim Zähneputzen hatte er Muster oder Flecken oder weiß der Himmel was gesehen. Vielleicht auch Mäuse, Astrid war aus seinem Gestammel nicht schlau geworden. Er hatte so wirr dahergeredet, dass sie selbst einen Schlaganfall nicht ausgeschlossen hatte und kurz davor gewesen war, die 112 anzurufen. Nach der Morgentoilette, die wie jeden Morgen eine knappe Viertelstunde gedauert hatte, war er jedoch wieder der Alte gewesen. Gleichwohl hielt Astrid es für das Beste, seine Beschwerden abklären zu lassen.

»Ich hab den Termin doch erst um elf.« Johann verschränkte die Arme hinter dem Kopf. »Bis dahin kann ich locker die Tüte leer machen, Zähne putzen, mich einduften und noch mal die Haare kämmen. Schließlich will ich ja nicht rumlaufen wie der letzte Heuler.« Abermals kroch seine Hand wie ein Aal in die Tüte. Ein Wunder, dass er so schlank war. Anders als seine Altersgenossen hatte er nicht mal einen Anflug von Bauchansatz. »Vielleicht geh ich auch noch ein Stündchen ins Internet«, überlegte er kauend.

»Ja gut, mach das.« Astrid stand auf und trat mit der Kaffeetasse an die Tür. Im Sonnenlicht sah sie den Staub auf den Töpfen im Regal, auf dem Toaster, eigentlich überall. Irgendwer sollte den irgendwann abwischen, doch sie fühlte sich gerade nicht zuständig.

»Wie, was?« Opa Johanns Kopf fuhr herum, und er gab einen keckernden Laut von sich.

Ihr Schwiegervater war nicht schwerhörig. Im Gegenteil, er hatte Ohren wie ein Luchs und erlauschte am liebsten intime Privatgespräche. Zum Ausgleich litt er stets dann unter einer fortgeschrittenen Form von Taubheit, wenn man ihn um irgendetwas bat, einen Gefallen zum Beispiel. Dann konnte er stur sein wie ein Bock.

»Nichts. Ich geh rüber in mein Büro. Arbeiten.«

»Ach so, ja. Kein Problem.«

Es klang, als sei das sehr wohl ein Problem. Johann hatte am liebsten alle um sich versammelt. Er musste sich gar nicht groß unterhalten, es reichte ihm, die Anwesenheit seiner Familie zu spüren. Besonders, seit Max ausgezogen war und Lucie mit ihrer großen Liebe durch Indien reiste.

»Also dann, bis später.«

»Astrid-Schatz, machst du heute einen Schweinebraten?«, schnarrte er, als sie schon halb aus der Tür war. »Schweinebraten, das wär mal was richtig Feines. Lecker mit Rotkraut und Klößen und Soße und Pudding zum Nachtisch.«

»Klar, Johann. Ich muss nur erst ein Schwein fangen und schlachten.« Astrid zwinkerte ihrem Schwiegervater zu. »Nein, tut mir leid, heute Abend gibt's Spaghetti.«

»Ihr immer mit euren Nudeln. Das ist doch kein Essen. Wie soll man denn davon satt werden? Und groß und stark? Siehst ja selbst, wie groß die Spaghetti … wie groß die sind. Allesamt Steckrüben. Und nur wegen der vielen Nudeln.«

»Jetzt mach aber mal einen Punkt, Vater«, schaltete sich Thomas ein. »In diesem Haus nennt keiner Italiener Spaghetti, und im Übrigen ist deine Tochter Franca doch ziemlich groß gewachsen.«

»Ja, dank meiner fabelhaften Gene.« Opa Johann trommelte sich auf die Brust. »War doch nur Spaß. Ihr wisst doch, wie sehr ich Italien und die Italiener liebe. Bin ja richtig verrückt nach denen. Und nach Pizza Quattro Stagioni sowieso.«

Astrid zog mit leisem Seufzer die Küchentür hinter sich zu. Opa Johann riss immer dieselben Witze und erwartete auch noch, dass sich alle vor Lachen auf die Schenkel klopften. Nein, diesen Gefallen wollte sie ihm heute nicht tun.

Sie ging über den Flur und öffnete umständlich mit dem Ellbogen die Tür zu ihrem Büro. Endlich allein. Es roch so gut in ihrem kleinen Reich. Ein bisschen nach dem Lavendelsäckchen im Regal, ein bisschen nach Papier – und ganz viel nach Freiheit. Sie stand ja noch nicht lange im Berufsleben, knappe zwei Jahre. Damals nach der Schule hatte sie Großes vorgehabt. Kinderärztin. Doch kaum hatte sie die ersten Vorlesungen als Gasthörerin an der Uni hinter sich gebracht, war sie mit Max schwanger geworden. Ein paar Jahre später war Lucie auf die Welt gekommen, und mit den Bergen von Babywäsche hatten sich ihre beruflichen Ambitionen rasch verflüchtigt. Es war ja auch so heimelig gewesen – beim Babyschwimmen, in der Krabbelgruppe, mit den anderen Müttern im Café. Doch je größer die Kinder wurden, desto mehr Unzufriedenheit hatte sich in ihr Leben geschlichen. Eine Verdrossenheit, die sich weder mit einer schicken neuen Klamotte noch mit einer Städtereise oder einem Theaterbesuch hatte kompensieren lassen. Die Frage stand, wie auf ein großes Transparent gemalt, im Raum: Was ist mit meiner Karriere? Will ich noch? Kann ich noch? Traue ich mir überhaupt etwas zu? Ja, sie wollte. Und sie konnte auch. Es war ein steiniger Weg gewesen, und sie hatte einige Klinken putzen müssen, aber dank ihrer Beharrlichkeit, ihres Organisationstalents und ihres medizinischen Basiswissens hatte sie sich eine Nische erobert und organisierte seitdem medizinische Fachtagungen. Eine Frischzellenkur für ihr am Boden liegendes Selbstbewusstsein.

Nach dem Auszug ihres Sohnes hatte Astrid das Kinderzimmer als Büro umfunktioniert. Max lebte inzwischen sein eigenes Leben in Basel und würde wohl kaum noch einmal zu Hause unterschlüpfen wollen. Die ehemals schlammbraunen Wände waren jetzt weiß, das Bett zierten farbenfrohe Kissen, statt Kinderschreibtisch stand ein Aluminiumtisch am Fenster, und sämtliche Ritter- und Playmobilfiguren waren auf den Flohmarkt gewandert.

Mit der Kaffeetasse in der Hand setzte Astrid sich an den Schreibtisch und betrachtete das Venedig-Foto, das sie nach ihrer Reise vergrößert und auf eine Leinwand hatte aufziehen lassen. Es zeigte eine ihrer Lieblingsecken im Sestiere Cannaregio: einen stillen, grünlich schimmernden Kanal, eine Brücke, marode Häuser in Rottönen. Sie liebte das Foto und wurde nicht müde, es anzuschauen. Eine Dosis Glück zum Nulltarif. Das konnte sie gebrauchen, immer und immer wieder. Ihr Job erfüllte sie, verlangte ihr aber auch ein dickes Fell sowie gute Nerven ab. Bisweilen hatte sie es mit Professoren und Doktoren zu tun, die divenhafte Allüren an den Tag legten, mit studentischen Hilfskräften, die, vollkommen überfordert, nicht mal den Beamer zu bedienen wussten, oder mit internationalen Koryphäen, die glaubten, sich alles herausnehmen zu können. Auf dem just zu Ende gegangenen Kongress in München hatte sie ihren Dauerverehrer, den Schweizer Daniel Wäckerlin, seines Zeichens Frauenheld, wieder einmal derart energisch in die Schranken weisen müssen, dass er gegen die Bar gekracht war und einer der im Hotel anwesenden Ärzte die Platzwunde an der Stirn hatte versorgen müssen. Astrid fragte sich, ob der sonnengebräunte Schönling, der zu jeder Jahreszeit gelbe Chucks trug, wirklich auf sie stand oder nur sein aufgeblähtes Ego befriedigt wissen wollte.

Jetzt galt es, das Chaos auf ihrem Schreibtisch zu beseitigen und die Buchhaltung auf den neuesten Stand zu bringen. Eine Arbeit, die ihr, so stupide sie auch sein mochte, eine gewisse Befriedigung verschaffte. Weil sie etwas zum Abschluss brachte und gleichzeitig Raum für Neues schuf. Dabei ging sie immer in derselben Reihenfolge vor. Sie warf alte Notizen weg, übertrug die Daten der Visitenkarten, die sie im Laufe des Kongresses gehamstert hatte, in ihr Smartphone, und erst wenn sich das Durcheinander aus Zetteln, Infomaterial und Bewirtungsbelegen gelichtet hatte, machte sie sich an die Buchhaltung.

Heute kam sie nicht weit. Sie war noch dabei, den Stapel mit Visitenkarten zu sortieren, als es klopfte.

»Ja, Thomas?« Manchmal war er so lieb und brachte ihr einen frisch gepressten Orangensaft oder eine Kanne Ingwertee. Weil sie während der Arbeit alles um sich herum vergaß. Selbst das Trinken.

Die Tür öffnete sich wie in Zeitlupe, und Opa Johanns Kopf schob sich ins Zimmer. Der hatte ihr gerade noch gefehlt.

»Ja, Johann?«, sagte sie eine Spur genervt. Ihr Schwiegervater war kein Dummkopf, aber dass ein Home-Office ein Home-Office und kein zweites Wohnzimmer war oder – noch abwegiger – der Zimmerservice eines 4-Sterne-Hotels, schien er immer noch nicht begriffen zu haben. Oftmals platzte er herein, weil er etwas zu essen wollte, und manchmal trieb ihn einfach die Langeweile. Astrid-Schatz, kannst du mal dies, kannst du mal das? Meistens konnte sie gar nichts und bügelte ihn vielleicht eine Spur zu unfreundlich ab. Was ihn allerdings nicht daran hinderte, sich zwei Stunden später mit einem anderen Wunsch, so exotisch er auch sein mochte, wieder bei ihr blicken zu lassen.

»Ich bin's nur.«

»Das sehe ich. Und? Was gibt's?«

»Nichts, ich wollte nur mal so … hallihallo sagen. Oder *hi!*, wie ihr jungen Leute immer sagt.« Er winkte albern mit dem kleinen Finger, stieß ein zweites Hi! aus, dann schlappte er in seinen karierten Pantoffeln auf sie zu.

Zu den jungen Leuten, die *hi* sagten, gehörte Astrid zwar nicht, doch sie rang sich ein Lächeln ab und verkündete umso energischer: »Johann, ich arbeite.«

»Wie jetzt, ich denk, nee, sachma, dein Kongress war doch schon.«

»Allerdings. Aber ich hab trotzdem noch viel zu tun.« Bloß nicht ausflippen. Dann würde sie Johann gar nicht mehr loswerden.

»Hm, na ja, also dann …« Er ging zum Sofa-Bett und schüttelte ein Kissen auf.

»Musst du dich nicht langsam für den Augenarzt fertig-machen?«

»Mhm.«

Noch ein Kissen. Und ein drittes. Beim vierten Kissen reichte es Astrid, und sie blaffte ihn an: »Johann, das hier ist ein Büro! Genauer gesagt, *mein* Büro. Und ich würde jetzt wirklich gerne in Ruhe arbeiten.«

»Schon verstanden. Ich geh dann mal zum Arzt.« Gebeugt schlurfte er zurück zur Tür; das eigentlich unmodische Karohemd, das diese Saison bei den Teenies Hochkonjunktur hatte, schlackerte um seinen Körper.

»Ja, tu das. Ich drück die Daumen.« Sie schob ein freundliches »Okay?« nach.

Astrids linkes Augenlid begann zu flattern. Hoffentlich machte sich nicht gleich auch noch ihr nervöser Magen bemerkbar.

Die Tür schlug zu, und sie zählte bis zwei. Bei drei öffnete sie sich wieder. Auch das passierte alle naselang. Opa Johann konnte alles – nur nicht allein sein. Astrid zwang sich zur Ruhe. Tief in den Bauch hineinatmen. Sie hatte keine Lust, dass Opa Johann sie – einfach weil er war, wie er nun mal war – vorzeitig ins Grab beförderte.

»Was denn noch, Johann?«

»Ich wollte dir mal was sagen, Astrid-Schatz.«

»Muss das jetzt sein?«

»Ja. Muss.« Seine pergamentartige Wangenhaut kräuselte sich. »Du bist ein richtig herziges Schnuckelchen, weißt du das?«

Meinte er das wirklich so, oder war es bloß der Auftakt, um sie gleich mit einer Bitte zu überrumpeln?

»Jedenfalls wenn du nicht gerade arbeitest«, schob er grinsend nach. Auf krummen Beinen eilte er auf sie zu und drückte ihr einen feuchten, nach Gummibärchen riechenden Kuss auf die Wange. »Ich hab dich lieb.«

»Ich dich auch, Johann«, sagte Astrid und stieß in Gedanken einen tiefen, wirklich sehr tiefen Seufzer aus.

2

Johann saß auf dem Krankenhausflur, die Beine so weit von sich gestreckt, dass die kesse Biene von Krankenschwester fast über ihn gestolpert wäre. Was nicht das Schlechteste gewesen wäre. So ein hübsches junges Ding in seinen Armen. Aber gut. Es hatte nicht sollen sein. Ersatzweise träumte er von salzigen Erdnüssen. Nach den vielen Gummibärchen lechzte er nach etwas Pikantem. Gleich darauf schob sich ihm das Bild eines venezianischen Aperitifs vor sein inneres Auge. Er mochte das orangefarbene Getränk zwar nicht besonders, trotzdem hätte er jetzt gerne einen kräftigen Schluck genommen. Weil das, was seit dem Morgen mit ihm passierte, auf keine Kuhhaut ging und etwas Alkoholisches vielleicht seine Nerven beruhigt hätte.

Zunächst hatte er ewig und drei Tage bei seinem Augenarzt Dr. Bräuner warten müssen. Dr. Bräuner hatte ihm die letzte Lesebrille verordnet, was nun auch schon wieder ein paar Jährchen her war. Er ging nicht gern zum Arzt, denn er hielt die Götter in Weiß generell für überschätzt. Solange er gucken konnte, war doch alles in Butter. Und warum hatte diese Furie von Arzthelferin, eine junge Frau mit

16

schwarzem Kurzhaarschnitt und pinkfarbenem Pony, ihn eigentlich so gequält? Ihm Luft in die Augen geblasen, brennende Tropfen hineingeträufelt und ihn Lichtpunkte zählen lassen, bis ihm ganz blümerant geworden war?

Gefühlte Stunden später war er endlich drangekommen, aber Dr. Bräuner hatte nicht viel feststellen können. Außer dass irgendetwas nicht ganz in Schuss war und er sich doch besser *subito* in einer Augenklinik vorstellen sollte. Gut, dieser Jungspund, der nicht mal einen weißen Kittel trug, sondern salopp in Nietenhosen daherkam, hatte nicht *subito* gesagt, sondern *unverzüglich,* aber das machte die Sache auch nicht besser.

Johann hatte sich heftig geärgert. Über sich selbst. Dass er so dumm gewesen war, seinem Sohn von den ulkigen Mustern, die er nach dem Aufwachen gesehen hatte, überhaupt zu erzählen. Er hätte sich ja an fünf Fingern abzählen können, dass dieser gleich Alarm schlagen würde. Thomas war immer so ein Tausendprozentiger. Dazu der geborene Hypochonder. Juckte es ihn am Knöchel, vermutete er sogleich die Krätze, pochte es in seinem Finger, musste dieser wohl bald amputiert werden, hustete er bei einer Erkältung, steckte todsicher eine Tuberkulose dahinter.

»Herr Conrady?« Ein junges Ding, kaum älter als seine Enkelin Lucie, trat aus einem der Arztzimmer. »Kommen Sie bitte?«

Johann blickte unsicher zu Thomas auf. Sein Sohn sollte mal ein Machtwort sprechen. Diese kleine Krabbe konnte ja wohl keine echte Ärztin sein! Eher sah sie aus, als würde sie gleich den Kittel abstreifen und im Schweinsgalopp in die Disko sausen.

Doch Thomas nickte ihm aufmunternd zu, was Johann ein wenig beruhigte. Wenn sein Sohnemann befand, dass das so in Ordnung ging, ging das auch in Ordnung. Seine Gelenke knirschten, als er aufstand, dann folgte er der blutjungen Ärztin in den Untersuchungsraum.

»Herr Conrady, nehmen Sie bitte Platz. Ich bin Dr. Frischmuth.«

Und ich Dr. Watson, hätte er am liebsten erwidert, verkniff sich aber das Späßchen und sagte so höflich, wie er dazu imstande war: »Schönen guten Tag, Frau Dr. Frischmuth.«

Die Untersuchung, die folgte, stand der vom Vormittag in nichts nach. Schauen Sie bitte nach rechts, nach rechts oben, nach rechts unten, nach links, nach links oben, nach links unten, hm, ja, Nicole, könntest du bitte mal herkommen?

Dr. Nicole war ebenso ein Hascherl und wollte – bestimmt nicht, weil er so ein fesches Mannsbild war – auch mal gucken.

»Soll ich jetzt nach links, nach rechts oder wie gucken?«, fragte Johann zunehmend ungeduldig.

»Bitte geradeaus auf mein Ohr.«

Also geradeaus. Es war ja auch keine Strafe. Dr. Nicole hatte ein bezauberndes Ohrläppchen, in dem eine kleine Perle steckte.

»Und? Was sehen Sie? Weiße Hirsche?«, scherzte er, erntete aber nur Schweigen.

Uneinig, wie sich die Damen waren, holten sie den Chef, der ein drittes Mal in seine Augäpfel schaute und zu dem Resultat kam, dass es wohl besser sei, ihn zur Beobachtung über Nacht dazubehalten.

»Wie jetzt?«, fragte Johann und fühlte seine Sinne schwinden. Er war nicht krank, was zum Teufel sollte er hier?

Der Arzt sagte etwas, das er nicht verstand, die beiden Hascherl antworteten in einer Sprache, die vielleicht auf dem Planeten Medizinikus gesprochen wurde, nicht aber auf der Erde. Dann war plötzlich Thomas da, der ebenfalls ein paar Fremdwörter parat hatte, und während alle über seinen Kopf hinweg schwadronierten, als wäre er gar nicht anwesend, setzten sich seine Beine wie von selbst in Bewegung, und er marschierte schnurstracks aus dem Untersuchungszimmer. Bloß weg von diesen Weißkitteln. Wer garantierte ihm denn, dass die drei sich nicht gegen ihn verschworen hatten?

Auf dem Gang war nur noch ein Platz neben einem Brocken von Mann mit Augenklappe frei. Erschöpft wie nach einem strammen Marsch durch den Tiergarten, ließ Johann sich auf den Sitz fallen und schlug die Beine übereinander. Erdnüsse, Schweinsbraten, Vanillepudding, ging es ihm durch den Kopf. Darauf hätte er jetzt Appetit. Genau in dieser Reihenfolge. Und mit einem Mal vermisste er seine Schwiegertochter so schrecklich, dass ihm ganz weh ums Herz wurde. Es hatte Zeiten gegeben, da hatten sie sich unentwegt gekabbelt, was er inzwischen zutiefst bedauerte. Denn im Grunde ihres Herzens war Astrid eine ganz Liebe und Tüchtige, ein richtig feiner Kerl, und er hätte viel darum gegeben, in diesem Moment in ihr blasses Gesicht mit dem rotblonden, immer etwas zu langen Pony schauen zu dürfen. Oder ihr Lachen zu hören, das mal glucksend, mal perlend, mal sanft und immer wunderschön war.

*

Astrid hatte geraume Zeit gearbeitet, als das Telefon schrillte. Nur einen Pulsschlag später surrte ihr Handy, das sie auf der Fensterbank abgelegt hatte. Sie fuhr hoch, verhedderte sich im Kabelsalat, der sich aus unerfindlichen Gründen durchs ganze Zimmer zog, strauchelte, versuchte sich an der Fensterbank abzustützen, und noch während sie dachte, dass sie gerade eine filmreife Slapstick-Lachnummer darbot, schlug sie der Länge nach hin und begrub dabei einen Stapel Kopierpapier unter sich. Ein jäher Schmerz durchzuckte ihr Knie. Handy und Telefon klingelten unverdrossen weiter. War das die Strafe dafür, dass sie nicht ganz nett zu Opa gewesen war?

Sie stützte sich mit dem Ellbogen ab, nichts schien verstaucht oder gebrochen zu sein, und rappelte sich hoch. Schnell ans Telefon, vielleicht war das Thomas aus der Klinik. Doch als Astrid ihren Namen in den Hörer hechelte, tutete es bloß am anderen Ende der Leitung.

Das Handy surrte immer noch, und Astrid ging ran, ohne erst aufs Display zu gucken.

»Hi, Astrid. Ich bin's. Kristina.«

Kristina! Was für eine Überraschung! Kristina war eine ihrer ältesten und engsten Freundinnen. Selbst wenn sie nur sporadisch Kontakt hatten – Kristina lebte mit ihrem Mann im Kanton Uri in der Schweiz –, war ihr Verhältnis auch nach längeren Pausen gleich wieder vertraut und innig.

»Hi!«, rief Astrid und gehörte nun doch jener Gruppe junger Leute an, über die sich Opa Johann am Morgen mokiert hatte.

»Stör ich dich?«

»Nein, nein, es ist nur … Du rufst doch sonst nie morgens an.«

Kristina sagte etwas, das Astrid nicht verstand, weil das Telefon wieder zu klingeln begann.

»Wartest du mal einen Moment?«, bat sie ihre Freundin und nahm ab.

Thomas war dran. Atemlos berichtete er, sie seien vom Augenarzt gleich in eine Klinik gefahren. Es folgte ein Wortsalat, aus dem sie nicht schlau wurde, zumal es auch noch in der Leitung brummte.

»Sprich mal lauter. Die Verbindung ist so schlecht.«

Das Brummen hörte auf, und Thomas sagte: »Sie behalten Vater über Nacht hier. Der Augendruck muss gesenkt werden, und er hat auch grauen Star. Heißt, er bekommt künstliche Linsen. Also nicht jetzt sofort, irgendwann im Sommer oder Herbst.«

»Künstliche Linsen«, echote Astrid, und ihr wurde ein bisschen flau.

»Reg dich nicht auf. Das ist ein reiner Routineeingriff. Machen sie doch bei allen alten Leuten.«

Astrid nickte dem Papierstapel auf dem Schreibtisch zu. »Soll ich ein paar Sachen einpacken und vorbeibringen?«

»Das wäre total lieb. Wenn ich mich erst auf den Weg mache …«

»Kristina, Thomas hat meinen Schwiegervater gerade ins Krankenhaus gefahren«, sagte Astrid ins Handy. »Kann ich dich später zurückrufen?«

»Ja, natürlich. Oder ich melde mich nachher noch mal. Tschau.«

Ihre Freundin legte auf, und Astrid hatte wieder Thomas am Ohr. »Okay, dann komme ich so schnell wie möglich.«

Rasierapparat, Kulturtasche, Handtücher, Schlafanzug, Unterwäsche, Socken, notierte sie auf eine imaginäre Liste. Sie erschauderte bei dem Gedanken, in Johanns Wäscheschrank nach einer Unterhose zu kramen. Nicht weil sie sich etwa davor ekelte, schließlich wusch sie die Ungetüme Woche für Woche, hängte sie zum Trocknen auf und faltete sie auch zusammen. Aber der Wäscheschrank war seine Privatsphäre, da hatte sie nichts zu suchen.

»Braucht er irgendwas Spezielles?«

»Gummibärchen«, sagte Thomas allen Ernstes. »Ach, und er hätte gerne gesalzene Erdnüsse.«

Opa Johanns kulinarische Schätze waren in einer großen Plastikbox unter dem Bett verstaut. Wo sie seiner Ansicht nach vor Ratten und Ungeziefer sowie Familienmitgliedern sicher waren. Astrid tat ja so ziemlich alles für ihren Schwiegervater, doch sie war nicht gewillt, wegen einer Tüte Gummibärchen und Erdnüssen unter sein Bett zu kriechen. Außerdem würde er ja wohl eine Nacht ohne Naschkram überleben. Astrid ließ sich die Adresse des Krankenhauses geben – Himmel, ganz nach Marzahn sollte sie rausfahren –, dann stieg sie hinauf ins Dachgeschoss, in Johanns kleines Reich.

Unaufgeräumt war ein Euphemismus für den Zustand des Zimmers. Das Bett war nicht aufgeschüttelt, auf dem Boden verteilt lagen Kleidungsstücke und zerknüllte Taschentücher. Manchmal fragte sie sich, ob Johann bloß kleinkindhaft rebellierte oder doch schon ein wenig tüdelig war.

»Also gut«, seufzte sie, spuckte in Gedanken in die Hände und nahm Johanns karierten Reisekoffer von anno dazumal vom Schrank.

3

Astrid gab Gas. Sie wollte die Sache möglichst rasch hinter sich bringen. Opa im Krankenhaus. Kein Grund zur Besorgnis, redete sie sich gut zu, schließlich behielten sie ihn lediglich zur Beobachtung da. Wahrscheinlich genoss er es sogar, von den Schwestern umhegt und umsorgt zu werden. Ärgerlich war bloß, dass nun ihre Arbeit liegenblieb und sie weder mit Kristina telefonieren noch ihrer Tochter eine SMS schicken konnte.

Ihr kleiner Spatz, Tausende von Kilometern weit weg. In den ersten drei Monaten hatten sie und ihr Freund Pawel ehrenamtlich in einem Kinderheim in Südindien gearbeitet. Das war ja durchaus lobenswert, doch rechtfertigte es wirklich die häufigen Bauchkrämpfe, die ständig wiederkehrenden Durchfallattacken? Was auch immer die Ursache war, vielleicht das Essen, vielleicht das Wasser, weder Lucie noch Pawel hatten sie herausfinden können. Astrid hätte ihre Tochter am liebsten sofort zurückbeordert. Ganz schmal im Gesicht war sie geworden, das entging Astrid selbst beim Skypen nicht. Aber was sollte sie machen? Lucie war volljährig und tat ohnehin, was sie für richtig hielt.

Fünf Monate Indien. In Astrids Augen war die Sache von Anfang an eine Schnapsidee gewesen. Was um Himmels willen hatte ihre Tochter mit diesem Land am Hut? Bevor Pawel mit Pauken und Trompeten in ihr Leben geplatzt war, hatte sich ihre Vorstellung von Indien auf die Gemüse-Pakoras beschränkt, die sie so gerne beim Inder in Berlin-Mitte aß. Doch kaum fiel so ein Adonis vom Himmel und rüttelte ein bisschen an ihren Gehirnwindungen, hatte sie nicht mehr klar denken können. Ab mit der großen Liebe ins vermeintliche Land der Träume. Egal, dass sie mitten im Pharmaziestudium steckte. Egal, dass es ja bloß um ihre Zukunft ging.

Noch zwei Monate. Astrid bewahrte einen Kalender in ihrer Schreibtischschublade auf, in dem sie die Tage bis zu Lucies Wiederkehr durchstrich. Exakt 61 waren übrig, und jeder einzelne verstrich so langsam, dass es sie schier wahnsinnig machte.

An einer Baustelle geriet der Verkehr ins Stocken. Eine Weile kroch die Autoschlange im Schritttempo voran und kam schließlich ganz zum Stillstand. Nichts ging mehr. Leute hupten. Doch sosehr sie auch ihrer Empörung Luft machten, nichts tat sich.

Laut Navi hatte Astrid noch 25 Minuten Fahrzeit vor sich, aber waren dabei die Baustellen, die womöglich noch vor ihr lagen, miteingerechnet? Sie rief Thomas an, informierte ihn, dass sie im Stau steckte. Es würde wohl noch eine Weile dauern, bis sie mit Opas Koffer ans Ziel käme.

Krankenhaus … Ärzte und Pfleger, die durch die Gänge huschten … Dieser eigentümliche Geruch, der in jedem Winkel hing … Und Johann mittendrin. Astrid wollte das alles nicht. Weil es sich fast wie eine Kapitulation anfühlte und mit dem Bild, das sie von ihrem Schwiegervater hatte, nicht zusammenging. Trotz seines stattlichen Alters war er doch noch so agil. Und in seinen wilden fünf Minuten besaß er geradezu die Keckheit eines Teenagers.

Die Zeit kroch dahin, die Blechlawine ebenso. Astrid trommelte ungeduldig aufs Lenkrad. Sie schaltete das Radio ein und suchte nach einem Sender, da surrte wieder ihr Handy. Kristina.

»Tut mir leid, ich hab's noch nicht geschafft, dich zurückzurufen«, sagte Astrid statt einer Begrüßung.

»Passt es denn jetzt? Ich hab allerdings nur ein paar Minuten. Muss gleich in den OP.«

»Kein Problem, ich stehe gerade im Stau.« Astrid spürte ein nervöses Flattern im Magen. Hoffentlich war nichts passiert, dass Kristina es so eilig hatte, mit ihr zu reden.

»Was ist denn mit deinem Schwiegervater?«, nahm sie den Gesprächsfaden von eben wieder auf.

»Thomas hat ihn in eine Augenklinik gefahren. Sie behalten ihn über Nacht da.«

»Doch wohl nichts Ernstes?«

»Nein, nein, er muss lediglich zur Beobachtung dableiben.«

Genau in diesem Moment setzte sich die Autoschlange erneut in Bewegung. Astrid klemmte unerlaubterweise den Hörer zwischen Ohr und Schulter, schaltete in den ersten Gang und fuhr langsam los.

»Was gibt es denn?«, kam Astrid auf den Punkt. »Ich hoffe, bei dir ist alles in Ordnung?«

Glockenhelles Gelächter drang an ihr Ohr. »Aber ja! Ich

wollte dich nur was fragen.« Irgendetwas piepte im Hintergrund, und Kristina sagte: »Bin in zwei Minuten bei euch. Astrid, hörst du mich?«

»Ja.«

»Hättest du Lust, mit mir zu verreisen? Ein paar Tage in Italien ausspannen?«

»Italien?«, echote Astrid erstaunt, als sei das ein soeben erst entdeckter Kontinent.

»Ja, Italien.« Kristina lachte. »Soll schön sein dort im Frühling. Nur wir zwei. Ich mein, falls es dir gerade passt. Das ist ja sozusagen ein Überfall.«

Die Frage nach dem Warum blieb irgendwo auf halber Strecke stecken, denn Kristina fuhr schon fort: »Bevor du zu- oder absagst, es gibt einen kleinen Haken. Ich fliege am Donnerstag. Also übermorgen.«

»Oh.«

»Wir würden uns in Rom treffen. Du kannst natürlich auch nachkommen, wenn es so kurzfristig nicht bei dir geht. Wegen der Hotelkosten musst du dir übrigens keine Gedanken machen. Das Doppelzimmer ist schon bezahlt.«

Die Sätze hallten in Astrids Kopf nach und wollten keinen Sinn ergeben. Hatte ihre Freundin sie soeben zu einer Reise eingeladen, die bereits in zwei Tagen losgehen sollte? Das war absurd. Kristina hatte zwar einen gutbezahlten Job als Chirurgin im Kantonsspital Uri, aber was war mit ihrem Mann Pius? Wieso fuhr der nicht mit ihr? War ihm die Arbeit dazwischengekommen?

Astrid wollte ihre Freundin gerade danach fragen, als es abermals piepte und Kristina sich eilig verabschiedete. »Überleg's dir, ja?« Und schon war sie weg.

Astrid warf ihr Handy auf den Beifahrersitz und ertappte sich dabei, wie sie leise in sich hineinlächelte.

*

Da lag er nun. Gefangen in einem kargen Krankenhauszimmer. Links von ihm: ein Mann mit einem gewaltigen Schmerbauch, schnarchend. Rechts von ihm: ein spilleriger Hänfling mit wallender grauer Haarmatte, dessen Lippen einen Spalt offen standen. Hoffentlich war der Hänfling nicht gerade dabei, die Reise ins Nirwana anzutreten. Ein bisschen sah er jedenfalls so aus.

Weil Johann fröstelte, drapierte er die Überdecke um seine Füße und hoffte, dass Thomas gleich mit einer anständigen Tasse Kaffee auftauchen würde. Die hatte er dringend nötig. Bereits das zweite Mal an diesem Tag hatte ihn eine Schwester in einen Kasten gesperrt und ihn aufblitzende Punkte zählen lassen. Ha, er hätte wetten können, dass es ihr eine geradezu diebische Freude bereitete, ihn in dem Kasperletheater schmoren zu lassen. Johann fragte sich sowieso, was er hier zu suchen hatte. In diesem gerade mal fünfzehn Quadratmeter großen Raum, in dem es nach Siechtum roch. Er war doch topfit, und das mit dem Augendruck würde schon nicht so schlimm sein. Ihn drückte doch gar nichts. Allenfalls sein Schuh, aber seine Schwiegertochter kam ja wohl hoffentlich bald mit seinen Pantoffeln an Land.

Er sah auf die Uhr. Wo Astrid nur abblieb? Er hatte ja nicht mal was zum Durchblättern dabei. Und nichts zu naschen, das obendrein.

Die Tür ging auf, und eine Schwester schneite herein. Quasi im Schweinsgalopp. Sie riss die Fenster auf, was Johann nicht besonders wunderte. Nein, an ihm lag es nicht. Er hatte heute Morgen geduscht, das spärliche Haar gewaschen und seine Füße, als hätte er geahnt, was auf ihn zukommen würde, gleich zweimal abgeseift.

»Kaffee? Tee? Kuchen?«, fragte sie und war schon wieder halb draußen.

Die beiden Mannsbilder neben ihm wachten auf. Der Spillerige wollte gleich alles, der Schmerbäuchige bloß einen Kaffee. Verstand sich von selbst. Sonst würde die Wampe ja auch nie weggehen.

»Und Sie?«, wandte sich die Schwester an Johann.

»Kuchen. Kaffee bringt schon mein Sohn.«

Wie aufs Stichwort tauchte Thomas im Türrahmen auf. Einen Wimpernschlag später war auch Astrid da, sie reckte sich auf die Zehenspitzen und schwenkte seinen karierten Lieblingskoffer. Ach herrje, hätte es nicht irgendein dummer Einkaufsbeutel getan? Sein Koffer erinnerte ihn an die letzten beiden Italienreisen, die er mit seinen Lieben unternommen hatte. Die waren doch immer so herrlich gewesen. Sonne, leckeres Essen und beste Laune. Gut, von ein paar Malaisen vielleicht abgesehen. Aber das, was er hier erlebte, war ja nun das Gegenteil von einer schönen Urlaubsreise. Und vollkommen überflüssig, das sowieso.

»Johann, was machst du nur für Sachen!« Seine Schwiegertochter blickte ihn an, als habe er das alles bloß inszeniert, um mal eine Nacht von zu Hause wegzukommen. Das konnte er ja gut leiden! Schließlich war er die letzte Person auf Erden, die jetzt hier liegen wollte.

»Hört mal.« Er nutzte den Moment, als die Schwester Kaffee und Kuchen verteilte, und zitierte seine beiden Herzchen mit dem Zeigefinger zu sich heran. »Könnt ihr mich nicht mit nach Hause nehmen? Das ist doch Unfug, dass die mich hierbehalten wollen.«

Astrid legte ihre zutiefst besorgte Mutti-Miene auf, Thomas knetete seine Nasenwurzel, und Johann ahnte bereits, was jetzt kommen würde. Und dann kam es auch. »Die werden schon ihre Gründe haben«, erklärte sein Sohn, und seine Schwiegertochter schmetterte: »Eben!« Ein Fanfarenstoß, der selbst die so unerschrocken wirkende Schwester zusammenzucken ließ. Dass nicht mal sein eigen Fleisch und Blut zu ihm hielt!

Astrid bot sich an, den Koffer auszupacken. »Welcher Schrank gehört dir?«

»Lass mal, mach ich schon.« Johann schwang sich aus dem Bett. Dieser trockene Kuchen, den ihm die Schwester aufs Bettschränkchen gestellt hatte, sah sowieso nicht übermäßig verlockend aus. Außerdem konnte er so gleich überprüfen, ob Astrid auch nichts vergessen hatte.

War alles da. Wäsche, der gestreifte Sommerschlafanzug, Waschzeug, die karierten Puschen, der graue Bademantel, den er zugegebenermaßen nicht ausstehen konnte; sogar an eine Tüte Gummibärchen und an den *Spiegel* hatte sie gedacht.

»Danke, Astrid-Schatz«, sagte er, und auch wenn jetzt schon die Langeweile an ihm nagte, schob er munter nach: »So, ihr beiden. Ihr macht jetzt mal hübsch den Abflug. Ich komm schon zurecht, und ihr habt ja auch zu tun.«

Johanns Aufforderung wirkte wie der Startschuss bei den

Olympischen Spielen. Thomas trat an sein Bett und rüttelte an seiner Schulter, Astrid strich die Decke glatt, und dann war er mit dem Kuchen, dem gallebitteren Kaffee und seinen beiden seltsamen Bettgenossen allein.

*

Thomas schien es eilig zu haben, aus dem Krankenhaus zu kommen. Mit langen Schritten durchmaß er die Cafeteria und stieß die Tür auf.

Die Bäume in dem weitläufigen Parkgelände waren noch kahl, aber die Büsche standen in frühlingshaftem Hellgrün. Ein paar Tage Sonne, und auch die Bäume würden ausschlagen. Noch war es frisch, und Astrid schlug fröstelnd ihre Jacke vor der Brust zusammen.

»Wollen wir ein Stück laufen?«, fragte Thomas.

»Musst du nicht ins Geschäft?«

»Danuta ist ja da.«

Astrid vermied es grundsätzlich, den Laden ihres Mannes als Erotikshop zu bezeichnen. Sie hatte sich schon immer schwergetan, wenngleich sie sich im Laufe der Jahre damit abgefunden hatte, dass ihr Mann Dinge verkaufte, die sie selbst nicht mal mit der Kneifzange anfassen würde. Und die Palette an Sexspielzeug erweiterte sich ständig. Als suchten die Kunden stets nach einem neuen, noch spezielleren Kick.

Die ersten Jahre waren nicht leicht gewesen; der Laden hatte nur rote Zahlen geschrieben. Doch seit in der Nachbarschaft ein kleines Einkaufszentrum eröffnet worden war, brummte das Geschäft, was Thomas die Freiheit verschafft hatte, sich eine Angestellte zu leisten. Danuta aus Krakau.

Sie war Mitte 40, eine klassisch gekleidete Blondine mit Perlenkette und tailliertem Blazer und konnte ja auch nichts dafür, dass ihr Vorname wie aus einem Pornostreifen klang. Im Verkaufen von Sexspielzeug war sie jedenfalls eine Bombe. Was vielleicht gerade ihrer seriösen Ausstrahlung geschuldet war.

Astrid atmete tief durch. Wie gut das tat! Nie hätte sie wie Kristina in einem Spital arbeiten können. So viel Krankheit, so viel Leid. Dass die Menschen hier auch wieder gesund wurden, sah man ja nicht auf den ersten Blick. Sie sprachen darüber, wie das erst werden würde, wenn Johann seine Linsen bekam. Wo er nicht mal eine Nacht zur Beobachtung auf der Station bleiben wollte.

»Er kann froh sein, dass er in seinem Alter überhaupt noch nie länger im Krankenhaus sein musste«, sagte Thomas. Das stimmte, machte die Sache aber nicht besser.

Die Sonne brach aus einem grau betupften Wolkenfeld hervor, und Astrid reckte die Nase in die Höhe, als könnte sie die wärmenden Strahlen so besser einfangen. »Trotzdem tut er mir leid. Er sah so unglücklich aus.«

»Wer wäre das nicht.« Thomas zog sie näher zu sich heran. »Die eine Nacht wird er schon überstehen. Er hat alles, was er braucht. Sogar Gummibärchen.«

Sie liefen weiter, und auch wenn die Arbeit zu Hause wartete, genoss Astrid die unfreiwillige Auszeit. Der Winter war vorüber; die vielen Monate, die sie auf den Kongress hingearbeitet hatte und kaum an die frische Luft gekommen war, Geschichte. Nun konnte sie ein paar Wochen freimachen, vielleicht Thomas im Laden unter die Arme greifen und in Ruhe ein neues Projekt anvisieren.

»Übrigens hat Kristina vorhin angerufen«, sagte sie, als sie sich auf den Rückweg machten.

»Kristina?« Augenscheinlich war Thomas in Gedanken schon wieder bei seiner Arbeit.

»Altdorf. Kanton Uri«, half sie ihm auf die Sprünge. Vor einigen Jahren waren sie auf dem Weg nach Italien samt Opa und den Kindern bei ihr und ihrem Mann Pius aufgeschlagen, hatten dort übernachtet und die ganze Schöner-Wohnen-Ästhetik durcheinandergebracht.

Thomas nickte. »Ja, ich weiß. Aber telefonierst du nicht häufiger mit ihr?«

»Schon, aber … Sie hat mich was gefragt. Was ziemlich Absurdes.«

»Und was?«

»Ob ich mit ihr nach Italien fahre.«

»Was ist daran so absurd?« Thomas' Mundwinkel wanderten bloß wenige Millimeter in die Höhe. Es war dieses spöttische Nicht-halb-nicht-ganz-Lächeln, in das sie sich seinerzeit verliebt hatte. »Der Kongress war anstrengend, du solltest unbedingt mal ausspannen.«

Ein leises Glücksgefühl stieg in Astrid auf. Früher hätte Thomas nie so etwas zu ihr gesagt. Früher, als sein Laden ein Minusgeschäft war und sie selbst noch nicht im Berufsleben stand, war Streit an der Tagesordnung gewesen. Bisweilen täglich, und es hatte Momente gegeben, da hätte sie sich am liebsten von ihm getrennt. Aber ihr langer Atem hatte sich gelohnt. In vielen Bereichen des täglichen Lebens zogen sie mittlerweile an einem Strang. Beide waren sie beruflich angekommen, was sich in einer tiefen Zufriedenheit und einem besseren Verständnis füreinander niederschlug.

Thomas fischte den Autoschlüssel aus der Hosentasche. »Wann soll die Reise denn losgehen?«

»Das ist es ja eben.« Astrids Herz flatterte wie ein Vogeljunges. »Kristina fliegt schon Donnerstag nach Rom.«

»Kommenden Donnerstag?«

Astrid bestätigte dies mit knappem Nicken.

»Aber das ist ja übermorgen.«

»Blitzmerker.«

Astrid erwartete, dass Thomas gleich etwas wie *Das geht doch nicht. Nicht so kurzfristig. Was denkt sie sich bloß?* sagen würde, aber er schnalzte nur leise mit der Zunge und verkündete: »Dann weiß ich ja, was du gleich tun wirst.«

»Und was?«

»Einen Flug raussuchen, was sonst.« Thomas zwinkerte ihr zu, ging zu seinem Auto rüber und überließ Astrid der wirren Flut ihrer Gedanken.

4

Soll ich, soll ich nicht, soll ich, soll ich nicht, soll ich?«, murmelte Astrid wie ein Mantra vor sich hin. Die ganze Rückfahrt über, die sie ohne jeden Stau überstand. Während sie im Supermarkt am Brotstand anstand. Und auch noch, als sie längst zu Hause war, Opas Bett machte, lüftete und sich etwas später zwei Spiegeleier briet. Etliche Male schob sie die Gedanken wie Schachfiguren auf dem Schachbrett hin und her und kam doch zu keinem Ergebnis. Thomas konnte ihre Hilfe jetzt, da ihr Kongress abgeschlossen war, wirklich gebrauchen, und Johann sowieso. Wahrscheinlich spielte er nach seiner Entlassung aus dem Krankenhaus ohnehin erst mal den Leidenden und wollte umsorgt werden. Auf der anderen Seite lockte Italien. Das Kolosseum, die Piazza Navona, der Petersdom. Frühlingssonne und ein laues Lüftchen. Pasta, Dolci und Espresso.

Die Spiegeleier schmeckten plötzlich so uninteressant, so deutsch, so nach gar nichts, dass Astrid den Teller nach wenigen Bissen wegstellte, die Pfanne auswusch und mit einem Kaffee in ihr Arbeitszimmer rüberging.

Unschlüssig, was sie zuerst tun sollte, fuhr sie den Computer hoch. Vielleicht hatte Lucie sich gemeldet.

Seit ihre Tochter in Indien war, hatte sich Astrid einen Facebook-Account zugelegt – die einfachste Art, mit ihr zu kommunizieren. Doch Lucie hatte ihr weder eine persönliche Nachricht geschrieben noch etwas gepostet. Es versetzte Astrid jedes Mal in Angst und Schrecken, wenn ihre Kleine kein Lebenszeichen von sich gab. Vielleicht war sie einfach beschäftigt, oder sie amüsierte sich mit Pawel, was man ihr nur wünschen konnte, aber was, wenn ihr doch etwas zugestoßen war? Indien war so groß, so unüberschaubar und so unendlich weit weg, was sollten sie und Thomas tun, falls der Kontakt abriss? Das Kinderheim kontaktieren? Die deutsche Botschaft? Allein die Tatsache, dass der junge Mann dabei war, den Astrid ja in Venedig hatte kennenlernen dürfen und für seriös befunden hatte, vermochte sie ein klein wenig zu beruhigen.

Die erste Fluglinie, die Astrid anklickte, hatte keine preiswerten Flüge gelistet, die zweite Linie ebenfalls nicht. Was sie in der Annahme bestätigte, dass es unmöglich war, so kurzfristig einen erschwinglichen Flug zu buchen. Halb erleichtert, halb enttäuscht wollte sie ihre Italienpläne schon ad acta legen, als sie – mehr pro forma – auf die Seite einer dritten Airline ging. Sie gab die Flugdaten ein, und das erste Ergebnis, das die Suchmaschine ausspuckte, war ein Direktflug für 119,88 Euro inklusive Gepäck.

Astrids Herz schlug schnell und wild. Knapp 120 Euro – das war ein Schnäppchen. Gut, sie könnte Lucie das Geld für ihre Indienreise zuschießen, sich ein neues Sakko für den nächsten Kongress zulegen oder einfach schick mit Thomas und Opa Johann essen gehen. Oder eben verreisen. Rom! Sie war noch nie dort gewesen, und wer nicht ein Mal im Leben hinfuhr, war selbst schuld. Zumindest hatte ihr Verehrer Daniel Wäckerlin das bei einem seiner routinierten Flirtversuche einfließen lassen. Und da Astrid Rom allemal verlockender erschien als ein Abenteuer mit dem stets braungebrannten Referenten, gab sie die Daten ihrer Kreditkarte ein und drückte auf »Bezahlen«.

∗

Gott sei's getrommelt und gepfiffen – es wurde endlich Tag. Und die Vögel stimmten ihr wohl allerschönstes Konzert an. Johann hatte es nach der vermaledeiten Nacht kaum noch zu hoffen gewagt, dass es irgendwann wieder hell würde.

Alle naslang war eine Schwester hereingeschneit und hatte ihm etwas, das hoffentlich kein Gift war, in die Augen geträufelt. Und das waren noch die besten Momente gewesen. Nicht eine Minute war er ins Reich der Träume hinübergedriftet. Erst hatte der Spillerige neben ihm bis in die Puppen den Fernseher flackern lassen, und kaum war die Kiste endlich aus, ging es los mit dem Geschnarche. Aus seiner Kehle waren fauchende, zischende und glucksende Geräusche wie aus dem Innern eines Vulkans gekommen. Zum An-die-Decke-Gehen! Irgendwann – Johanns Nerven lagen schon völlig blank – hatte er die Schwester um eine Schlaftablette gebeten. Mehr noch, er hatte gewimmert, sie angefleht, ihr einen Platz im Himmelreich versprochen. In der Loge, vielleicht sogar im Parkett, erste Reihe. Am Ende hatte sie sich erweichen lassen und ein Tablettchen aus ih-

rer Kitteltasche gezaubert, die nette Dame war ja gar nicht
so. Doch die Medizin wirkte nicht. Minute um Minute lag
er da und fühlte sich so putzmunter wie nach seinem Mor-
genkaffee. Raus aus der Koje. Rein in den Bademantel, Pantoffeln an die Füße. So war er über den Krankenhausflur
spaziert. Auf und ab wie ein Tiger. Es gab hier ja nichts
Spannendes zu sehen, nur Neonlicht, verschlossene Türen
und zwei zerfledderte Illustrierte, die jemand auf den War-
tesitzen zurückgelassen hatte.

Als er das wohl fünfte Mal am Schwesternzimmer vor-
beigeschlurft war, war ein Pfleger herausgekommen und
hatte ihn wie einen unartigen Schuljungen zurück aufs
Zimmer geschickt. Abmarsch. Subito. Husch, ins Bett.
Da hatte er dann abermals wie ein gestrandeter Fisch gelegen und kein Auge zutun können – bei dem Schnarchkon-
zert, na, halleluja! Also war er im Geiste Käse- und Wurst-
sorten durchgegangen, hatte vor seinem inneren Auge
Gummibärchen aufmarschieren lassen und sich in seiner
Not jede Minute, die er mit seiner Jugendliebe Giuseppina
erlebt hatte, ins Gedächtnis zurückgerufen. Es waren ja nur
wenige Tage gewesen, doch die hatten sich stärker in sein
Gehirn gebrannt als die langjährige Ehe mit seiner guten
Hilde.

Ein rascher Blick zur Uhr: gleich halb sieben. Selten hatte
er sich so gefreut, dass es halb sieben war. Zu Hause blieb er
gern noch ein Weilchen liegen, versuchte sich zu erinnern,
was er geträumt hatte, oder hing einfach seinen Gedanken
nach. Er richtete sich im Bett auf – autsch, sein Rücken –,
doch gerade als er mit den nackten Füßen nach seinen Pantoffeln fischen wollte, ging die Tür auf. Eine Schwester älte-

ren Semesters trällerte ein für diese unchristliche Zeit viel zu fröhliches *Guten Morgen!* und riss die Vorhänge mit einem Ratsch auf. Schwester zwei, ein junges Ding mit Zahnlücke, trug die Frühstückstabletts herein. Leckere Schrippen waren zwar so gesehen eine feine Sache, nur könnte er doch eigentlich seine Sachen packen und auch zu Hause frühstücken.

»Bleiben Sie bitte liegen«, tönte die Schwester, die eben noch so geflötet hatte, in nunmehr schroffem Ton. Oha, mit der Dame war im Zweifelsfall sicher nicht gut Kirschen essen. »Sie kriegen erst Ihre Tropfen.«

»Aye, aye, Käpt'n.« Johann ließ die Prozedur über sich ergehen, ohne einen Mucks zu tun. Er blinzelte, und als die Sicht wieder klar war, fragte er: »Und dann kann ich gehen?«

»Das wird Ihnen der Arzt bei der Visite sagen.«

»Und wann ist diese Visite?«

»Herr Conrady, stellen Sie sich auf eine längere Wartezeit ein. Heute ist einiges los.«

Alles klar. Die meiste Zeit im Krankenhaus verbrachte man mit Warten und An-die-Decke-Starren, in der Zeit dazwischen würgte man Essen runter, das nicht schmeckte. Das Abendbrot war schon spärlich gewesen, aber diese eisgekühlte Schrippe, die Johann nach einer Katzenwäsche im Minibad auf dem ausklappbaren Tischchen an seinem Bett aufschnitt, rutschte nicht mal mit dick Butter und Marmelade durch die Kehle.

Das war der Moment, in dem er einen Entschluss fasste: Egal, was die Ärzte sagten, er würde heute seine Tasche packen und gehen. Weil es *sein* Leben war. Sein kleines, famoses und ach, so kostbares Leben. Und so der liebe Gott ihn noch nicht zu sich rief, wollte er aus dem Vollen schöpfen. Die Tage wie fette Stücke Sahnetorte genießen. Und mochte die Reue hinterher noch so groß sein.

5

Astrid wachte davon auf, dass etwas klapperte, und tastete neben sich. Das Bett war leer, das Laken kühl. Thomas musste schon vor einiger Zeit aufgestanden sein.

Sie liebte es, der Bettwärme nachzuspüren. Eine Dosis Muße, bevor der Trubel, der ganz normale Wahnsinn des Tages losging. Auch ohne ihre beiden Kinder war immer irgendetwas zu tun. Wäsche waschen, die Küche aufräumen, Staub saugen. Opa Johann schmatzte nicht nur, er krümelte auch und vorzugsweise auf den Boden.

Die Tür ging knarrend auf. »Aufstehen, Liebes. Du willst doch nicht deinen Flug verpassen.«

Astrid richtete sich so jäh auf, dass Sterne vor ihren Augen flimmerten. Benommen blieb sie auf der Bettkante sitzen und fragte sich, wie ihr Hirn auch nur eine Sekunde lang hatte ausblenden können, dass sie heute nach Rom flog. War es das unterschwellig schlechte Gewissen, das ihr einen Streich spielte? Dabei hatte sich Thomas ehrlich für sie gefreut, und selbst Opa Johann war der Meinung gewesen, so eine Italienreise sei eine prima Sache. Zumindest hatte er übers ganze Gesicht gegrinst, als sie ihn aus dem Krankenhaus abgeholt hatte. Was womöglich aber auch daran lag, dass sich sein Augendruck normalisiert hatte und ihm bis zum Austausch der ersten Linse eine Galgenfrist von zwei Monaten blieb.

Raus aus dem Bett. Eilig duschen. Die Kosmetiktasche packen. Astrid warf alles durcheinander: Deo, Shampoo, Sonnencreme, Körperlotion, Tages- und Nachtpflege, Duschgel … Was brauchte sie noch? Ach, Duschgel und Shampoo gab es doch im Hotel, also wieder raus damit. Trotz allem musste Thomas beim Schließen des Koffers helfen. Wie üblich hatte sie viel zu viel eingepackt. Da sie sich nicht darauf verließ, dass es in Rom bereits sommerlich warm sein würde, waren neben sommerlicher Garderobe auch ein paar Kleidungsstücke für kühlere Tage in den Koffer gewandert, ihre dicke Strickjacke, Seelentrost in allen Lebenslagen, inklusive. Und Schuhe mit Gummisohle – das war ihr, nachdem sie im sommerlichen Venedig hatte Gummistiefel kaufen müssen, eine Lehre gewesen. Auch in Italien regnete es. Und oft nicht zu knapp.

Der Koffer stand fix und fertig im Flur, ihre Handtasche war gepackt und x-fach kontrolliert, jetzt blieben noch zwanzig Minuten, um einen Kaffee zu trinken und eine Kleinigkeit zu frühstücken. Thomas hatte sich angeboten, sie zum Flughafen zu fahren, was sie dankbar angenommen hatte. Ja, sie war nervös. Mehr als das. Augenscheinlich rauschte gerade ein Zuviel an Adrenalin durch ihre Adern. Was reichlich albern war. Ihre Kongresse brachte sie doch auch ohne Familienanhang über die Bühne.

»Wo steckt Opa? Schläft er noch?«, fragte Astrid beim Reinkommen.

Thomas schichtete gerade akribisch Salamischeiben auf sein Brot und blickte nur knapp auf. »Sieht so aus. Er hat gestern Abend bis in die Puppen ferngesehen. Hast du nicht die Bässe gehört? Das müssen wir ihm abgewöhnen. Oder er kriegt Kopfhörer.«

Nein, Astrid hatte nichts mitbekommen. Trotz der Aufregung hatte sie tief und fest geschlafen. »Vielleicht braucht er ja ein Hörgerät«, sagte sie und goss sich Kaffee ein.

»Du kennst doch meinen Vater. Er will nicht. Er meint ja, dass er wie ein Luchs hört.«

Eine Kölnischwasserwolke stieg Astrid in die Nase, und Opa Johanns schnarrende Stimme ertönte: »Das meine ich nicht nur. Das ist auch so.«

Ihr Schwiegervater stand, den Zeigefinger wie einen Dirigentenstab hin- und herschwingend, im Türrahmen. Er war noch im Bademantel, das spärliche Haar zerzaust. Hatte er sich etwa heimlich angeschlichen? Sonst hörte man doch immer das Schlappen seiner Pantoffeln auf den Dielen.

Astrid konnte es nicht leiden, wenn Johann ohne den Umweg über das Badezimmer am Frühstückstisch erschien. Es war ein unausgesprochenes Gesetz, dass man sich wenigstens die Zähne putzte und das Gesicht mit Wasser benetzte. Das galt für jeden in der Familie.

»Johann, könntest du dir vielleicht erst etwas anziehen?«, bat sie.

»Tut mir leid, mein Herz. Brauch dringend einen Schluck Kaffee.«

Astrid schenkte ihm ein, konnte aber nicht umhin, leise zu schnauben.

»Bin gleich wieder weg. Mir ist ein bisschen blümerant. Besser, ich hau mich noch mal in die Koje.«

Astrid blickte besorgt zu Thomas hinüber, doch der aß sein Salamibrot, als sei alles in bester Ordnung. So gesehen war ja auch alles in Ordnung, aber konnte sie tatsächlich fahren, wenn Johann schwächelte?

Mehr um ihr Gewissen zu beruhigen, fragte sie: »Was genau meinst du mit blümerant?«

»Blümerant ist blümerant. Weiß doch jedes Kind.« Opa Johann verdünnte den Kaffee mit heißem Wasser aus dem Kocher, probierte und verzog das Gesicht. Ein Schwall Milch aus der Tüte kam zu dem Gemisch.

»Vater?«, hakte nun auch Thomas nach.

»Zum Donnerwetter, jetzt nagelt mich doch nicht fest! Rücken, Kreislauf, Halswirbelsäule. Das Übliche eben.«

»Hast du wieder Muster gesehen?«

»Nö.«

Er nahm einen zweiten Schluck, schien mit dem Ergebnis zufrieden zu sein, doch just als er die Tasse ein drittes Mal zum Mund führen wollte, begann er zu taumeln, und etwas Flüssigkeit schwappte heraus. Bloß einen Atemzug später rutschte sie ihm aus der Hand, Kaffee spritzte durch die Küche, und Opa Johann sackte am Küchenschrank in die Hocke. Es sah dramatisch aus, und wahrscheinlich war es auch dramatisch.

Das war's. Das Ende. Vielleicht Opas Ende. Auf jeden Fall bedeutete es das Ende ihrer Reise, und das machte Astrid so fassungslos, dass sie in Tränen ausbrach.

*

»Du fährst!«

»Nein, ich fahre nicht!«

Johann lag auf der petrolgrünen Couch im Wohnzimmer und spitzte die Ohren. Sein Sohn und seine Schwiegertochter flüsterten erregt auf dem Flur draußen. Dann klappte die Tür zu, und er konnte nicht mehr verstehen, was sie redeten.

Schnurz.

Er nahm den nassen Waschlappen von der Stirn und schleuderte ihn zielsicher auf den Couchtisch. Volltreffer, U-Boot versenkt. Den brauchte er nicht. Ihm ging es ja nicht richtig schlecht. Gut, als tipptopp konnte man seine körperliche Verfassung auch nicht gerade bezeichnen. Er fühlte sich eben wie jeden Morgen, wenn der Kreislauf noch nicht ganz auf Zack war und seine Pumpe, statt locker zu traben, in einen flotten Galopp gefallen war. Zugegeben, bei dem Rest hatte er ein wenig nachgeholfen. Er schämte sich auch wirklich, dass ihm die Tasse aus der Hand geglitten war und Astrids helle Hose nun voller brauner Spritzer war. Und dass die Küche wie ein Saustall aussah. Aber er würde später selbst den Wischlappen schwingen und das Malheur beseitigen, das war ja wohl Ehrensache. Und zwar so lange, bis die Küche in neuem Glanz erstrahlte.

Herrje, was war denn bloß in ihn gefahren? Nein, er hatte den Schwächeanfall nicht geplant, um seine Schwiegertochter zu zwingen, zu Hause zu bleiben, das schwor er bei allem, was ihm heilig war! Es war einfach so über ihn gekommen, und dann hatte die verhängnisvolle Verkettung von Missgeschicken ihren Lauf genommen. Ja, zu dumm war das. Er gönnte Astrid die Reise doch, er war ja gar nicht so.

Aber vielleicht …, nein, das war lachhaft. Er hatte doch nicht ernsthaft hoffen können, dass Astrid ihn mitnehmen würde, nach *bella Italia*. In das Land, in dem jetzt wohl die Zitronen blühten, die der werte Herr Goethe in einem seiner Werke besungen hatte.

Immer noch war es verdächtig still nebenan. Weder hörte er Stimmen noch Schritte. Wirklich eigenartig. Das Astrid-Schätzchen musste doch langsam mal zum Flughafen. Der Schreck fuhr ihm in die Knochen. Ob sie etwa mit ihrer Freundin telefonierte und die Reise abblies? Nein, das sollte sie nicht! Da würde er ja seines Lebens nicht mehr froh werden.

Sein Rücken schmerzte, als er aufstand, aber das hatte er nun von seinem Possenspiel. Husch rüber in die Küche. Thomas kniete vorm Küchenschrank und wischte die Schränke ab. Astrid hatte sich in Luft aufgelöst.

»Lass mal, mein Junge. Das mach ich später.«

»Wie denn, später?« Thomas lachte mit leisem Spott. »Ich denk, du bist krank.«

»Nee, nee, ist schon viel besser«, wiegelte er unter opernhaften Gesten ab. »Wo steckt denn das Astrid-Schätzchen?«

»In ihrem Büro.« Thomas blickte auf. »Sie will nicht fahren. Sie macht sich große Sorgen um dich.«

»Muss sie nicht. Mir geht's wieder gut. Ehrlich! Das war nur …« Seine Stimme versagte. Was sollte er auch sagen? Die Wahrheit, die zugegebenermaßen reichlich plemplem war?

»Du hast bei deinem Schwächeanfall nicht zufällig ein bisschen geschauspielert?«

Verflixt. Seinem Sohn konnte man nichts vormachen.

»Papperlapapp, nein!«, stieß Johann so resolut hervor, dass es hoffentlich nicht allzu verräterisch rüberkam. Also fügte er kleinlaut hinzu: »Also wenn überhaupt, dann nur ein ganz kleines bisschen.« Er deutete mit Daumen und Zeigefinger ein paar Millimeter an. »Aber das ... ganz ehrlich jetzt ... ist mir eben erst aufgefallen.«

Thomas brummte etwas, das wie *Kinderfahrten* klang, dann riss er die Tür auf und rief: »Astrid, du fährst. Opa ist kerngesund!«

6

Tageslicht schien durch das wellenförmige Dach des
Flughafengebäudes. London Heathrow, Terminal fünf.
Lucie fühlte sich wie zerschlagen. In ihrem Bewusstsein
war es seit einer halben Ewigkeit Morgen. Was daran lag,
dass die Sonne bei ihrem Abflug in Indien gerade aufgegangen war, aber jetzt, neun Stunden später in London, stand
der Zeiger ihrer Armbanduhr auf halb zehn, und alle Leute
frühstückten. Ein Gefühl, als würde sie in einer Zeitschleife
feststecken.

Kraftlos schleppte sie sich in die Wartelounge, nahm
dort einen der Sitze in Beschlag und dämmerte vor sich hin.
Dabei liebte sie das fiebrige Treiben auf Flughäfen, konnte
sonst kaum genug davon bekommen. Menschen aus aller
Welt hasteten von Terminal zu Terminal, Anzeigetafeln
klackerten, Kofferwagen blockierten die Wege. Dies war ein
Ort, von dem aus man in die ganze Welt fliegen konnte,
was ziemlich aufregend war. Für Lucie ging es bloß zurück
nach Berlin, doch selbst das fühlte sich im Moment gut an.

Die neun Stunden im Flugzeug waren eine Tortur gewesen. Der Sitz zu eng, die Klimaanlage zu kühl eingestellt, die

Mitreisenden uninteressant. Die meiste Zeit hatte sie gedöst – an Schlaf war nicht zu denken gewesen –, zwischendurch gelesen, einen schmalzigen Liebesfilm geguckt und sich heißhungrig auf das europäische Frühstück gestürzt. Käsebrötchen! Wie einen kostbaren Schatz hatte sie es in den Händen gehalten, erst mal nur vorsichtig daran geschnuppert, sich kaum getraut, davon abzubeißen, und es dann doch so schnell verputzt, dass ihr Sitznachbar, ein indischer Geschäftsmann, leicht befremdet geschaut hatte. Er aß Puri, frittiertes Fladenbrot. Lucie hatte monatelang Puri gegessen. Wahlweise Idli, eine Art Reispfannkuchen mit scharfem Kokos-Chutney. Tag für Tag. Wie oft hatte sie sich nach den vielen deutschen Brotsorten, ja selbst nach einer faden Scheibe Knäckebrot gesehnt!

Ihr Kopf sackte nach vorn und fand Halt auf ihrem Rucksack, den sie fest umklammert hielt. Dabei hatte sie nicht mal etwas Wertvolles dabei. Bloß ihren Ausweis, den Boardingpass, und beides brauchte sie, um die Maschine zu besteigen, die sie nach Hause bringen würde.

Ihr Zuhause. Wo war das eigentlich? Ganz sicher nicht in ihrem alten Kinderzimmer in Berlin, dafür war sie zu lange fort gewesen. Aber auch sonst schien es keinen Ort auf der Welt zu geben, den sie mit dem Gefühl von Heimat verband.

Die letzten Monate, eigentlich seit sie Pawel im letzten Sommer im Italienischkurs in Venedig kennengelernt hatte, war *er* ihr Zuhause gewesen. Immer nur er. Ja, sie war so dumm gewesen, sich Hals über Kopf in diese Liebesgeschichte zu stürzen und alles auszublenden, was um sie herum geschah. Jonathan, ihre erste große Liebe, hätte ihr eigentlich eine Lehre sein müssen, und doch war sie wieder in die Gefühlsfalle getappt, Bruchlandung inklusive. Sie konnte eben nicht anders, so war sie nun mal gestrickt.

Pawels Indienpläne hatten längst festgestanden, als sie sich ihm, blind vor Liebe, aufgedrängt hatte. Um ständig mit ihm zusammen zu sein, aber auch aus Angst, ihn an eine andere zu verlieren, wenn sie ihn fünf Monate allein durch dieses exotische Land reisen ließ. Also hatte sie sich eingeredet, dass Indien auch ihr Traumziel sei, hatte ihre Mutter vor vollendete Tatsachen gestellt, ein Urlaubssemester beantragt und den Rucksack gepackt. Dass sie mitgekommen war, war nicht seine Schuld. Dass es jetzt aus war, schon.

Unbändige Wut stieg in ihr auf, und mit der Wut liefen auch gleich wieder die Tränen. Pawel, Pawel, Pawel! Warum konnte sie nicht in diesem Moment in seinen Armen liegen, und alles wäre gut? Für immer und ewig? Aber vielleicht – und der Gedanke tröstete sie für einen Moment – ging es auch ihm gerade dreckig. Weil ihm klarwurde, was er an ihr gehabt hatte, und sie ganz schrecklich vermisste. Was, wenn er gerade in einem Internetcafé saß und einen Flug nach Berlin buchte? Kaum lief dieser Film in Lucie ab, schlug ihr Herz schneller, und wie so oft am Tag checkte sie ihr Handy. Aber da war nichts. Keine neue Nachricht, keine SMS, nichts. Enttäuscht putzte sie sich die Nase und verstaute das Handy ganz unten im Handgepäck. Damit sie nicht der Versuchung erlag, es gleich wieder rauszuholen und nachzugucken.

Ein gar nicht mal übelaussehender Typ mit Laptoptasche unter dem Arm verlangsamte den Schritt, als er an der Lounge vorüberging, und lächelte sie an. Vielleicht hatte sich auch bloß sein Mund verzogen, Lucie interessierte das nicht. Von Männern hielt sie sich im Moment besser fern. Sie wollte weder Flirts noch Sex noch Liebesverwicklungen. Nur heim nach Berlin. Also in das Haus, in dem ihre Sachen waren – ein weiches Bett, Bücher, Klamotten, die sie so lange nicht getragen hatte – und in dem ein stets gutgefüllter Kühlschrank stand. Schon seit Wochen malte sie sich aus, was sie alles essen würde: Pasta mit Tomatensoße und einem Schneegestöber von Parmesan. Schokolade – egal, welche Sorte, am besten alle. Vollkornbrot mit Emmentaler und Tomaten. Erdnussflips. Gewürzgurken. Oliven. Crêpes mit Zucker und Zimt. Den Apfelkuchen ihrer Mutter. Vegetarische Sushi. Französische Butterkekse. Pizza beim Italiener um die Ecke. Und sie wollte heiß duschen. Und baden. Am besten so lange, bis die Haut ganz schrumpelig wurde. Sinnlos Wasser verschwenden, auch wenn es unmoralisch war.

Die Lust auf etwas Leckeres riss Lucie aus ihrem Dämmerzustand. Sie überprüfte, ob der Boardingpass in der Vordertasche ihres Rucksacks steckte, schulterte ihr Gepäck und stiefelte los. Der gutaussehende Typ hatte sich nach ihr umgedreht, und für einen Moment trafen sich ihre Blicke. Aber Lucie machte ein abweisendes Gesicht und lief weiter. Vorbei an eleganten Geschäften, deren Luxusartikel ihr geradezu obszön erschienen, vorbei an Restaurants und Cafés. Der Duft frisch gebackener Croissants stieg ihr in die Nase. Sie folgte dem Geruch und landete ein paar Meter weiter in einer italienischen Kaffeebar. Egal, was es kosten würde, es musste jetzt unbedingt eins dieser leckeren Hörnchen sein, dazu ein Cappuccino. Cappuccino! Allein das Wort brachte

Lucie dazu, sich nach Venedig zu träumen. Sie roch das modrige Kanalwasser, schmeckte die köstlichen Brioches, die man dort an jeder Ecke bekam, und auch die ersten Küsse, die Pawel und sie getauscht hatten.

Nein, verdammt, sie wollte nicht an ihn denken, er war es nicht wert. So wie es bisher noch nie ein Junge wert gewesen war. Sie gab ihre Bestellung auf, *no cocoa, thank you.* In der düsteren Vorahnung, dass ihr noch eine ganze Reihe liebeskummerbehafteter Tage bevorstehen würde, griff sie nach der dickwandigen Tasse, die der Barista ihr hinstellte.

»Signorina«, sagte er, und wie er sie dabei anblickte, hatte etwas Tröstliches. Dass das Leben doch weiterging, irgendwie.

*

Als Astrid, ihren Rollkoffer hinter sich herziehend, die Eingangshalle des Flughafens Fiumicino betrat, blickte sie in eine Schar erwartungsvoller Gesichter. Manche der Wartenden hielten Hotelschilder hoch, andere winkten, doch niemand davon sah aus wie Kristina. Unschlüssig, was sie tun sollte, passierte sie die Sperre und blieb in der Nähe des Infoschalters stehen. Ihre Freundin würde schon auftauchen. Vielleicht hatte ihr Flieger Verspätung, oder sie war bloß kurz auf die Toilette gegangen. Kein Grund, nervös zu werden.

Die Verabschiedung von Thomas am Flughafen war innig gewesen, und einen Moment lang hatte Astrid es bedauert, dass ihr Mann nicht mitfliegen konnte. Er war damals schon in Venedig nicht dabei gewesen, und jetzt fuhr sie auch noch ohne ihn nach Rom. Aber vielleicht würden sie ja im Herbst gemeinsam verreisen können – falls Lucie sich erbarmte und ein Auge auf Opa Johann hatte. Oder nächstes Jahr im Frühling.

Es hatte sich seltsam angefühlt, den Sicherheits-Check mutterseelenallein zu passieren, sich ohne Begleitung in die Wartezone zu setzen und auch allein ins Flugzeug zu steigen. Ungewohnt, aber auch aufregend. Jede Sekunde hatte Astrid genossen, und über den schneebedeckten Gipfeln der Alpen hatte sich ein geradezu euphorisches Gefühl eingestellt. Italien. Sonne. Gutes Essen. Die beste Freundin treffen. Besser ging's nicht. Als hätte jemand einen Schalter bei ihr umgelegt, war auch das schlechte Gewissen wegen Opa Johann verschwunden. Thomas hatte es zwar nicht so gesagt, doch an seinem Gesichtsausdruck hatte sie ablesen können, dass Opas Schwächeanfall nicht ganz echt gewesen war.

»Astrid!« Die Stimme war ihr so vertraut, dass Astrid ein warmes Glücksgefühl durchflutete.

Sie fuhr herum und sah Kristina auf sich zusteuern. Kristina ohne den üblichen klassisch-mädchenhaften Pferdeschwanz, sondern mit streichholzkurzen blondierten Haaren. Im nächsten Augenblick lagen sie sich in den Armen, und Astrid stellte mit einer gewissen Befriedigung fest, dass Kristina noch immer denselben blumig-frischen Duft von damals trug. Manche Dinge änderten sich zum Glück nie.

»Wie war dein Flug? Lass dich anschauen. Du siehst toll aus! Geht's dir gut? Deine Karriere steht dir! Übrigens ist das Wetter herrlich. 23 Grad, Sonne, kein Wölkchen am Himmel, na, was sagst du?«

»Und worauf soll ich jetzt zuerst antworten?«

Sie lachten und drückten einander immer wieder, als könnten sie ihr Glück kaum fassen, gemeinsam am Flughafen in Rom zu stehen. Es war ja auch kaum zu glauben. Vor wenigen Tagen hatte Astrid noch nicht mal geahnt, dass sie überhaupt verreisen würde.

Kristina griff sich in ihren Schopf. »Wie findest du's?«

»Super!«

Unsicher blickte Kristina sie an. »Ich hab sie erst letzte Woche abschneiden lassen. Es ist noch ein bisschen ungewohnt.«

»Nein, ehrlich, das ist deine Frisur. Du siehst viel frischer und ... irgendwie auch selbstbewusster aus.«

Als habe Kristina genau das hören wollen, hellte sich ihre Miene auf, und es sprudelte aus ihr heraus: »Die Zotteln mussten dringend ab. Im Krankenhaus haben mich viele Patienten immer noch für die Assistenzärztin gehalten.« Kristina lachte, und viele kleine Fältchen fächerten sich in den Augenwinkeln auf. »Ich freue mich so, dass du da bist! Ich hab wirklich nicht gedacht, dass es klappen würde.«

»Weil mich meine Familie so fest im Griff hat?«

»Weil du jetzt einen Job hast. *Und* deine Familie. Du bist doch sicher rund um die Uhr eingespannt.«

Astrid konnte dies nur bestätigen und erkundigte sich, was passiert sei. War Pius krank geworden, oder wieso war sie in den Genuss dieser Reise gekommen? Am Telefon hatte Kristina ja nichts verraten wollen.

»Lass uns erst den Wagen holen und losfahren, okay?«

Kristina nahm ihren Rollkoffer und bahnte sich den Weg durch die Menschenmassen bis zum Schalter der Autovermietung. Astrid folgte ihr blind. Sie genoss es, sich einfach fallenzulassen, alle Verantwortung wie einen Mantel an der Garderobe abzugeben.

*

Kristina hatte nicht zu viel versprochen. Italien empfing sie mit frühlingshafter Luft, einem blassblauen Himmel und Oleander, der verschwenderisch auf dem Mittelstreifen der Autobahn blühte. 42 Kilometer, ein Katzensprung vom Flughafen bis nach Frascati.

Am ersten *Autogrill*, der auf dem Weg lag, tranken sie einen Cappuccino und aßen getoastete Panini. Astrid liebte die spezielle Atmosphäre in den italienischen Raststätten. Kaffeearoma hing in der Luft, vermischte sich mit dem Duft diverser Backwaren, dazu das Tassengeklapper und Zischen der gigantischen Espressomaschinen.

Auf der Weiterfahrt plapperte Kristina munter vor sich hin. Als hätte sie Astrid erst gestern noch gesehen und würde nun an all die eher belanglosen Alltagsthemen anknüpfen, die sie am Vortag besprochen hatten. Astrid störte das nicht. Sie fand es allenfalls amüsant und wunderte sich, dass Kristina nichts von ihrer Arbeit erzählte, nichts von Pius und dass immer noch nicht klar war, welchem Umstand Astrid es zu verdanken hatte, dass sie hier neben ihrer Freundin über die italienische Autobahn flitzte.

Neben Kochrezepten, Wetterprognosen und Klamotten ging es um ein grandioses Buch, das sie gerade las, um eine Siedlung, die in Altdorf gebaut wurde, und um ein hochmodernes Fitnessstudio, in dem sie zwar Mitglied war, aber bisher noch keinen Fuß hineingesetzt hatte, weil sie Fitnessstudios eigentlich überhaupt nicht ausstehen konnte. Und dann lachte sie wieder, als sei das Leben ein riesengroßer Spaß. Was es ja vielleicht auch war. Zumindest im Moment.

»Nicht so schnell«, mahnte Astrid immer wieder. Das Tempolimit in Italien lag bei 130 Stundenkilometern, doch die Nadel des Tachos zitterte fast durchweg bei 150.

»Sei nicht spießig. Die Italiener fahren doch auch so«, entgegnete Kristina übermütig, ohne den Fuß vom Gas zu nehmen.

Astrid war es ein Rätsel, dass jemand, der Tag für Tag Menschen auf dem OP-Tisch zusammenflickte, sich derart unbekümmert auf der Autobahn verhielt. »Wenn du erwischt wirst, zahlst du richtig Geld. In dem Punkt sind die Italiener auch ziemlich spießig.«

Kristina zwinkerte ihr zu, als habe sie Astrid bloß auf den Arm nehmen wollen, dann lenkte sie den Leihwagen aber auf die rechte Spur und fuhr in gedrosseltem Tempo weiter.

Als sie einige Zeit später von der Autobahn abbogen, gerieten sie in einen Stau, und kaum hatte er sich wieder aufgelöst, krochen sie hinter einem Dreiradauto her. Kristina ärgerte sich lautstark, aber Astrid verfiel zunehmend in einen entspannten Urlaubsmodus. Wozu auch die Eile? Im Gegenteil, sie liebte es, aus dem Fenster zu sehen und jede Palme, jedes Gehöft, ja sogar das Chaos aus Werbeschildern auf der inneren Landkarte ihres Gedächtnisses abzuheften.

»Ist das nicht herrlich hier?«, rief Kristina, nachdem es ihr endlich gelungen war, den stinkenden Kriecher zu über-

holen. Sie ließ die Fenster runterfahren, und schmeichelnd-
warme Luft strömte herein.

Astrid dachte an den Nieselregen in Berlin am Morgen,
gerade mal 14 Grad sollten es werden. Eine rot getupfte
Mohnwiese erstreckte sich bis zum Horizont, dann reihten
sich kleine Ortschaften mit sandfarbenen Häusern aneinander, hübsch wie Postkartenmotive. Vor den Straßencafés
saßen alte Männer an leeren Tischen, spielten Karten und
hoben nur selten den Blick, um den vorbeifahrenden Autos
nachzuschauen.

Gerade hatten sie Frascati, eine größere Stadt mit römischen Patriziervillen, durchquert und waren im Schritttempo einen kleinen Hügel hinaufgefahren, da meldete sich
Kristinas Navi wieder zu Wort. Nur noch wenige hundert
Meter, dann hatten sie ihr Ziel erreicht.

»Kristina, wir sind da!«, rief Astrid und spürte dem auf-
geregten Hämmern ihres Herzens nach. Wie würde die Unterkunft wohl sein? Auf der Hotelseite im Internet war ein
von Scheinwerfern angestrahlter Palast zu sehen gewesen,
fast unwirklich schön, so dass Astrid ein manipuliertes Foto
vermutete. Vielleicht war ihre Freundin ja auf eine ge-
fälschte Internetseite hereingefallen, und in Wirklichkeit
wartete eine Baracke auf sie, die nicht mal die Bezeichnung
Hotel verdiente.

Im Schritttempo ging es eine holprige, von Pinien ge-
säumte Auffahrt entlang, im nächsten Moment tat sich eine
Parklandschaft mit haushohen Bäumen vor ihnen auf. Und
plötzlich stand sie einfach vor ihnen, diese Villa, noch schöner und prächtiger, als ein Foto es je hätte wiedergeben
können.

»Oh nein!«, stieß Astrid hervor.

»Oh doch!«, entgegnete Kristina lachend, und mit einer Selbstverständlichkeit, als sei sie nicht zum ersten Mal hier, lenkte sie den Leihwagen auf den Parkplatz vor einem der Nebengebäude.

7

Den Laptop auf den Knien, saß Johann auf dem Sofa und gähnte. Nachdem er am Morgen spazieren gegangen und wie üblich im Kiosk gestrandet war, wo er mit Frau Kleinschmidt-Mühlenthal geplaudert hatte, war die Luft raus. Etwas in ihm hatte einfach *Zzzzschhh* gemacht. Seitdem hing er wie ein Schluck Wasser in der Kurve und wusste nichts mit sich anzufangen. Thomas war in seinen Pornoladen abgezwitschert, wo er den Pfui-Teufel-Schmutzkram verkaufte, und seine gute Astrid ließ sich wohl schon italienische Luft um ihr hübsches Näschen wehen. Und ihm, tja, ihm fiel hier langsam die Decke auf den Kopf. Da nützte es auch herzlich wenig, sich immer wieder in Erinnerung zu rufen, dass er wenigstens dem Krankenhaus entkommen war. Herrje, was sich heutzutage so alles Arzt schimpfte! Früher hatte es sich stets um seriöse Herren in weißen Kitteln gehandelt, nicht aber um kesse Bienen, die nach Dienstschluss vermutlich in die Disko gingen.

Draußen regnete es aus Gießkannen. Die Tropfen pladderten gegen die Terrassentür, und kaum ließ der Regen ein wenig nach, zog bereits eine neue Wolkenflotte auf. Es kam ja selten vor, dass er sich langweilte, doch jetzt war so ein Moment. Er hatte nicht mal Lust, aufzustehen und sich ein Teechen zu kochen. Und weil es nicht so aussah, als würde in seiner beschaulichen Johann-Welt gleich etwas Aufregendes passieren, tippte er sein Passwort Gummibärchen45 bei Facebook ein. Vielleicht hatten ihm ja seine Tochter Franca oder seine Enkelin Emilia ein Lebenszeichen aus Venedig geschickt. Die beiden ließen zwar nur alle Jubeljahre von sich hören, aber wenn eine Nachricht kam, eine SMS oder gar ein Anruf, freute er sich jedes Mal ein Loch in den Bauch. Schließlich waren die beiden erst vor einem Dreivierteljahr in sein Leben geplatzt, dafür aber richtig mit Pauken und Trompeten. All die Jahre zuvor hatte er ja nicht mal geahnt, dass das unbedeutende Tête-à-Tête mit einer gesichtslosen Dame, damals, als er mit seinem Freund Hans schick im Käfer nach Italien gereist war, nicht folgenlos geblieben war.

Zum Glück meldete sich wenigstens Lucie hin und wieder aus Indien. Nichts zu essen hatten die Menschen in dem Land, doch Internetcafés schien es an jeder Ecke zu geben. Was für sie beide ja ein Glück war. Denn obwohl seine kleine Kröte mit dem Mann ihrer Träume, einem Sohnemann aus reichem Hause, unterwegs war, plagte sie doch immer wieder das Heimweh. Und dann setzte sie sich mit einem Tee in ein Internetcafé und schrieb ihm. Kaum vorstellbar, dass es mit der Liebe immer noch so weit her war. Wer korrespondierte schon lieber mit dem Großvater über Facebook, als sich mit dem Herzallerliebsten zu vergnügen? Das arme Ding. Seit sie auch nur einen Fuß auf indischen Boden gesetzt hatte, plagten sie Magenkrämpfe und Durchfall. Immer wieder, von wenigen Lichtblicken abgesehen, in denen ihr die Verdauung mal nicht den Tag vermieste. Johann hatte ihr schwören müssen, ihrer Mutter nichts davon zu sagen. Weil die glatt auf die Idee gekommen wäre, ihr Töchterchen unverzüglich zurückzubeordern. Offen gestanden hätte er das am liebsten auch getan – am liebsten per Express –, und es war ihm schwergefallen, seine Lieblingsenkelin nicht zu verraten. Weil er sich Sorgen machte, jede Minute, die Lucie nicht zu Hause war. Wer konnte schon wissen, was sie sich alles eingefangen hatte. Pest, Pocken, vielleicht auch Lepra. Und ob der Wunderknabe Pawel wirklich ein Auge auf sie hatte, wussten wohl nicht mal die indischen Gottheiten.

In Johanns Postfach war nichts – nur gähnende Leere.

Er schaute auf die Pinnwand, aber was seine Facebook-Freunde vom Stapel gelassen hatten, riss ihn nun wirklich nicht vom Hocker.

Das Chat-Fenster klickte auf, was sein Herz augenblicklich höherschlagen ließ. Der einzige Mensch auf dieser Welt, der mit ihm chattete, war nämlich Lucie.

Hi Opi! Wie geht's?, fragte sie.

Alles im Lack, tippte er bedächtig mit dem rechten Zeigefinger. Zugegeben, im Computerschreiben war er kein Ass, jede Nachricht dauerte ewig lang, und manchmal hatte sich Lucie auch schon mit einem *Tschau, Opi* verabschiedet, bevor er seinen Satz zu Ende gebracht hatte. Aber schnurz. Im Gegensatz zu vielen seiner Altersgenossen hatte er immerhin keine Angst vor der neuen Technik.

Opi, ich muss dir was sagen, tauchte es in dem winzigen Schreibfenster auf.

Bist du blank? Eigentlich war Lucie ja ständig blank, es hätte ihn also nicht groß gewundert.

Nein, schrieb sie.

Was denn?

Für gewöhnlich antwortete Lucie immer blitzschnell, jetzt ließ sie ihn schmoren. Das verhieß nichts Gutes. Was zum Teufel war da los in Indien? Hatte Pawel ihr vielleicht ein Kind angehängt? Na, der würde was erleben können, wenn er …

Bin in London, erschien es auf seinem Bildschirm. *Lande um 19:51 in Tegel. Holt ihr mich ab?*

Ein Schwindelgefühl überkam Johann mit einer Wucht, dass er an der Tischkante Halt suchte. Lucie war in London? Wie konnte das sein? Ihr Rückflug ging doch erst in einem Monat. Aber bevor er auch nur einen Buchstaben tippen konnte, hatte sich sein Herzchen schon wieder ausgeloggt.

*

Sonnenstrahlen tanzten auf Astrids Nase, über ihr rauschte es in der Baumkrone, und aus weiter Ferne wurde das Brummen eines Rasenmähers herübergeweht. Sie hatten sich den schönsten Platz in der Parkanlage ausgesucht. Halb in der Sonne, halb im Schatten eines uralten Baumes.

Astrid nahm einen Schluck Wasser und genoss es, die Wärme auf ihrem Körper zu spüren. Der Winter war lang und hart gewesen. Eben ein typischer Berliner Winter. Noch Mitte März hatte es Schnee gegeben, Opa Johann war ein paarmal lang hingeschlagen, hatte sich zum Glück aber nichts getan, und weil die kalte Jahreszeit gar nicht enden wollte, hatte Astrid trotzig das Wohnzimmer und die Küche mit Frühlingsblumen dekoriert.

»Wir sollten Rom sausenlassen und bis in alle Ewigkeit hier sitzen bleiben.« Astrid nahm sich von den *Biscotti*, die zum Espresso serviert wurden.

Kristina lachte glockenhell auf, befand ebenfalls, dass dies nicht das Schlechteste wäre, und bestellte bei einem Kellner, der sich ab und zu in dem weitläufigen Park blicken ließ, zwei Spritz. Außer ihnen saßen keine weiteren Gäste in der Hotelanlage. Als sei längst Saisonschluss und lediglich Astrid und ihre Freundin hätten sich ins italienische Frascati verirrt. Dabei war das Hotel augenscheinlich ausgebucht. Eine Tagung fand statt; bei ihrer Ankunft hatten die vornehmlich italienischen Teilnehmer gerade Pause gehabt, sich draußen im Park die Beine vertreten, eine Zigarette geraucht und Espresso getrunken.

Was für ein wundervolles Ambiente für einen Kongress! Schon seit ihrer Ankunft grübelte Astrid, wie sie den Pharmakonzernen, in deren Auftrag sie arbeitete, den Palazzo aus dem 17. Jahrhundert schmackhaft machen könnte. Die Anreise für die internationalen Gäste wäre nicht zwangsläufig weiter, und vielleicht könnte man, je nach thematischer Ausrichtung, die Italiener mit ins Boot holen.

Nach einem Rundgang durch die prächtigen Hallen mit den aufwendig restaurierten Fresken, antiken Möbeln und augenscheinlich wertvollen Gemälden hatten Astrid und Kristina ihr Zimmer im Nebenhaus, einem ehemaligen Wirtschaftsgebäude, bezogen. Es war weniger prunkvoll, dafür umso liebevoller restauriert und geschmackvoll eingerichtet. Ebenso das geräumige Doppelzimmer mit der Terrasse, die ins Grüne ging.

Astrid, die es gewohnt war, mit ihrer Familie in bescheidenen Pensionen oder Ferienwohnungen abzusteigen, hatte bloß gestaunt. Das Bett war mit einem Baldachin überspannt, ein gigantischer Flachbildfernseher bedeckte fast die halbe Wand, und im komfortablen Badezimmer gab es sowohl eine Dusche als auch eine frei stehende Wanne mit vergoldeten Armaturen.

»Meinen Anteil am Hotelzimmer zahle ich aber selbst«, stellte Astrid klar, nachdem sie angestoßen hatten – auf ein paar wundervolle Tage, auf das Leben, auf alles, was noch vor ihnen lag.

Kristina verzog schmerzlich das Gesicht.

»Schmeckt der Spritz nicht?«

»Nein, *du* schmeckst mir nicht. Ich hab doch gesagt, ich lade dich ein.«

»Das musst du aber nicht. Ich verdiene jetzt mein eigenes Geld. Oder gibt es einen speziellen Grund?«

Ihre Freundin saß eine Weile reglos da, dann bekannte sie: »Ganz und gar nicht. Es ist einfach schön, dass wir beide hier zusammen sind. Und ich möchte mich bei dir bedanken. Dass du dir so spontan die Zeit genommen hast.«

Astrid kaufte ihr das nicht ganz ab, beließ es aber dabei. Wenn es Kristina nun mal glücklich machte, würde sie die Einladung annehmen, und Punkt. Vielleicht konnte sie sich ein andermal bei ihr revanchieren.

»Wie geht es Pius?«, erkundigte sie sich, nachdem sie sich bedankt hatte.

»Sehr gut. Und Thomas?«

»Auch gut.«

Astrid blickte Kristina forschend an. So war das schon die ganze Zeit gewesen. Kaum stellte sie Fragen, die nicht in die Rubrik *seichtes Geplauder* fielen, mauerte ihre Freundin oder antwortete mit einer Gegenfrage. Heute Abend, dachte Astrid. Heute Abend würde sie sich Kristina vorknöpfen. Augenscheinlich musste sie erst mal ankommen, sich akklimatisieren, später würde sich ihre Zunge schon von ganz allein lösen. Früher hatten sie doch auch immer alles von A bis Z durchdiskutiert. Stundenlang hatten sie am Telefon ihre Beziehungen analysiert – psychologisch war Kristina genauso bewandert wie im Umgang mit dem Skalpell.

Also erzählte Astrid. Vom letzten Kongress, von den Schwierigkeiten mit Opa Johann, von Thomas. Dass der Erotikshop endlich florierte und ihr Mann seitdem ein komplett anderer war.

»Dann versteht ihr euch wieder besser?«

Astrid ließ den Blick in die Baumkrone schweifen. Ein Vogel flatterte auf, als habe sie ihn aufgescheucht. »Ja, auf jeden Fall. Ich glaube, wir haben uns selten besser verstanden.«

»Das freut mich zu hören. Ehrlich.«

Kristinas kaum wahrnehmbares Mienenspiel sprach allerdings eine andere Sprache. Hatte sie vielleicht gehofft, Astrid würde Thomas endlich verlassen? Weil sie ihn nie besonders hatte leiden können?

Astrids Handy surrte in den Tiefen ihrer Tasche. Sie mochte es nicht, unterwegs gestört zu werden, brachte es aber nur selten fertig, das Ding einfach auszustellen. Es konnte ja immer was mit Opa sein. Oder mit einem ihrer

Kinder. Sie grub in der Handtasche, fand das Handy erst nicht und wurde hektisch.

»Seitentasche?«, schlug Kristina grinsend vor.

Und da steckte es dann auch. So wie immer.

Opas Vorname leuchtete auf dem Display auf. Musste das sein? Kaum war sie ein paar Stunden von zu Hause weg, hielt er das Alleinsein nicht mehr aus und rief sie oder Thomas an. Astrid unterstellte ihm nicht mal Böswilligkeit. Das, was er erlebte oder auch nicht erlebte, war überaus wichtig für ihn, und er schien zu glauben, dass alle Welt ganz begierig darauf war, unverzüglich davon zu erfahren.

»Ja, Johann, was gibt's?«

»Lucie!«, japste er, und Astrid fuhr der Schreck in die Knochen.

»Was ist mit Lucie?«

»Sie, sie ist …« Der Rest des Satzes ging in einer Abfolge genuschelter Laute unter.

»Johann, ich versteh dich nicht. Sprich bitte lauter.«

»Lucie … also das heißt, deine Tochter«, ließ er jetzt klar und deutlich verlauten.

»Das weiß ich auch!«

»Sie kommt heute Abend mit dem Flugzeug in Tegel an. Irgendwie aus London oder Schieß-mich-tot.«

Astrid war so perplex, dass ihr nichts anderes einfiel, als »Wieso?« zu fragen.

»Keine Ahnung, Astrid-Schatz. Fürchte, sie hat die Schnauze voll von Indien.«

»Und Pawel ist bei ihr?«

»Hat sie nicht gesagt. Ist doch auch schnurz. Wollte dir

nur kurz Bescheid geben. Melde mich später noch mal.« Im nächsten Moment hatte er bereits aufgelegt.

Verwirrt ließ Astrid ihr Handy sinken.

»Was ist los?«

»Lucie sitzt im Flieger nach Deutschland.«

In den letzten Monaten hatte sie ihre Freundin hin und wieder angerufen, wenn die Sorge um Lucie zu schwer auf ihr gelastet hatte. Kristina hatte immer Verständnis gezeigt, ihr aber auch ins Gewissen geredet. Wie gerne hätte sie selbst mit Anfang zwanzig so eine Chance gehabt! Sie fand es absolut richtig, dass die jungen Leute heutzutage durch die Welt reisten. Früh genug würde sich alles nur noch um die Ausbildung, den Beruf oder die Familie drehen.

»Wollte sie nicht sowieso bald zurückkommen?«

»Mitte Mai.«

»Dann sei froh. Du hast deine Tochter bald wieder.«

Das stimmte. Doch der Gedanke, dass etwas passiert sein musste – warum sonst gab sie ihr großes Abenteuer einfach so auf –, ließ sich nicht verscheuchen.

»Willst du abreisen?« Kristina richtete einen prüfenden Blick in den blauen Himmel. »Ich könnte durchaus verstehen, wenn du noch heute zurückfliegst.«

Astrid lehnte sich zurück und sah blinzelnd in das flimmernde Grün der Baumkrone. Die Luft, die Sonne, das Anwesen – mitten im Paradies war sie gestrandet, und jetzt sollte alles schon wieder vorbei sein? Eine Kette wirrer Gedanken setzte sich in Gang. Da war die Angst um ihre Tochter. Die Freude darüber, dass sie bereits sicheren europäischen Boden unter den Füßen hatte. Aber auch die Enttäuschung, dass sie ihr nicht mal eine SMS geschickt, sondern ausgerechnet ihren heißgeliebten Großvater benachrichtigt hatte.

Ein Flugzeug hinterließ einen weißen Kondensstreifen am Himmel, und Astrid setzte sich auf. »Nein, Kristina. So weit kommt's noch, dass ich gleich wieder springe, wenn was mit meiner Familie ist. Lucie ist erwachsen. Sie wird schon ihre Gründe haben.«

Kristina ließ die Eiswürfel in ihrem Glas klirren. Und dann sagte sie etwas, wofür Astrid sie am liebsten umarmt hätte: »Wenn du aber trotzdem noch abreisen möchtest, aus welchem Grund auch immer … ich würde es dir nicht übelnehmen.«

8

Johann staunte. In der Ankunftshalle des Flughafens ging es zu wie in einem Ameisenhaufen. Stewardessen in flotten Kostümen, Urlauber mit Rollkoffern, Hotelangestellte mit Infoschildern, Menschen in Regenjacken und mit tropfnassen Schirmen, quengelnde Kinder – alles lief kreuz und quer, und so mancher scheute sich nicht, seine Ellbogen auszufahren, um an sein Ziel zu kommen.

»He, Sie!«, beschwerte sich Johann bei einem jungen Mann mit markstückgroßen Ohrringen, die seine Ohren gespenstisch aushöhlten. Im Vorbeigehen hatte der Halbstarke ihm – absichtlich oder unabsichtlich – seine Umhängetasche in die Seite gerammt.

»Watt willstn du, ey, Alter«, pöbelte der Halbstarke zurück.

»Freundchen, jetzt vergreif dich mal nicht im Ton«, erklärte Johann mit fester Stimme. »Wüsste nicht, dass wir per du sind.«

Der Rowdy lachte von oben herab, doch bevor Johann ihm mal so richtig den Marsch blasen konnte, nahm Thomas ihn beim Arm und zog ihn weiter.

»Mit solchen Typen legt man sich besser nicht an«, erklärte er.

»Ja glaubst du etwa, ich wollte mich mit diesem Radaubruder prügeln? Aber man kann sich doch nicht alles gefallen lassen.«

Sein Sohn setzte eine moralinsaure Miene auf, und schon ließ er eine Gardinenpredigt vom Stapel. Wie weltfremd er eigentlich sei. In Frau Kleinschmidt-Mühlenthals Kiosk möge es ja vielleicht beschaulich zugehen, doch in Berlin herrsche nun mal ein rauer Ton, und ob er das wirklich noch nicht mitgekriegt habe. Laber, Rhabarber. Johann hörte gar nicht richtig hin. Denn durch die Glasscheibe, die sie vom Ankunftsgate trennte, sah er schon die Fluggäste aus London Heathrow zur Gepäckausgabe strömen. Lucie? Wo war seine herzallerliebste Kröte? Das Herz schlug ihm bis zum Hals.

»Thomas! Guck doch mal! Siehst du Lucie?«

Sein Sohn schüttelte den Kopf.

Johann konnte kaum fassen, dass er der Ankunft seiner Tochter so gelassen entgegensah. Als habe sie bloß eine Spritztour in den Spreewald unternommen und würde gleich mit ein paar Gläsern Gurken zurückkehren. Dabei waren Monate vergangen. Wie sie wohl aussehen mochte? Ob sie sie überhaupt wiedererkennen würden?

Johann reckte sich auf die Zehenspitzen, und dann erspähte er ein mageres Wesen mit zotteligen Haaren, das, den Rucksack geschultert, durch die Halle schlurfte. Johann kniff die Augen zusammen. Nein, das war sie nicht. Oder doch? Seine Kröte? Hatten die denn nix zu futtern in Indien? Und keine Friseure? Die halbe Portion starrte mit glasigem Blick in seine Richtung, dann riss sie die Arme hoch und winkte.

»Lucie!«, rief Johann, und Thomas sagte: »Mensch, das Kind hat aber abgenommen.«

Das stimmte. Sie hatte ja nie viel auf den Rippen gehabt, aber jetzt war sie bloß noch ein Strich in der Landschaft. Hach, könnte er doch nur kochen! Und backen! Dann würde er ihr alles vorsetzen, was ihr Herz begehrte: Nudeln, ja, die liebte seine kleine Kröte über alles, Astrids Apfelkuchen, ein leckeres Brathähnchen, ach nein, die Kleine futterte ja nichts, was zu Lebzeiten Augen, Beine und einen Blutkreislauf gehabt hatte.

Einige Zeit später – Johann war jede Sekunde wie eine Ewigkeit vorgekommen – lagen sie sich endlich in den Armen.

»Lucie!«

»Opi!«

»Papa!«

»Kröte!«

»Spatz!«

»Lass dich anschauen!«

Sie mussten sich reichlich plemplem anhören, aber schnurz. Nicht nur, dass Lucie an Gewicht verloren hatte, ihre Augen waren auch noch verquollen. Der lange Flug? Oder hatte sie geweint?

»Wo ist Mami?«

Sie blickte sich um, als könnte Astrid gleich hinter einem Pfeiler hervorgesprungen kommen und *Überraschung!* rufen.

»In Italien«, erklärte Thomas.

»Wie, in Italien?« Lucies Pupillen flitzten hin und her. »Mit wem denn? Hat sie einen Lover?«

Das war sie wieder, die freche Lucie. Die junge Frau, in der immer noch eine Portion Kind steckte.

»Nein, mit ihrer Freundin Kristina aus der Schweiz.« Thomas verzog keine Miene.

»Oha«, meinte Lucie, und ein ganzer Strauß an Möglichkeiten lag in diesen zwei Silben. »Dann sagt ihr mal besser nicht, dass ich zurück bin.«

»Schon passiert«, gestand Johann. »Ich hab sie heute Nachmittag angerufen.«

»Bist du verrückt, Opi? Hör mal, du bist ja wohl total gaga!«

Na, das war ja mal eine freundliche Begrüßung.

»Dein Großvater ist überhaupt nicht verrückt«, sprang sein Sohn für ihn in die Bresche. »Und gaga schon mal gar nicht.«

»Mein ich ja auch nicht, aber Mami kriegt es noch fertig und setzt sich in den nächsten Flieger. Ihr kennt sie doch.«

»Und wenn schon«, erklärte Johann. »Sie ist deine Mutter. Da hat sie ja wohl das Recht, zu erfahren, dass du wieder zurück bist. Aus dem schrecklichen Indien.«

»Na, du kennst dich ja gut aus.«

»Kröte.« Er tätschelte seiner Enkelin die Wange. »Du bist abgemagert und siehst, mit Verlaub, schon ein bisschen verlaust aus.«

»Vielen Dank aber auch, Opi.«

»Jetzt erzähl doch mal«, schaltete sich Thomas ein. »Warum bist du früher abgereist?«

»Müssen wir das jetzt besprechen?« Lucie schulterte ihren Rucksack. »Sagt mir lieber mal, warum Mami mit ihrer Freundin verreist ist. Das hat sie doch noch nie gemacht.«

Aber Thomas schnappte sich Lucies Reisegepäck und schlug vor, erst mal zum Auto zu gehen. Schließlich hätten sie noch den ganzen Abend Zeit zum Reden.

*

Lucie saß neben Opa Johann auf der Rückbank, drückte sich die Nase an der Fensterscheibe platt und konnte sich kaum sattsehen. Die Stadt machte den Eindruck, als wäre sie eben noch mit einer Riesenzunge abgeleckt worden. Der Asphalt glänzte nass vom Regen, Büsche und Bäume standen in hellem Grün, und die Häuser sahen wie frisch gestrichen aus. Selbst die hässlichsten Siedlungen erstrahlten in einem nie dagewesenen Glanz. Berlin war reich. Berlin war schön. Berlin war sexy.

»Lucie, schnallst du dich bitte an?«, tönte ihr Vater vom Fahrersitz.

Anschnallen? Lucie kringelte sich vor Lachen. In Indien hatte sie sich nie angeschnallt. Kein Mensch schnallte sich dort an. Und das, obwohl es auf den Straßen chaotischer zuging als sonst wo auf der Welt. Das Gewimmel aus Fahrrädern, Ochsenkarren, Rikschas, Autos und Fußgängern in der von Abgasen geschwängerten Luft hatte Lucie in ihrer ersten Zeit ziemlich Angst gemacht. Erst nach und nach hatte sie sich daran gewöhnt, dass jeder Verkehrsteilnehmer seine ganz eigenen Regeln zu befolgen schien. Wie auch sonst hätte man sich auf den Straßen fortbewegen sollen? Es gab weder Spureinteilungen noch Trennlinien noch

Fußgängerüberwege noch Vorfahrtsschilder. Sofern man das Glück hatte, eine Hupe zu besitzen, hupte man – am besten pausenlos. Als Fußgänger blieb einem nichts anderes übrig, als sich mutig durch die Fahrzeugkolonnen hindurchzuschlängeln. Meistens passierte ja auch nichts. Während die Europäer einen ganzen Katalog an Vorschriften brauchten, regelte sich das Straßenchaos in Indien erstaunlicherweise wie von selbst.

Eine halbe Stunde später lenkte ihr Vater den Wagen in ihre Straße. Lucie fühlte ihr Herz schneller schlagen. Was war bloß mit ihr los? Hatte ihre Reise nach Indien etwa bewirkt, dass sie quasi über Nacht komplett verspießert war und schon beim Anblick eines Reihenhauses mit adrettem Gärtchen in Verzückung geriet? Egal. Cool sein konnte sie ein andermal. Und wie von Sinnen sprang sie aus dem Auto und stürmte auf die Haustür zu.

9

Das Hotelrestaurant lag im Seitenflügel des Palazzos und bot einen schier überwältigenden Blick über die Hügel Roms. Astrid und Kristina hatten sich nach ihrem Plausch im Park ein Weilchen hingelegt, gelesen und gedöst, um sich danach in aller Ruhe frisch zu machen. Astrid genoss es, dass sie niemand zur Eile antrieb. Weder Thomas noch Opa Johann, und auch die Uhr saß ihr nicht wie ein lauerndes Ungeheuer im Nacken. Das Zeitkontingent, das vor ihr lag, schien unendlich zu sein, und ob sie die Stunden auf dem Hotelbett, unter der Massagedusche oder in irgendeinem Museum verprasste, war allein ihre Sache.

»*Da bere?*«, fragte der Kellner, ein gutaussehender Mann mit Zopf und Dreitagebart.

Astrid bestellte Wein, Wasser und die Speisen auf Italienisch und freute sich, dass ihr die Worte recht flüssig über die Lippen kamen. Anscheinend war doch noch einiges von dem Italienischkurs im letzten Sommer hängengeblieben.

»*Volentieri.*« Der Kellner verbeugte sich galant und machte ihr ein Kompliment bezüglich ihrer Aussprache, was Astrid nun doch ein wenig übertrieben fand. Wie alle ihre Landsleute sprach sie deutsch gefärbtes Italienisch. Und das klang sicher alles andere als elegant.

Die Vorspeise, Büffelmozzarella mit San-Marzano-Tomaten, war ein Gedicht, doch beim Warten auf den Fisch-Hauptgang wurde Astrid unruhig. Wieso meldete sich Lucie eigentlich nicht? Oder wenigstens Thomas? War ihre Tochter womöglich noch gar nicht angekommen?

Als habe Kristina ihre Gedanken erraten, legte sie ihr die Hand auf den Arm und sagte: »Na los, ruf schon zu Hause an.«

»Und wenn ausgerechnet dann der Hauptgang serviert wird?«

»Na und? Dann ist es eben so.« Kristina lächelte verschmitzt. »Der Fisch kann ja nicht mehr wegschwimmen.«

Astrid trug ihrer Freundin auf, im Falle des Falles nicht mit dem Essen auf sie zu warten, sie würde sich aber auch beeilen. Mit langen Schritten durchquerte sie das Restaurant, stieß die angelehnte Terrassentür auf und trat ins Freie. Lavendeltöpfe standen auf den Tischen und gaben in der Dämmerung ein hübsches Stillleben ab. In weiter Ferne funkelten die Lichter Roms. Vielleicht war es auch gar nicht Rom, schön sah es allemal aus, und eine unbändige Vorfreude stieg in Astrid auf. Sie und Kristina in der jahrtausendealten Stadt. Niemand, der an ihrem Rockzipfel hing. Besser ging's nicht.

Wie auf ein Stichwort vibrierte das Handy in ihrer Handtasche. Eilig fischte sie es aus dem Seitenfach.

»Lucie!«, rief sie den Namen ihrer Tochter ins Telefon.

Ein Mann, der zum Rauchen auf die Terrasse gegangen war, blickte zu ihr herüber, und sie kehrte ihm beschämt den Rücken zu.

»Ja, Mami, ich bin's. Aber warum brüllst du so?«

»Ich hab doch gar nicht gebrüllt«, sagte Astrid gedämpft. Sie hörte Lucie kichern. »Aber du japst. Joggst du gerade?«

Astrid entspannte sich. Wenn Lucie flapsig daherkam, konnte kaum die große Katastrophe passiert sein.

»Wie lange seid ihr schon zu Hause?«, fühlte Astrid vorsichtig vor. Sie wollte alles, nur Lucie nicht gleich nach ihrer Ankunft Vorwürfe machen.

»Weiß nicht. So zwei Stunden. Paps hat zur Feier des Tages Pizza beim Italiener geholt. Voll lecker mit Mozzarella und Rucola … woahh … weißt du eigentlich, wie lecker Mozzarella ist?«

Astrid musste schmunzeln. Sie konnte sich gut vorstellen, wie ausgehungert ihre Tochter nach europäischem Essen sein musste. »Ja, mein Spatz, das weiß ich. Ich hab auch gerade welchen gegessen.«

Sie verkniff sich die Frage, warum Lucie sich nicht eher gemeldet hatte. Schließlich musste sie erst mal ankommen. Die verdreckten Sachen auspacken, ihr Zimmer inspizieren, vielleicht war sie auch in die Badewanne gehüpft oder hatte eine Freundin angerufen.

»Jetzt erzähl doch mal«, bat Astrid.

»Was?«, entgegnete Lucie allen Ernstes.

»Was schon? Wieso du eher zurückgekommen bist.«

»Das ist doch jetzt egal.«

»Das ist überhaupt nicht egal!« Vermutlich klang sie nun

doch vorwurfsvoll. Der Raucher drückte seine Zigarette an der Brüstung aus und ging wieder ins Restaurant.

»Bist du krank? Ist Pawel mit dir geflogen? Konntest du einfach so umbuchen?«

»Nein. Nein. Ja.«

»Lucie, Kristina und ich sind beim Essen. Gleich kommt der Hauptgang. Und ich möchte jetzt bitte wissen, was los ist«, schlug sie einen schärferen Ton an. »Damit ich die Zeit hier auch weiter genießen kann.«

Der Atem ihrer Tochter ging stoßweise. »Aber wehe, du nimmst gleich das nächste Flugzeug nach Berlin.«

»Wenn du nicht endlich mit der Sprache rausrückst, werde ich das ganz bestimmt tun.«

Abermals war es in der Leitung still. Astrid hörte Lucie nicht mal mehr atmen.

»Lucie?«

»Es ist nichts, Mami. Nur … Pawel und ich … wir sind nicht mehr zusammen. Zufrieden?«

Astrid wurde kurz flau im Magen. Das war es also. Pawel. Doch eine Katastrophe. Lucie hatte ihr die ganze Zeit bloß etwas vorgespielt. Was Liebeskummer anging, war ihre Tochter Expertin. Wo andere nur ein paar Tränchen vergossen und rasch wieder zur Tagesordnung übergingen, litt sie doppelt und dreifach. Astrid wollte so vieles wissen. Warum es auseinandergegangen war. Ob Pawel sie etwa habe allein reisen lassen. Aber sie war klug genug, nicht in ihre Tochter zu dringen, und beendete ziemlich rasch das Gespräch.

Die Fischgerichte standen bereits auf dem Tisch, als sie zurückkam. »Du solltest doch schon anfangen!«

»Alles klar bei Lucie?«

»Viel hat sie nicht gesagt. Nur dass sie sich von ihrem Freund getrennt hat. Oder er sich von ihr, keine Ahnung.«

Kristinas Augenbrauen wanderten ein paar Millimeter höher, doch sie ersparte sich einen Kommentar. Was sollte sie dazu auch sagen? Sie kannte weder Pawel noch wusste sie, was in Indien vorgefallen war.

Der Fisch, der mit einer buttrigen Zitronensoße übergossen war, zerging auf der Zunge. Dazu gab es kleine goldgelbe Kartoffeln und ein Ragout aus verschiedenfarbigen Tomaten. Allein deswegen hatte sich die Reise schon gelohnt.

»Sei froh, dass du keine Kinder hast«, sagte Astrid zwischen zwei Gabeln.

Kristina grinste. »Das meinst du jetzt aber nicht ernst.«

»Du hast da was zwischen den Zähnen.« Astrids Zeigefinger schnellte vor. »Basilikum oder so.«

»Hm, danke. Und nun? Ich kann das doch nicht hier vor allen Leuten …«

»Doch. Mach's schnell weg.«

Es guckte niemand, als Kristina die Hand vor den Mund legte und zwischen den Zähnen pulte.

»Natürlich hab ich das nicht ernst gemeint«, griff Astrid den Faden wieder auf. »Jetzt war das Mädchen so lange von zu Hause weg, und ich muss ihr alles aus der Nase ziehen.«

»Ist das nicht normal in ihrem Alter?«

»Vor ein paar Jahren wäre es vielleicht normal gewesen, aber mittlerweile ist sie doch erwachsen.«

Kristina legte Gabel und Messer am Tellerrand ab.

»Schon fertig?«

»Ja.«

»Aber …« Astrid brach ab. Wie sollte sie es diplomatisch ausdrücken? Du bist sowieso nur ein Strich in der Landschaft. Oder: Um deine Figur musst du dir doch keine Sorgen machen. Stattdessen sagte sie: »Schmeckt's dir nicht?«

»Doch, es schmeckt ganz hervorragend, es ist nur …« Kristina starrte eine Weile auf den Grund ihres Glases, dann hob sie den Blick. Ihre sonst hellblauen Augen sahen im Schein der indirekten Beleuchtung dunkel und geheimnisvoll aus. »Ich muss dir was sagen, Astrid.«

Das zweite Mal an diesem Abend rebellierte Astrids Magen. Jetzt kam sie wohl, die längst überfällige Beichte.

»Ich bin ein bisschen wie deine Tochter«, gestand Kristina nach einigem Zögern. »Man muss mir auch alles aus der Nase ziehen.«

Astrid lachte heiser auf. »Stell dir vor, das ist mir auch schon aufgefallen.«

»Ich weiß, Astrid. Es ist ziemlich bescheuert, so lange um den heißen Brei herumzureden.« Kristina griff nach ihrem Glas, als könne es ihr Halt bieten, dann offenbarte sie: »Pius und ich … wir haben uns getrennt.«

Astrid war selten sprachlos, doch jetzt war so ein Moment. Gedanken, die gar nichts mit dem Thema zu tun hatten, wirbelten in ihrem Kopf herum. Sie brauchte dringend neue Unterwäsche … Lucies Zimmer musste mal wieder gestrichen werden … Hatte sie Professor Dr. Dr. Wemker auch das erwünschte Feedback geschickt?

Kristina lächelte verzerrt. »Tut mir leid, ich wollte dich nicht erschrecken.«

Astrid nickte, dann schüttelte sie den Kopf, aber ihr fiel

nichts ein, was sie dazu sagen konnte. Dass Lucie und Pawel nicht mehr zusammen waren, geschenkt. Die beiden waren jung, hatten eine wahrscheinlich heiße Romanze erlebt, und jetzt war das Strohfeuer eben verglüht. Aber Kristina und Pius? Seit fast zwei Jahrzehnten waren sie das Vorzeigepaar schlechthin. Beide Ärzte am Urner Spital. In ihrer geschmackvollen Wohnung war alles vom Feinsten, und in ihrer Freizeit taten sie lauter niveauvolle Dinge, wie Essen für Freunde geben, ins Theater gehen, Ausstellungen besuchen oder aufregende Städte bereisen.

Astrid nahm einen großen Schluck Weißwein und fragte:

»Seit wann?«

»Seit einer knappen Woche. Wir wollten eigentlich zusammen nach Rom fliegen.«

Klar. Warum war Astrid nicht eher darauf gekommen? Welchen anderen Grund hätte es auch geben können, dass Kristina so kurzfristig nach einer Begleitung gesucht hatte.

»Ist es endgültig?«

»Denkst du, wir machen halbe Sachen?«

Kristina fixierte den Fisch auf ihrem Teller. »Magst du noch? Es wäre doch schade drum.«

Astrid schüttelte den Kopf. Die Neuigkeit hatte auch ihren empfindlichen Magen in Aufruhr versetzt. Erst Lucie, die nicht mehr mit ihrer großen Liebe zusammen war, jetzt Kristina.

»Tut mir wirklich leid. Ich wollte dir ganz bestimmt nicht den Appetit verderben. Aber als du das eben mit Lucie gesagt hast … Ich kam mir so schäbig vor, dir Normalität vorzugaukeln.«

»Das ist doch jetzt auch egal.« Astrid strich über Kristinas Fingerspitzen. »Aber warum? Ich mein, nach so vielen Jahren?«

Ihre Freundin entzog ihr die Hand und sagte, den Blick ins Leere gerichtet: »Das hat viele Gründe.«

»Zum Beispiel?«

»Ach, Astrid.«

In den zwei Wörtern schwang so viel mit, Bedauern, Wut, Trauer, vielleicht sogar Erleichterung, aber Astrid mochte nicht weiter nachhaken.

»Lass uns lieber den Abend genießen. Wir haben noch so viel Zeit, über alles zu reden.«

Kristina klang nicht mal larmoyant, und weil sie nun doch wieder Messer und Gabel zur Hand nahm, aß auch Astrid weiter. Anscheinend brauchte Kristina einfach Zeit. Das musste sie respektieren. Ihre Freundin würde ihr schon noch bei passender Gelegenheit erzählen, was geschehen war.

*

Lucie lag im Bett, über ihrem Kopf der nachtblaue Sternenhimmel aus Stoff, der schon seit ihrer Kindheit da war. Sie tastete die Matratze ab, das Laken fühlte sich glatt und kühl an, und die Zudecke roch so frisch, dass ihr vor Glück die Tränen kamen. Nicht eine Nacht hatte sie während ihrer Reise in einem so kuscheligen und ungezieferfreien Bett gelegen. Himmlisch war es dennoch gewesen. Weil Pawel neben ihr gelegen hatte. Sie hatte bloß die Hand ausstrecken müssen, um seine unfassbar weiche Haut, seine Wärme, alles, was ihn so einzigartig machte, zu spüren.

Abend für Abend das gleiche Spiel. Zunächst hatten sie sich geküsst, zärtlich und voller Begehren, und es erst gefühlte Stunden später getan. Nie zuvor hatte es sich so angefühlt. So total und völlig dem Himmel nahe. Was sie, weil sie anscheinend eine dumme, naive Kuh war, mit Liebe verwechselt hatte. Aber Liebe gab es nicht. Selbst dann nicht, wenn ein Typ einem, während er mit einem schlief, *kocham ciebie* ins Ohr stöhnte.

Wieder rollten die Tränen, es waren keine Glückstränen mehr, sondern Das-Leben-ist-ein-riesengroßer-Beschiss-Tränen. Bloß nicht laut heulen. Nicht dass gleich ihr Vater reinplatzte und wissen wollte, was los war. Sie konnte ihn jetzt nicht gebrauchen. So weh der Kummer auch tat, sie musste allein damit fertig werden. Sie ballte die Hände zu Fäusten und biss hinein. So lange, bis der reale Schmerz den Liebeskummerschmerz überlagerte.

Pawel, Pawel, Pawel. Sie wollte nicht und musste dennoch an ihn denken. An seine rotblonden, weichen Haare, an sein Lächeln, an seine Samtstimme, die so wunderschöne Sachen sagen konnte. Intelligente Sachen. Lustige Sachen. Selbst albernes Zeug und Gemeinplätze klangen aus seinem Mund wie Poesie. Aber da war auch diese andere Stimme gewesen, die ihr Anweisungen erteilt hatte. Mach schon. Nicht hier! Ja, tiefer! Ahh, nicht aufhören! Weiter! Los!

Zugegeben, am Anfang hatte sie es schon erregend gefunden. Zehn Prozent Prickeln zu neunzig Prozent Ekel und Fassungslosigkeit, dass er sie zu Praktiken nötigte, die sie gar nicht wollte. Wo war ihr Pawel abgeblieben? Der zärtliche Typ, in den sie sich im Sprachkurs verliebt hatte?

Es klopfte. Shit, konnte man sie nicht mal in Ruhe lassen? Die erste Nacht im eigenen Bett, und schon jetzt spürte sie den Jetlag in jeder Zelle ihres Körpers. Am besten, sie stellte sich tot. Dann würden Paps oder ihr Großvater glauben, sie schlafe bereits, und nicht weiter nerven.

Doch wieder pochte es. Laut und fordernd. Im nächsten Moment öffnete sich die Tür, und Opa Johann krächzte: »Kröte? Schon im Reich der Träume?«

Lucie schoss in die Senkrechte. »Jetzt garantiert nicht mehr.«

Ihr Großvater schlurfte ins Zimmer und setzte sich zu ihr aufs Bett. In seinem Mundwinkel klebte ein Rest angetrocknete Zahnpasta.

»Lucie?« Er rüttelte sacht an ihrer Bettdecke. »Du hast doch nicht etwa wieder geweint?«

Mist. Was sollte sie darauf sagen? Opa Johann konnte sie nichts vormachen. Ihre Blicke wanderten das Zimmer ab. Alles war so vertraut, aber gleichzeitig wieder neu und aufregend – selbst die hässlich gemusterte Gardine, die sie nicht vorgezogen hatte. Sie blickte aus dem Fenster, wo nichts als rabenschwarze Nacht zu sehen war.

»Es tut mir so leid für dich. Kein Bursche auf der Welt ist es wert, dass man seinetwegen weint. Und ganz bestimmt nicht dieser … dieser Tristan.«

»Pawel. Opi, er heißt *Pawel*.«

Damals im Italienischkurs hatte ihr Großvater ihn ständig Tristan genannt. Und seine Schwester, warum auch immer, Isolde.

»Weiß ich doch, mein Herzchen.«

»Schläft Paps schon?«

»Sitzt vorm Fernseher. Guckt einen Film, in dem die ganze Zeit geballert wird. Ich weiß auch nicht, was Hilde und ich bei seiner Erziehung falsch gemacht haben, dass er …«

»Opi, ich bin total müde.«

»Bin ja schon weg«, brummte ihr Großvater, rührte sich aber nicht vom Fleck. Wahrscheinlich würde er gleich noch Wurzeln schlagen.

»Sag mal, Lucie. Also wenn du willst … du musst es nur sagen, Kröte. Dann schnapp ich mir den Halunken und blas ihm mal ordentlich den Marsch. Ich mach das wirklich.« Er ballte die Faust und zeigte seinen nicht sonderlich beeindruckenden Bizeps.

»Ja, mach ihn platt, Opi. Aber richtig.«

»Geht klar«, erklärte ihr Großvater mit einer Ernsthaftigkeit, dass Lucie lachen musste. Das konnte nur Opa Johann. Sie auch noch in den düstersten Momenten ihres Lebens – und so einer war gerade – aufheitern.

»Vielleicht solltest du mir langsam mal verraten, was eigentlich passiert ist.«

Lucie schüttelte den Kopf. Das fehlte noch, ihren Großvater in diese unsägliche Bettgeschichte einzuweihen. Niemand sollte wissen, dass Pawel den zärtlichen Liebhaber schon nach kürzester Zeit wie einen Handschuh abgestreift und sich im Bett so fordernd verhalten hatte, als wäre zwischen ihnen gar keine Liebe. Hatte er etwa als Jugendlicher zu viele Pornos im Internet konsumiert, die er jetzt nachstellen wollte? Ein paarmal hatte Lucie mitgemacht – aus purer Neugier und auch, um ihm zu gefallen. Aber er hatte mehr gewollt, immer extremere Sachen. Danach, wenn sie beide verschwitzt aufs Laken gesunken waren, war er jedes Mal zuckersüß gewesen. Hatte sie zärtlich geküsst und wissen wollen, ob er auch ihr einen kleinen Gefallen tun könne.

Einen Gefallen – wie das klang! Sie wollte einfach nur … Liebe. Wenn man liebte, ergab sich das, was man im Bett tat, wie von selbst. Aber Pawel hatte es mutwillig kaputtgemacht. Den Zauber ihrer Liebe seinen sonderbaren Phantasien geopfert.

»Hat er eine andere?«, drang Opa Johanns Stimme an ihr Ohr.

»Ja«, sagte sie. Einfach damit er Ruhe gab.

Die andere, die Touristin aus Österreich, hatte es tatsächlich gegeben. Aber sie war nicht der Grund gewesen, bloß die logische Konsequenz aus Lucies Verweigerungshaltung. Irgendwann hatte sie nämlich nicht mehr das Mädchen sein wollen, das den Herrn und Meister bediente. Doch statt Pawel zurückzugewinnen, hatte sie ihn ganz verloren. Er hatte Schluss gemacht, hatte ihr einfach den Laufpass gegeben, nicht mal einen halben Tag um sie gekämpft.

»Was für ein Schuft«, sagte ihr Großvater. »Wie kann er dich nur betrügen?«

»Das hat er nicht, aber er ist trotzdem ein Schuft. Kann ich jetzt schlafen?«

Opa Johann erhob sich mit krummem Rücken. Irgendwo knackte es. »Ja, aber erst musst du mir eine Frage beantworten.«

»Ja?«

»Wie würdest du es finden, wenn wir beiden Hübschen …«

Er machte eine Pause und ließ seine knochigen Finger kreisen. Wieder knackte es.

»Wie würde ich was finden?«

»Wenn wir beiden Hübschen uns übermorgen ins Flugzeug setzen und deine werte Frau Mutter in Italien besuchen.«

»Wie bitte?«

»Du hast schon richtig verstanden, mein Herz. Dein Vater hat ja keine Zeit, wegzufahren, aber ich schon. Und du ja auch. Ich mein, du wärst ja eigentlich noch in Indien. Bei deinem Schuft und wahrscheinlich bei miesem Essen.« Ein Grinsen überzog sein Gesicht wie Zuckerguss den Cupcake. »Da wäre es doch eine prima Abwechslung, in Italien zu sein. Bei deiner lieben Mami und ganz bestimmt sehr gutem Essen.«

»Opi, du spinnst. Mami ist mit ihrer Freundin unterwegs.«

»Na und? Ich wette, sie würde sich riesig freuen, dich zu sehen.«

»Vielleicht will sie aber auch einfach nur ihre Ruhe haben.«

»Lucie, du warst Monate weg! Und du bist doch ihr herzallerliebster Spatz.«

»Können wir das bitte morgen besprechen? Ich bin wirklich todmüde.«

»Sicher, Kröte.« Ihr Großvater schlurfte O-beinig zur Tür. »Ich guck dann mal nach Flügen. Nur so. Aus Jux.«

Und bloß um endlich ihre Ruhe zu haben, sagte Lucie: »Ja, mach das.«

Opa Johann und seine Schnapsideen. Weit über achtzig,

aber durchgeknallt wie ein Teenager. Doch Lucie liebte ihn, so wie er war. Langweiler-Großväter liefen schon genug auf diesem Erdball herum.

*

Es war spät. Vielleicht Mitternacht, vielleicht auch schon später. Astrid hatte seit ihrer Ankunft in Italien das Zeitgefühl verloren. In eine Wolldecke gekuschelt, saß sie neben ihrer Freundin auf der Terrasse und blickte in die Nacht, die schwärzer war als in Berlin. Noch ein Schluck Rotwein. Es war ein schwerer, nach reifen Brombeeren duftender Wein, der einen leisen Wellengang in ihrem Kopf ausgelöst hatte. Schon seit geraumer Zeit kicherte sie wie ein Schulmädchen. Weil sie angetrunken war und weil alles, was Kristina erzählte, auch irgendwie komisch war.

»Komm, wir machen noch die Flasche leer«, sagte Kristina und goss ihre Gläser randvoll.

»Dann schlafe ich aber wie ein Stein.«

»Das ist ja auch der Sinn der Sache.«

Kristina hob ihr Glas und prostete ihr zu. »Ich wünschte, ich könnte mal wieder richtig schlafen.« Erstaunlich, aber sie wirkte nicht eine Spur angeschickert. Dabei hatte sie sich beim Essen immer wieder nachschenken lassen und auch den Grappa danach nicht verschmäht.

»So eine Trennung geht nicht spurlos an einem vorbei. Kein Wunder, dass du schlecht schläfst.« Astrids Stimme klang schon reichlich schleppend. Es war Zeit, mit dem Trinken aufzuhören.

Kristina nickte ihr zu. Und ohne dass Astrid sie dazu aufgefordert hätte, begann sie zu erzählen. Dass sie und Pius ihre gute Zeit als Paar gehabt hätten, dass es wunderschöne Jahre gewesen seien, dass sie es jedoch nicht geschafft hätten, ihre Liebe in den Alltag hinüberzuretten.

»Wer kriegt das schon hin?«, bemerkte Astrid.

Kristina blickte sie über den Rand ihres Glases hinweg an. »Du sagtest doch, ihr kommt wieder gut miteinander aus?«

»Schon. Trotzdem ist das Experiment Ehe nicht krisenfrei. Auch wir streiten immer wieder, dass die Fetzen fliegen.«

Kristinas Zähne blitzten in der Dunkelheit auf. »Streit! Großartig!«

Astrid verstand nicht, was an zermürbenden Auseinandersetzungen großartig sein sollte. Meistens bockte Thomas dann einen ganzen Abend lang und war erst am nächsten Morgen wieder ansprechbar.

»Zumindest bedeutet es, dass euch noch was aneinander liegt«, fuhr Kristina fort. »Wir haben uns am Ende nicht mal mehr die Mühe gemacht, zu streiten. Das ist wirklich bitter.«

Astrid stieß aus Versehen mit dem Fuß gegen die Weinflasche, die mit Getöse über die Terrasse kullerte. Bisher hatte sie jeden Familienzwist, ob mit Thomas, Opa Johann oder ihren Kindern, als anstrengend empfunden. Unter dem Aspekt, dass Streit immer noch von einem gewissen Maß an Interesse am anderen zeugte, hatte sie die Sache noch nie betrachtet.

»Aber wie ist es dazu gekommen?« Astrid hob die Flasche wieder auf und stellte sie an einer geschützten Stelle ab. »Ich mein, so was passiert doch nicht einfach von heute auf morgen.«

»Nein, das passiert nicht einfach so«, beteuerte Kristina, und das Crescendo im Konzert der Zikaden schien ihre Worte zu bestätigen.

»Hatte er eine andere?«

»Nein!«

Es klang so empört. Als wäre es in der Geschichte der Menschheit noch nie vorgekommen, dass Menschen einander betrogen.

»Und du? Hattest du einen anderen?«

»Quatsch. Ich hab rund um die Uhr gearbeitet, wie sollte ich da …« Sie schüttelte den Kopf. »Außerdem …«

»Dann verstehe ich es nicht.«

»Da gibt es auch nichts zu verstehen. Wir haben viele Jahre gut zusammengepasst, und jetzt ist es eben nicht mehr so. Wahrscheinlich sind wir doch zu unterschiedlich. Ich war Pius immer zu ehrgeizig, und er … Ich weiß nicht, aber er ist ein Mensch, der sich schnell mit dem Status quo zufriedengibt. Und dann keinen Biss mehr entwickelt, alles so schleifen lässt. Mir hat es nicht gereicht, so, wie es am Ende mit ihm war.« Kristina verstummte, und auch die Zikaden hörten einen Moment auf zu zirpen. »So, mehr kann ich im Moment nicht dazu sagen. Ich muss das auch erst mal alles sacken lassen.« Sie lachte, aber es war ein heiseres, verbittertes Lachen.

»Es tut mir so leid, Kristina.«

»So ist das Leben. Warum soll es mir bessergehen als vielen anderen Frauen, die womöglich noch Kinder haben und dennoch den Schritt wagen?«

»Und wenn ihr euch erst mal nur eine Auszeit nehmt und es dann noch mal versucht?«

»Nein, Astrid. Das war's. Die Würfel sind gefallen.«

Astrid ließ es darauf beruhen. Sie waren beide übermüdet, angetrunken, und morgen war schließlich auch noch ein Tag.

10

Im Flur roch es nach Kaffee, als Lucie die Tür aufstieß. Ein anheimelndes Glücksgefühl stieg in ihr auf. Trotz Liebeskummer, trotz Jetlag, trotz stechender Kopfschmerzen, die schon die ganze Nacht in ihrem Schädel gewütet hatten. Echter Kaffee! Den sie gleich aus ihrer Lieblingstasse trinken würde! Vielleicht hatte ihr Paps ja auch echte Berliner Schrippen geholt, die sie mit echtem Schweizer Emmentaler, ihrem Lieblingskäse, frühstücken würde.

Das Handy wie einen Colt im Anschlag, tapste sie weiter. Sie überlegte, ob sie sich erst noch die Zähne putzen sollte, als die aufgebrachten Stimmen ihres Vaters und Großvaters durch die angelehnte Küchentür drangen. Das klang nach Streit. Lucie blieb stehen und spitzte die Ohren.

»Das machst du nicht«, hörte sie ihren Paps sagen.

»Und wieso nicht?« Opa Johann klang schnippisch.

»Weil ... weil ... Herrje, muss ich dir das wirklich erklären?«

Das Zischen und Gurgeln der Kaffeemaschine übertönte kurz ihre Stimmen, dann kam wieder von ihrem Großvater: »Ich weiß ganz genau, was du denkst. Jetzt dreht der Alte auch noch durch.«

Lucie ertrug das Gezeter nicht länger und stieß die Tür auf. Alles war so, wie sie es sich ausgemalt hatte. Der Tisch war gedeckt, wenn auch vielleicht nicht so perfekt, wie ihre Mutter es zur Begrüßung getan hätte, aber es standen echte Butter, echte Marmelade und echter Käse auf dem Tisch, und eine ziemlich echt aussehende Brötchentüte lag daneben.

»Aus Ruinen auferstanden.« Opa Johanns Hände flatterten empor. »Na endlich! Hast du ausgeschlafen, mein Herz? Oder hast du jetzt diesen … wie heißt das noch … diesen Zeitverschiebungskater?« Ihr Großvater eilte auf sie zu und drückte sie an sich.

»Jetlag, Opi. Ja, den hab ich.« Lucie wand sich gleich wieder aus seiner Umarmung. »Aber wenn ihr sowieso nur streitet, kann ich ja auch wieder ins Bett gehen.« Sie scannte das Regal nach ihrer Lieblingstasse, die rote mit weißen Punkten, doch sie war nirgends zu sehen.

»Tut mir leid, Lucie.« Ihr Vater schüttelte immer wieder den Kopf. »Dein Großvater ist leider Gottes verrückt geworden.«

»Hör mal, das ist jetzt aber nicht wahr!«, protestierte er. »Wie kannst du nur so was sagen?«

Lucie sah im Geschirrspüler nach und fand ihre Tasse. Zum Glück war sie in ihrer Abwesenheit nicht kaputtgegangen.

»Wir haben auch sauberes Geschirr«, bemerkte ihr Vater.

»Ich will aber die hier.« Lucie küsste ihre Tasse wie einen wiedergefundenen Schatz und trat zur Spüle, um sie abzuwaschen. »Und warum ist Opi jetzt verrückt geworden?«

»Er hat zwei Flüge nach Rom gebucht. Für dich und für ihn.«

Lucies erster Impuls war, »Wow, echt?« auszurufen, aber sie besann sich und sagte: »Das ist ja mal eine Überraschung.«

»Und was für eine«, entgegnete ihr Vater mürrisch.

»So soll's sein!« Stolz schwang in Opa Johanns Stimme mit.

Lucie ließ das warme Wasser über die Tasse und ihre Hände rinnen. In einer hintersten Ecke ihres Gedächtnisses dämmerte ihr, dass ihr Großvater am Abend zuvor etwas in der Art erwähnt hatte, aber sie hatte ihn gar nicht ernst genommen.

»Lucie hat noch nicht mal ihren Jetlag ausgeschlafen, und du willst sie gleich wieder entführen?«, sagte ihr Vater über ihren Kopf hinweg. »Sie sollte sich jetzt um andere Dinge kümmern. Zum Beispiel um ihr Studium.«

»Das kann sie doch immer noch. In ein paar Tagen ist sie ja wieder zurück. Und eigentlich wäre sie ja noch nicht mal hier.«

Das stimmte. Dennoch fand Lucie es ziemlich unpassend, dass die beiden taten, als sei sie gar nicht anwesend.

»Hast du nur mal eine Minute an Astrid gedacht?«, fuhr ihr Vater fort. »Sie soll vielleicht auch mal ungestört Urlaub machen dürfen. Findest du nicht?«

»Na, hör mal, Thomas. Lucie und ich stören doch nicht. Erstens sind wir quasi unsichtbar – sind wir doch, Kröte, oder? Und zweitens wird sich Astrid-Schatz ein Loch in den Bauch freuen, wenn Lucie so urplötzlich in Italien aufkreuzt.«

Ihr Großvater sah sie beifallheischend an, und Lucie nickte. Nicht weil sie unbedingt Opas Meinung war, sondern weil sie der Heckmeck am frühen Morgen schlicht überforderte. In ihrer ersten Zeit in Indien hatten Pawel und sie es ruhig angehen lassen. Meistens hatten sie lange im Bett gelegen, Arm in Arm gedöst, sich geliebt, süßen Chai-Tee getrunken, sich wieder geliebt, und erst wenn ihnen nichts mehr eingefallen war, was sie noch im Bett hätten anstellen können, waren sie aufgestanden.

»Und, mein Sohn«, fuhr Opa Johann mit erhobenem Zeigefinger fort, »hättest du Liebeskummer, wärst du ganz sicher auch nicht abgeneigt, dir ein wenig italienische Luft um die Nase wehen zu lassen.«

»Paps weiß es also auch schon?« Lucie stieß einen genervten Grunzer aus. »Welcome back im Überwachungsstaat.«

Aber ihr Vater lachte nur und sagte, erstens habe er heute Morgen mit ihrer Mutter telefoniert, er solle auch schöne Grüße ausrichten, und zweitens müsse man weder Hellseher noch Psychologe sein, um zu erahnen, was vorgefallen sei. »So, und jetzt setz dich hin und iss endlich was. Ich hab extra Schrippen von Bäcker Helms geholt.«

Lucie bedankte sich überschwenglich und riss die Tüte auf. Wie himmlisch das roch! Sie fischte eine Schrippe raus und machte sich nicht mal erst die Mühe, sie aufzuschneiden, sondern biss gleich hinein. Gleichzeitig säbelte sie sich ein Stück Käse ab und stopfte es sich in den Mund. Sie kaute gierig, spülte mit Kaffee nach, langte mit dem Löffel ins Marmeladenglas und leckte ihn ab. Ihre Augen flitzten über den Tisch, entdeckten ein Schälchen mit Krabbensalat, den guten von Feinkost-Köhler. Sie ging gleich mit dem Marmeladenlöffel hinein und vergaß sogar für einen Moment, dass sie ja gar keine Tiere aß – schwups waren die Viecher samt Mayo in ihrem Mund verschwunden. Und es schmeckte herrlich! Jeder Bissen ein ultimativer Kick der Aromen.

»Ich versteh ja, dass du in Indien nur Fraß bekommen hast und total ausgehungert bist«, mahnte ihr Großvater. »Aber wenn du so mit dem Löffel in die Krabben gehst, werden sie schlecht.«

»Ganz bestimmt nicht«, widersprach Lucie und löffelte das Schälchen aus.

Danach aß sie eine Schrippe mit Emmentaler, verschlang ein Schokocroissant und beendete ihre Fressorgie mit einem Erdbeersahnejoghurt.

Jetzt war sie satt, pappsatt, und als ihr in einem lichten Moment bewusst wurde, dass sie soeben wehrlose kleine Lebewesen verspeist hatte, musste sie ihre ganze Konzentration auf die Tulpen in der Vase lenken, um nicht aufs Klo zu stürmen und alles wieder auszuspucken.

Ihr Vater befand sich schon eine Weile im Schmunzeldauermodus. Jetzt wandte er sich Opa Johann zu und fragte: »Vater, kannst du die Flüge noch stornieren?«

»Hä? Wie? Was?«

»Stornieren. Du weißt doch, was das heißt.«

»Ja, aber warum sollte ich das tun?« Er klimperte mit den Wimpern, die dünn und kaum noch sichtbar waren.

»Aus Respekt vor Astrid.« Ihr Vater schnaubte leise und ging zur Tür. »Muss los. Wir sehen uns später.«

»Tschau Paps.«

Seine Schritte auf dem Flur entfernten sich, dann fiel die Haustür ins Schloss.

»So, Kröte, jetzt haben wir endlich unsere Ruhe, herrlich, was?«

Opa Johann langte über den Tisch und goss sich Kaffee nach. »Noch ein Schlückchen gefällig?«

Lucie lehnte dankend ab. Sie war bis zur Oberkante abgefüllt. Ein Wunder, dass überhaupt so viel in ihren Magen hineinpasste. Verstohlen klickte sie unter dem Tisch ihr Handy auf. Vielleicht hatte Pawel sich ja gemeldet. Weil er sich mit jeder Faser seines Körpers nach ihr verzehrte und ihm aufgegangen war, dass die Österreicherin eine dumme Kuh war. Aber weder bei Facebook noch bei WhatsApp waren neue Nachrichten eingegangen. Dreckskerl!

»Wer?«, drang die Stimme ihres Großvaters an ihr Ohr.

Lucie blickte auf. »Wie?«

»Du hast gerade *Dreckskerl* gesagt.«

»Nein, gedacht.«

»Nein, Kröte, du hast es gesagt.«

»Ach so. Hab ich? Kann sein.« Sie musste wirklich am Limit sein, dass sie schon Dinge laut aussprach, die sich eigentlich nur in ihrem Kopf abspielten.

»Lucie.« Die dürre Hand ihres Großvaters schob sich über den Tisch. »Wäre das nicht eine fabelhafte Idee? Wir beide in Italien?«

»Ja und nein.«

Er zog die Hand wieder weg und schaute sie fragend an.

»Klar würde ich gerne mit dir wegfahren. Aber Paps hat auch recht. Vielleicht will Mami ja gar nicht, dass wir da auflaufen.«

»Erstens glaube ich das nicht, und falls doch, verdünnisieren wir uns eben wieder.« Er grinste schelmisch. »Wir müssen deiner Mutter und ihrer Freundin doch nicht die ganze Zeit auf der Pelle sitzen.«

Da hatte er natürlich auch wieder recht. Nur eins bereitete Lucie Bauchschmerzen. War Italien tatsächlich der richtige Ort, um jemanden zu vergessen, den man genau dort kennengelernt hatte?

*

Frascati war eine Stadt ganz nach Astrids Geschmack. Da waren einerseits die in weitläufigen Parks gelegenen Patriziervillen aus dem 16. und 17. Jahrhundert, in denen die Römer seinerzeit ihre Sommer verbracht hatten, andererseits die engen Gassen der Altstadt, in denen das Leben tobte. Häuser mit bröckelndem Putz, knatternde Mopeds, Kaffeebars an jeder Ecke. Und beides zusammen, der Glanz vergangener Zeiten und das bunte Kleinstadttreiben von heute, machten den ganz eigenen Charme des Ortes aus.

Nach dem Frühstück waren Astrid und Kristina mit dem Shuttlebus ins Städtchen gefahren. Nun streiften sie durch den historischen Stadtkern und landeten schließlich auf der kleinen Piazza. Hier fand man alles, was zu einem richtigen Italien-Urlaub dazugehörte: Cafés, Bäckereien, Boutiquen, Lebensmittelläden sowie zwei Stände, an denen die Spezialität der Region, Schweinerollbraten, auf die Hand verkauft wurde.

Obgleich Kristina vor nicht allzu langer Zeit ausgiebig im Hotel gefrühstückt hatte, konnte sie nicht widerstehen und holte sich eine Portion *Porchetta*, die sie auf einer Bank unter Bäumen verspeiste. Immer wieder seufzte sie genüsslich. Nichts ließ erahnen, dass sie noch am Abend ihre Seele entblättert hatte.

Ein Obdachloser schlurfte, einen prall gefüllten Bollerwagen hinter sich herziehend, über den *Campo*. Kristina verfolgte ihn mit ihren Blicken.

»Wartest du eben?« Sie knüllte das fettige Papier zusammen und sprang auf.

Astrid nickte und beobachtete erstaunt, wie ihre Freundin eine zweite Portion *Porchetta* kaufte, damit ins Café nebenan ging und kurz darauf mit dem Fleisch sowie einem Pappbecher wieder rauskam. Sie scannte den Platz, dann trat sie auf den Obdachlosen zu, der sich auf der gegenüberliegenden Bank niedergelassen hatte, und sprach ihn an. Astrid konnte nicht verstehen, was geredet wurde, sah nur, wie der zahnlose Mann die Gaben unter ausladenden Gesten entgegennahm.

Ein zufriedenes Lächeln umspielte Kristinas Mundwinkel, als sie zurückkehrte. »Espresso? Ich könnte nach dem Brocken Fleisch schon einen vertragen.«

Sie steuerten das Café an, in dem Kristina den Kaffee für den Obdachlosen geholt hatte, und bestellten Espresso an der Bar.

»Was war das denn eben?«, fragte Astrid. »Machst du so was öfter?«

»Eben nicht.« Kristina lachte leise. »Das war nur der imaginäre Punkt fünf auf meiner Liste.«

»Punkt fünf? Was für eine imaginäre Liste?«

Es dauerte nicht mal zwei Sekunden und Kristina hatte einen kleingefalteten Zettel aus ihrer Handtasche gefischt.

»Hier.«

Astrid nahm ihn, zögerte aber, ihn auseinanderzufalten. »Soll ich wirklich?«

»Hätte ich ihn dir sonst gegeben?«

Astrid faltete den Zettel auseinander, strich ihn glatt und las, was Kristina in sorgfältiger Mädchenhandschrift geschrieben hatte:

1. Kolosseum
2. Luca Rizzoli
3. Abenteuer
4. Für mich soll's rote Rosen regen.

Astrid blickte auf. »Das muss ich jetzt aber nicht verstehen, oder?«

»Nein, musst du nicht.« Kristina lächelte amüsiert.

»Aber du wirst es mir erklären?«

Sie bezahlten, und bei einem gemächlichen Stadtbummel erzählte Kristina, dass schon seit geraumer Zeit ein paar Wünsche in ihr schlummerten, die sie sich nun, da sie nicht mehr mit Pius zusammen war, endlich erfüllen wollte. Ihr Leben fand hier und jetzt statt, und worauf sollte sie bitte schön warten?

Kristina hatte recht. Und vielleicht, so dachte Astrid, war eine Trennung genau die Triebfeder, die man brauchte, um sein Leben auf den Prüfstand zu stellen, um alles nachzuholen, was man sich bisher verkniffen hatte. Abermals überflog sie die Punkte auf der Liste.

»Vergiss das mit den roten Rosen«, murmelte Kristina peinlich berührt. »Das ist nur sinnbildlich zu verstehen. Und vielleicht ein bisschen«, sie stockte, »kitschig?«

»Gar nicht kitschig. Das Lied ist wunderschön. Und Hildegard Knef ist sowieso die Größte. Aber das mit dem Obdachlosen steht hier nicht.«

»Das ist ja auch nur ein kleiner Wunsch. Offen gestanden bin ich auch erst vorhin auf die Idee gekommen.«

Sie hakte sich bei Astrid ein und beschleunigte ihren Schritt. »Im Prinzip ist es so einfach, einen Menschen glücklich zu machen – zumindest für den Moment. Und man tut es viel zu selten.«

Astrid nickte. Sie war alles andere als knauserig, aber oft, wenn sie in der Stadt unterwegs war und an einem Obdachlosen vorbeilief, hatte sie entweder kein Kleingeld zur Hand oder musste schnell eine Bahn erwischen, oder, oder … Die Liste der Ausreden war lang.

»Er hat sich tausendmal bedankt und mir ein sonniges Leben gewünscht. Nett, oder?«

Sie traten aus einer Gasse, und das Panorama einer üppig grünen Hügellandschaft tat sich vor ihnen auf. Entlang der Stadtmauer standen unzählige Tische und Stühle, und nur die Farbe der Tischdecke oder der Servietten ließ erahnen, wo eine Trattoria aufhörte und eine neue begann.

Sie setzten sich auf ein Stück Mauer, das nicht von Restauranttischen verstellt war, ließen die Beine baumeln und blinzelten in die Sonne.

»Und die anderen Punkte auf deiner Liste?«, erkundigte sich Astrid. »Wieso steht das Kolosseum an erster Stelle?«

»Da wollte ich schon als kleines Mädchen hin. Nachdem

ich Ben Hur gesehen hatte. Das Wagenrennen ist ja dort gedreht worden.« Ihr Blick glitt in den tiefblauen Frühlingshimmel. »Es muss überwältigend sein.«

Astrid pflichtete ihr bei. Schon auf Fotos sah das antike Amphitheater gigantisch aus.

»Aber was bedeutet Abenteuer?«, hakte sie neugierig nach. »Meinst du damit unsere Reise? Und wer ist Luca Rizzoli?«

»Ein Sänger«, kam Kristina gleich zu Teil zwei ihrer Frage. »Kennst du ihn nicht?«

»Nie gehört.«

»Vielleicht war er auch nur bei uns in der Schweiz populär. Ich habe seine Musik jedenfalls sehr geliebt. Pius fand die Songs immer zu schnulzig und die Texte zu banal. Beim Abendessen oder wenn wir Gäste zu Besuch hatten, wurde Bach oder Händel aufgelegt. Pop? Italienischer Pop? Um Himmels willen, das ist ja zum Schämen.« Kristina lachte höhnisch. »Ich hab die CDs heimlich gehört. Wenn Pius Dienst hatte oder beim Klettern war.«

Astrid empfand Mitleid mit ihrer Freundin. Pius war feinsinnig und kultiviert, keine Frage, aber genau das, was sie so an ihm bewundert hatte, bekam nun einen faden Beigeschmack. Die Kehrseite der Medaille waren wohl seine Borniertheit und Intoleranz gewesen.

»Und jetzt willst du dir alle CDs von diesem Luca kaufen?«

»Besser.« Schalk blitzte in Kristinas Augen auf. »Er gibt ein Konzert auf dem Stadtfest. Hier in Frascati. Kommst du mit?«

Astrid musste nicht lange überlegen. Natürlich würde sie

ihre Freundin begleiten. Schon früher hatten sie zusammengesessen und vom Walkman Kristinas Musik gehört. Und nie hatte Astrid die Songs banal oder gar kitschig gefunden.

Weil es ihnen in der Sonne zu heiß wurde, hüpften sie von der Mauer und suchten in den schattigen Gassen der Altstadt Zuflucht. Kristina wollte nach Schuhen gucken. Wenn man schon in Italien war, gehörte dieser Punkt ja wohl zum Pflichtprogramm. Astrid, die bereits von ihren Shoppingtrips mit Lucie in Süditalien und Venedig wusste, dass das nicht selten in einem unkontrollierbaren Kaufrausch endete, trottete schicksalsergeben hinter ihr her.

Im ersten Geschäft kaufte Kristina ein Paar bequeme Slipper, im zweiten Stiefeletten sowie hochhackige Pumps, und als sie den Laden verließen, fiel Astrid wieder ein, dass ja noch ein weiterer Punkt auf der Liste gestanden hatte. Abenteuer.

Kristinas Wangen bekamen einen Hauch Farbe, als Astrid sie darauf ansprach. Augenscheinlich hatte sie sich die ganze Zeit davor gedrückt.

»Wenn es dir aus irgendwelchen Gründen peinlich ist, musst du mir nichts erklären«, beeilte sich Astrid zu sagen.

Kristina schlenderte zum nächsten Geschäft – ein Feinkostladen – und vertiefte sich in den Anblick der gigantischen Parmesanlaibe und Schinken.

»Mir ist es nicht peinlich, aber es könnte schon sein, dass du … na ja, dass du es unangemessen findest.«

»Und wenn schon. Bist du so von meiner Meinung abhängig?«

Kristina schüttelte den Kopf und erklärte, während sie

angestrengt eine Packung Grissini betrachtete: »Also okay. Ich hätte gern mal einen One-Night-Stand.«

»Das ist alles?«

Kristina sah sie verlegen an.

»Du findest es nicht schlimm?«

»Nein! Obwohl …«

»Siehst du! Ich hab's gewusst.« Kristina stieß einen heiseren Lacher aus. »Jetzt kommt das Obwohl, die ultimative Moralkeule.«

»Gar nicht«, entgegnete Astrid und verspürte einen Stich. War sie wirklich so? So moralisch, so durch und durch spießig? »Ich finde nur«, fuhr sie mit einer unbeholfenen Geste fort, »also ich finde, das bist du nicht.«

»Nein?« Kristina blickte sie erstaunt an.

»Du hast doch früher nie …«

»Ja, eben! Ein Grund mehr, es endlich mal zu tun. Das, was für andere Leute ganz selbstverständlich ist.«

Seit wann sind andere Leute denn der Maßstab, ging es Astrid durch den Kopf, doch sie enthielt sich eines Kommentars. Auch wenn ein One-Night-Stand nicht unbedingt ihre Sache war, sollte ihrer Freundin der Spaß gegönnt sein.

Astrid wollte lieber das Thema wechseln, aber Kristina setzte zu einer umständlichen Erläuterung an. Dass sie seit ihrem fünfzehnten Lebensjahr immer nur in festen Beziehungen oder eben solo gewesen sei und langsam befürchte, etwas verpasst zu haben, und bevor sie endgültig verblühe und aus dem Rennen sei …

»Was redest du denn für einen Quatsch?« Astrid lachte gurgelnd. »Du und verblühen? Guck mal in den Spiegel!«

Kristinas Lippen wurden schmal, und es klang eine Spur dramatisch, als sie bekannte: »Ich weiß, dass ich in den letzten Monaten im Zeitraffer gealtert bin. Man mag mir das nicht ansehen, aber ich spüre es ... hier.« Sie legte sich die Hand auf ihr Herz, und Astrid wusste nicht, was sie entgegnen sollte. Irgendetwas musste vorgefallen sein. Irgendetwas, über das sie nicht reden wollte. Oder konnte.

Kristina kramte in ihrer Handtasche, zog eine Zigarettenschachtel heraus und steckte sich eine an. »Ich hab sogar wieder angefangen zu rauchen. Das ist richtig übel, ich weiß. Aber es geht im Moment nicht anders.«

»Du wirst auch wieder damit aufhören«, tröstete Astrid die Freundin und drückte sie an sich. Den Schmerz konnte sie ihr nicht nehmen. Aber für sie da sein – und das tat sie liebend gerne.

Sie schlenderten weiter, schauten in die Auslagen der Geschäfte, und als sie vor einer Boutique mit sommerlichen Kleidern stehen blieben, bemerkte Astrid, dass Kristina sie unverhohlen musterte.

»Was? Hab ich schreckliche Klamotten an? Soll ich mir was Neues kaufen?«

»Alles im grünen Bereich. Aber ich finde ...« Ihre Pupillen flitzten hin und her, als sie fortfuhr: »Ein bisschen Unvernunft würde auch dir mal guttun.«

»Meinst du?«

»Oh ja! Du musst ja nicht rauchen und auch nicht wild in der Gegend rumvögeln, aber ...«

»Okay, ich lad dich auf ein Glas Frascati ein. Ist das für den Anfang unvernünftig genug?«

Kristina blickte auf die Uhr. »Klar. Um diese Uhrzeit ist

das sogar ziemlich unvernünftig. Wenn man bedenkt, wie viel Alkohol wir heute noch in uns reinschütten werden.«

»Genau. Und wir trinken den Wein in der prallen Sonne. Bis wir vom Stuhl kippen.«

Kristina lachte. »So gefällst du mir.«

Und dann zogen sie los. Ihrem vormittäglichen Alkoholexzess entgegen.

11

Zwei Tage später stand Johann mit seiner Enkelin am Flughafen Berlin-Schönefeld, und auch wenn sein Bedenkenträger von Sohn noch immer Einwände in sein Ohr trötete, was das Zeug hielt, spürte er ein Kribbeln, das sich wellenartig von den Füßen bis in den Kopf ausbreitete.

Italien, o leckomio, ich komme!, rief er in Gedanken aus, und bevor sie sich zu ihrem Gate begaben, rang er Thomas zum wiederholten Male das Versprechen ab, seiner Schwiegertochter nur ja nichts vorab zu verraten. Es sollte eine Überraschung werden. Zu gerne wollte er ihr Gesicht sehen, wenn er plötzlich mit dem verlorenen Kind, der armen, abgemagerten Lucie, anspaziert kam.

»Tschüssi, mein Junge.« Er kniff Thomas in die Wange. »Du hältst die Stellung, ja? Und machst auch keinen Blödsinn.«

»Nee, den Blödsinn verkneif ich mir. Aber wenn du erlaubst, trink ich ab und zu mal ein Bier.«

»Genehmigt.«

Johann klemmte sein todschickes Herrentäschchen aus

schwarzem Nappaleder unter die Achsel – er hatte es extra wegen der Reise in einem Warenhaus am Ku'damm gekauft – und schob Lucie, die die Ausweise und Bordkarten bereithielt, eilig zum Sicherheits-Check. Es brauchte jedes Mal starke Nerven, sein ganzes Hab und Gut abzulegen – wer wusste schon, welcher Langfinger schnell mal eben nach seinem Portemonnaie griff – und sich außerdem noch von einem Flughafenangestellten von Kopf bis Fuß begrapschen zu lassen.

»Opi, wir haben doch noch so viel Zeit«, nölte Lucie, als sie die Kontrolle hinter sich gebracht hatten und er sich schon zum Gate begeben wollte.

Zeit war bekanntlich relativ. Und Johann hockte sich lieber ein paar Minuten früher in die Wartezone, um sich im Geiste auf den Flug vorzubereiten. Mit den Fingern an den Schläfen stellte er sich dann vor, was auf ihn zukommen würde. Wie die Turbinen aufheulten, wie die Maschine wenig später Gas gab, immer schneller wurde und sich schließlich – das war der Moment, in dem ihm der Atem stockte – in die Luft erhob. Ja, vielleicht war er eine Memme, aber Fliegen und Johann Conrady, das ging beim besten Willen nicht zusammen.

Doch Lucie hatte anderes vor. Forschen Schrittes steuerte sie auf den Duty-free-Shop zu, und Johann strengte sich mächtig an, ihrem Tempo zu folgen.

Himmel, Arsch und Zwirn, so viele Parfümflakons! Wer um Himmels willen sollte sich bloß mit dieser ganzen Chemie einduften? Er selbst benutzte seit Jahr und Tag das gleiche Kölnischwasser und wäre im Leben nicht auf die Idee gekommen, mal etwas anderes auszuprobieren. Wozu auch?

Jede Konstante im Leben war nur gut fürs seelische Gleichgewicht.

»Opi?« Lucie reckte sich auf die Zehenspitzen und griff nach einem Tester. Sie schnupperte daran, verzog dann das Gesicht.

»Ja, Kröte?« Er fühlte sich ziemlich fehl am Platz. Wie ein Elefant im Porzellanladen.

»Wie wär's, wenn du Mami einen schönen Duft mitbringst?«

»Mag sie denn überhaupt Parfüm?«

»Menno!« Seine Enkelin blickte ihn vorwurfsvoll an. »Wie viele Jahre lebst du jetzt schon bei uns?«

»Keine Ahnung. Sechs, sieben?«

»Und wenn es nur ein Jahr wäre! Du warst ja wohl schon mal im Bad und hast die Parfüms auf der Ablage gesehen, oder? Die gehören alle Mami.«

»Ach so, ja.« Natürlich hatte er das gewusst, ganz blöd war er ja auch nicht. Aber wenn das Astrid-Schätzchen doch schon so viele Parfüms hatte, wozu brauchte sie dann noch einen Duft? Das Geld konnte er sich wirklich sparen.

»Vielleicht ist sie dann nicht ganz so sauer, wenn wir so überfallartig bei ihr aufkreuzen.«

»Meinst du?«

»Ja, das meine ich, und ich geh jetzt aufs Klo.«

»Tu das, Kröte. Ich guck mal, was sich machen lässt.«

Unschlüssig blieb er vor dem Regal stehen und dachte nach. Wahrscheinlich hatte Lucie recht, aber woher zum Teufel sollte er wissen, was für Duftnoten seine Schwiegertochter überhaupt mochte? Süß? Holzig? Blumig?

Er griff nach dem erstbesten Flakon und schnüffelte daran. Igitt, das roch nach Puffmutter. Er probierte zwei weitere Tester, doch die Wässerchen waren noch übler. In dem Gefühl heilloser Überforderung taumelte er weiter durch die Gänge, nahm mal hier eine Flasche aus dem Regal, besah sich dort einen Flakon und wusste bald gar nicht mehr, wozu der Mensch überhaupt Parfüms erfunden hatte. Wenn doch alles so grässlich stank.

Sein Blick fiel auf eine ältere Dame, die bei genauerem Hinsehen eine jüngere Dame war, zumindest schien sie noch nicht das achte Lebensjahrzehnt erreicht zu haben. Sie sprang ihm nicht nur deshalb ins Auge, weil sie einen silbrigweißen Pagenkopf trug und im Gegensatz zu anderen Frauen ihrer Altersklasse elegant gekleidet war, sondern weil sie hingebungsvoll an ihrem Handgelenk schnupperte.

Johann war kein Draufgänger, nie gewesen, aber jetzt fasste er sich ein Herz, trat auf die Dame zu und sagte: »Verzeihung.« Er hatte plötzlich eine trockene Kehle, und seine Stimme versagte.

»Ja, bitte?«

Er bemerkte ihr hinreißendes Lächeln. Gleichzeitig tippte ihm jemand auf die Schulter. »Opi, hast du was gefunden?«

»Nein, ich, äh, ich wollte gerade ...« Es mochte nicht formvollendet klingen, doch immerhin hatte er seine Stimme wiedergefunden.

Die Dame lächelte unablässig. Lucie grinste. Und Johann hoffte inständig, nicht allzu töricht aus der Wäsche zu gucken.

»Ja?«, sagte die Frau, und in seinen Ohren klang es, als würde ein Geigenorchester sie begleiten.

Johann räusperte sich hinter vorgehaltener Hand und trug endlich sein Anliegen vor: »Ich wollte Sie fragen, ob Sie mir vielleicht … äh … ein Parfüm empfehlen können. Weil … also ich suche da was für meine Schwiegertochter, und wie es den Anschein hat, sind Sie ja ganz angetan von dem Duft, den Sie da aufgetragen haben.« Er wies auf ihr Handgelenk, das knapp anderthalb Meter vor ihm in der Luft schwebte.

Bestimmt hielt Lucie ihn jetzt tatsächlich für meschugge. Was er in gewisser Weise ja auch war. *Wie es den Anschein hat …* So geschwollen redete er doch sonst nicht daher!

»Möchten Sie mal?«

»Sehr gerne.«

Die Dame streckte die Hand aus, doch gleichzeitig beugte er sich so hastig vor, dass seine Nase mit ihrem Handgelenk kollidierte.

»Oh, Verzeihung.« Er lachte peinlich berührt.

»Aber das macht doch nichts.«

Beim zweiten Anlauf stellte er sich geschickter an, und dann tauchte er in eine Wolke himmlischen Duftes ein. Ja, anders hätte er es nicht zu beschreiben gewusst. Er roch Rosen, Veilchen, Moschus, Vanille, Sonnenmilch, sogar frisches Brot, und für einen Moment wurde er an den Strand von Amalfi gespült, wo er vor vielen Jahrzehnten die wunderbarste Frau der Welt in den Armen gehalten hatte. Giuseppina, seine große Liebe.

Erschrocken über das Tohuwabohu seiner Gefühle und weil er auch nicht ewig lang an der feschen Dame herumschnüffeln wollte, zuckte er zurück.

»Das nehme ich«, erklärte er mit fester Stimme. »Ich

hoffe, es stört Sie nicht, wenn meine Schwiegertochter auch so … ich meine …«

»Er will sagen, wenn seine Schwiegertochter auch so riecht«, kam Lucie ihm zu Hilfe.

»Ich bitte Sie!« Die Frau spreizte ihr Handgelenk ab und roch abermals daran. »Es bestätigt mich nur, dass ich einen guten Geschmack habe.«

Johann war so durcheinander, so schrecklich verwirrt, dass er eigentlich gar nichts begriff, aber er nickte.

»Na dann, guten Flug. Auf Wiedersehen.« Sie winkte wie eine königliche Hoheit und trippelte davon.

Verflixt und zugenäht, weg war sie, und er wusste nicht, was er tun sollte. Sein Gedankenkarussell nahm Fahrt auf, er erwog dieses und jenes – ihr nachzugehen, ihr eine Rose zu schenken, sie mit Komplimenten zu überhäufen –, doch jede Überlegung mündete bloß in eine Sackgasse. Er war ja kein Jungspund mehr, der die Dame seiner Wahl einfach – wie seine Enkelin es ausdrücken würde – anbaggerte.

Lucie kam, einen kleinen Karton schwenkend, zurück.

»Hier, Opi.«

Er schaute auf die silbrige Verpackung, kniff die Augen zusammen und entzifferte das Wort *Sirene*. Was für ein vielversprechender Name für ein schnödes Duftwasser!

Lucie grinste breit.

»Die hat's dir aber mächtig angetan.«

»Wer?«

»Na, wer schon?« Wohl um seinem Gedächtnis auf die Sprünge zu helfen, hielt Lucie die Parfümflasche hoch.

»Du übertreibst maßlos, Kröte. Sie war ganz nett.«

»Schon klar. Ganz nett.«

»Jetzt halt aber mal deinen vorlauten Schnabel«, beendete er die Diskussion und ging, von Lucies Gekicher begleitet, zur Kasse.

Dass er in seinem Alter noch turtelte … Also bitte … Das war doch lachhaft. Außerdem flog die Dame gleich nach irgendwohin, und da er selbst nicht nach irgendwohin, sondern nach Rom reiste, würde er ihr ohnehin nicht mehr begegnen.

Er zahlte, dann lud er Lucie, da sie noch ein wenig Zeit hatten, auf ein Kaltgetränk in die Flughafenbar ein. Kaum saßen sie auf der schicken roten Lederbank, verkündete sie frech grinsend: »Ich find das ja megasüß, Opi.«

»Was denn?«

»Wie du die Frau angeschmachtet hast.«

»Jetzt mach aber mal einen Punkt!«

»Wieso denn? Für mich ist Liebe zwar gerade kein Thema, aber das muss dich ja nicht tangieren. Ist doch super, wenn man sich auch noch in deinem Alter verlieben kann.«

»Du bist albern, Kröte. Hast du heimlich Alkohol getrunken?«

Lucie sog geräuschvoll an ihrem Strohhalm und zwinkerte ihm über den Rand des Glases hinweg zu. »Nö.«

»Dann reiß dich jetzt mal am Riemen. Sonst flieg ich nämlich alleine, und du kannst zusehen, wo du bleibst.«

Wie aufs Stichwort bekam seine Kröte wieder einen traurigen Gesichtsausdruck, was ihm jetzt doch ein wenig leidtat. Das arme Mädchen. Nur gut, dass sie zusammen verreisten. Das würde sie auf andere Gedanken bringen.

Lucie erzählte irgendwas von Indien, und Johann versuchte auch wirklich, sich darauf zu konzentrieren, aber es war wie verhext. Immer wieder wanderten seine Gedanken zu der *bella Signora*, die er in Gedanken *seine Sirene* getauft hatte. Er sah ihre lebhaften Augen vor sich, ihr bezauberndes Lächeln, und auch ihren wunderbaren Geruch konnte er sich flugs ins Gedächtnis rufen. Ach herrje, nicht Lucie war albern, er selbst war es! Kaum setzte er einen Schritt in die große, weite Welt, schon gingen die Pferde mit ihm durch. Er war zu alt, um auf Freiersfüßen zu wandeln. Und was sollte diese Frau auch mit einem wie ihm anfangen? Er war klapprig, ging gebeugt, und seine Gelenke knirschten, dass einem angst und bange werden konnte. Und manchmal sah er auch noch komische Muster.

Es war Zeit, zum Gate aufzubrechen, und während Johann hin und her probierte, wie er sein Handgelenkstäschchen am besten unterklemmte, spürte er Lucies Ellbogen in den Rippen.

»Da! Da! Da!« Sie quiekte wie ein Ferkel.

Und dann sah er sie auch. Sie saß am Ausgangsgate Nummer fünf – von dort aus ging der Flug nach Rom –, hatte die Beine, die in schimmernden Perlonstrümpfen steckten, vornehm übereinandergeschlagen und blätterte in einer Illustrierten.

»Na los.« Lucie gab ihm einen Schubs, aber er blieb wie ein störrischer Esel stehen.

»Was denn!«

»Geh da jetzt hin. Setz dich neben sie.«

»Nein, Lucie.«

»Doch, Opi.«

114

»Nie im Leben! Eher schmelzen ja wohl die Polkappen.«

»Das tun sie sowieso. Bin noch mal kurz weg. Du hast freie Bahn.«

»Kröte, du kannst mich doch nicht einfach hier … Wo willst du denn hin?«

Aber da war seine Enkelin schon in der Menschenmenge verschwunden. Johann stand unbeholfen wie ein Pimpf da und wusste nicht, was er tun sollte. Herrje, warum war ihm nur so schrecklich blümerant? Er trat vom linken auf den rechten Fuß und umgekehrt, und sein freier Arm schlenkerte wie bei einer Marionette. Fliehen oder angreifen, es gab nur diese beiden Möglichkeiten, da hob sie unvermittelt den Kopf, und ihre Blicke trafen sich.

Sie lächelte.

Bingo!

Sechser im Lotto!

Und er lächelte zurück.

Im nächsten Augenblick hob sie die Hand und strich eine vorwitzige Haarsträhne zurück. Hatte sie ihm damit ein Zeichen gegeben, dass er sich zu ihr setzen sollte? Oder war es nur eine zufällige Geste gewesen?

Aber zu spät. Seine Füße hatten sich wie von selbst in Bewegung gesetzt, und dann stand er vor ihr.

»Noch ein Plätzchen frei?«

»Aber sicher doch.«

He, he! Wenn seine Menschenkenntnis ihn nicht vollkommen trog, freute sie sich aufrichtig. Er setzte sich. *Knack* machte es irgendwo im Rücken, ein Schmerz durchzuckte ihn, aber er versuchte sich nichts anmerken zu lassen. Wieder umhüllte ihn dieser wunderbare Duft. Hoffentlich wurde er nicht gleich ohnmächtig. Das fehlte noch, dass er ihr direktemang in die Arme sank.

Erwartungsvoll blickte sie ihn an. »Und? Haben Sie das Parfüm gekauft?«

Johann nickte. Wie zum Beweis wedelte er mit der Dutyfree-Tüte.

»Ich hoffe, es wird Ihrer Schwiegertochter gefallen.«

»Da bin ich mir ganz sicher.«

»Bei Düften gehen die Geschmäcker ja oft ziemlich auseinander.« Das Schmunzeln in ihrem Gesicht erlosch, und sie vertiefte sich wieder in ihre Zeitschrift.

Komm schon, Johann, streng dich an. Sag irgendwas. Verwickle sie in ein Gespräch.

Er räusperte sich laut und vernehmlich. Tatsächlich hob sie den Kopf und blinzelte ihn über den Rand ihrer Lesebrille hinweg an.

»Sie fliegen also auch nach Rom?«, erkundigte er sich.

»Ganz genau.«

Sie wollte sich bereits wieder ihrer Zeitschrift zuwenden, aber Johann ließ sie nicht.

»Machen Sie Ferien?«

»Ja und nein. Ich besuche meine Schwester in San Felice Circeo.«

»San … wie bitte? Muss man das kennen? Wo liegt das denn?«

»Das ist ein kleiner Ferienort, südlich von Rom am Meer.«

»Oh, das Meer!«, rief er aus und hörte im Geiste schon die Möwen kreischen. »Herrlich! Da möchte man ja glatt mit Ihnen tauschen.«

»Ich freue mich auch sehr. Zumal es in der Vorsaison noch recht leer ist. Manchmal hat man den ganzen Strand für sich.«

Na, wer sagte es denn? Das Gespräch flutschte doch!

Eben hatte er sich noch wie ein Primaner aufgeführt, aber jetzt war er so richtig in Schwung.

»Und Ihre Schwester ... also ich hoffe, das ist jetzt nicht zu indiskret, wenn ich das frage ... die lebt dort?«

Die Dame nickte. »Sie ist mit einem italienischen Hotelier verheiratet. Schon seit über vierzig Jahren. Und Sie? Wohin geht Ihre Reise, wenn ich fragen darf?«

»Nach ... wie heißt der Ort noch gleich.« Hach, zu dumm, dass er gerade jetzt einen Aussetzer hatte. Verlegen kratzte er sich am Kopf. »Er ist nach einem Wein benannt.«

»Weiß? Rot?«

»Da muss ich leider passen. Ich bin nicht so der Weintrinker.«

Johann sah Lucie herantrödeln und schwenkte die Arme. Doch die guckte nur stumpf in der Gegend herum und schien ihn nicht zu bemerken. »Meine Schwiegertochter ist schon vorgeflogen. Und wir, also meine Enkelin und ich, kommen jetzt nach.«

Verlegenes Schweigen trat ein. Es gab so vieles, was er noch hätte sagen können. Aber das Bodenpersonal postierte sich bereits am Schalter, was ihn reichlich nervös machte. Die Zeit wurde knapp.

»Lucie!«, rief er.

Endlich sah sie zu ihnen rüber dann durchmaß sie die Flughalle mit langen, sportlichen Schritten.

»Ja, Opi?«

»Lucie-Spatz, wie heißt das noch gleich, wo wir hinfahren?«

»Frascati.«

»Ach, Frascati!«, rief die Dame aus. »Das ist ja so ein sympathisches Örtchen. Es wird Ihnen dort sicher gefallen. Und bis nach Rom ist es bloß ein Katzensprung.«

»Und der Badeort, wo Sie … wie sagten Sie noch, schimpft sich der?«, nutzte er die Gunst der Stunde.

»San Felice Circeo.«

San … San … Verflixt und zugenäht, das würde er sich niemals merken können. Das war für ihn genauso schwierig wie für einen Italiener Bad Zwischenahn oder Castrop-Rauxel. Er sah Lucie flehend an, aber die wühlte nur mit Hingabe in ihrem Rucksack, um am Ende ein läppisches Kaugummipäckchen zutage zu fördern.

»Und wie weit ist das hübsche Badeörtchen denn von Rom entfernt?« Oh weh, er hatte ihr ja wohl eben nicht etwa zugezwinkert. Er versuchte, in ihrem Blick zu lesen, ob er etwas Ungehöriges getan hatte, doch sie antwortete, ohne die Miene zu verziehen: »Etwa anderthalb Stunden.«

»Ach so, das … das geht dann ja«, stammelte er. Gleichzeitig fragte er sich, ob sein Astrid-Schätzchen wohl bereit wäre, mit ihm dorthin zu fahren. »Also ich mein, nur für den Fall, dass Sie sich mal die fabelhaften Ausgrabungen und Kunstschätze in Rom ansehen wollen«, fügte er peinlich berührt hinzu.

Die Dame lächelte. »Ja, das ist richtig. Aber ich war in den letzten dreißig Jahren so oft in Rom, das reicht für mehrere Leben.« Sie blickte zum Ausgang. »Oh, es geht los.«

Er verlor seine Sirene, von der er nicht einmal den Namen kannte, in der Menge und fand sich wenig später zwischen Lucie und einem unappetitlich nach Schweiß riechenden Mann im Flugzeug wieder. Eben noch vom Gespräch mit der Dame berauscht, fiel er nun in ein tiefes Loch. Weil er keinen Schimmer hatte, wie er es anstellen sollte, noch einmal mit ihr ins Gespräch zu kommen. Um sie auf ein Treffen in diesem Ort am Meer oder auch in Berlin festzunageln.

Die Riesenmaschine setzte sich nur schwerfällig in Bewegung, nahm schließlich Fahrt auf, und als er schon glaubte, sie würde gleich in die nächste Absperrung rasen, erhob sie sich doch noch in die Lüfte. War dies für gewöhnlich der Moment, in dem die Nerven mit ihm durchgingen, sah er seinem möglichen Ende nun mit einer geradezu stoischen Gelassenheit entgegen. Selbst wenn der liebe Gott ihm gleich das Licht ausknipste, hatte er immerhin noch ein Schwätzchen mit einer schönen Dame gehalten und seine Enkelin wiedergesehen. Das war mehr, als so manchem vergönnt war.

Eine feingliedrige Hand schob sich in seine. »Opi, wir sind oben, du kannst dich mal wieder locker machen.«

»Wie, locker? Ich bin locker. Lockerer geht's kaum.«

»Klar, sieht man.« Lucie entzog ihm ihre Hand und blickte aus dem Fenster.

»Wie ist das denn jetzt eigentlich mit dir und deinem Pawel?«

Lucies Kopf fuhr herum. »Was soll die Frage? Es ist aus. Schluss! Finito!«

»Weiß ich doch, Kröte. Aber man könnte ja wohl erwarten, dass sich der Lump noch mal … also falls er auch nur einen Funken Anstand besitzt … bei dir meldet.«

»Wozu?«, entgegnete Lucie, und ihre Stirn kräuselte sich.

»Weiß nicht. Also unsereins hat ja früher …«

Aber Lucie brachte ihn mit einer ungeduldigen Geste zum Schweigen. »Wir sind nicht mehr früher, Opi. Es gibt Leute, die machen einfach per SMS Schluss.«

»Das ist hart.«

»Ja, hart. Aber ist nicht das ganze Leben hart?«

Seine Enkelin blickte ihn mit einer Verzweiflung an, dass er sie am liebsten an sich gedrückt hätte. Nur ging das nicht in diesem beengten Sitz und mit einem Sitznachbarn, der so sehr stank, dass es ihm fast die Sinne raubte.

»Sag mal, das riecht hier irgendwie … streng«, sagte Lucie wie aufs Stichwort. Sie reckte sich, wohl um den Mann, der am Gang saß, besser in Augenschein nehmen zu können. »Manche Leute sollte man doch echt vorher unter die Dusche stellen.«

Johann kicherte in seinen Jackenärmel. Es war ihrer Jugend geschuldet, dass sie Sachen aussprach, die anderen, seine Person eingeschlossen, nicht über die Lippen kamen.

Zwei Stunden später landete das Flugzeug endlich in Rom. Wobei Johann die Zeit nicht mal lang geworden war. Er hatte Orangensaft getrunken, Chips geknabbert, Lucie von der Unterhaltung mit der Dame erzählt und sich so sehr nach ihr verzehrt, dass er ihr am liebsten einen kleinen Besuch abgestattet hätte. Aber sie saß irgendwo im hinteren Teil des Flugzeugs; beim Einsteigen hatte er ihren silbrig-weißen Pagenkopf erspähen können.

Umso flattriger wurde er, als es ans Verlassen der Maschine ging. Weil sich auch Lucie den Ortsnamen nicht hatte merken können, wollte er es wagen und die Frau noch einmal darauf ansprechen. Was hatte er schon zu verlieren? Den Kopf würde sie ihm ganz sicher nicht abreißen, seinen Vorstoß bestenfalls als Kompliment werten. Aber es war wie verhext. Seine Sirene war offenbar mit einem anderen Flughafenbus zum Terminal gebracht worden, dann musste Johann so dringend für kleine Jungs, dass er nicht am Gepäckband nach ihr Ausschau halten konnte. Und als er endlich von der Toilette kam, sah er sie mit ihrem Lack-Rollkoffer durch den Ausgang entschwinden.

Das Leben war ungerecht. Erst stellte es einem ein leckeres Sahneschnittchen hin, doch kaum wollte man die Kuchengabel zur Hand nehmen, wurde einem der Teller weggezogen. Nein, er hatte wirklich genug. Die ganze Reise war eine Schnapsidee gewesen, und plötzlich war es ihm auch schnurz, ob sein Heiligtum von Koffer auf dem Gepäckförderband auftauchte oder ob die Sonne schien – nicht mal mehr die Aussicht auf eine leckere Pizza Quattro Stagioni konnte ihm ein Lächeln ins Gesicht zaubern.

»Was ist denn, Opi?« Lucie trödelte von wer weiß woher heran und nahm die vorbeifahrenden Koffer in Augenschein.

»Nichts, Kröte. Nichts.«

Er zwang sich zu einem Lächeln, und als sein karierter Koffer endlich angefahren kam, hatte er einen Drehwurm. Lucie war ein wirklich herziges Persönchen und wuchtete den Koffer für ihn vom Band. »Du brauchst bald mal einen neuen. Der fällt ja schon auseinander.«

So? Brauchte er wirklich einen neuen Koffer? Wofür denn noch?

»San Felice Circeo!« Lucie blickte ihn triumphierend an.

»Wie bitte? Ist es dir jetzt doch wieder eingefallen?«

Lucie schüttelte den Kopf. Ihr Rucksack tauchte auf, und sie hievte ihn herunter. »Deine Angebetete hat mit mir auf dem Klo angestanden. Da hab ich sie einfach noch mal gefragt.« Sie hielt die Hand hoch, auf der mit Kuli in Druckbuchstaben der Name der Ortschaft geschrieben stand.

Seine Enkelin war die Größte. Die Allerbeste. Und da ihn das in diesem Moment mehr als glücklich machte, beugte er sich runter und gab ihr einen Schmatz aufs zottelige Haar.

12

In dem wohligen Gefühl, dass eine nahezu unendliche Anzahl an freien Stunden vor ihnen lag, hatten Astrid und Kristina die ersten Tage in der Parkanlage des Hotels gefaulenzt. Ab und zu waren sie nach Frascati gefahren, wo sie getestet hatten, wie viele Espressi sie innerhalb kürzester Zeit trinken konnten. Komasaufen auf Italienisch. Astrid hatte einsehen müssen, dass vier bis fünf der kleinen Tässchen am Morgen eindeutig zu viel waren, und daraufhin einen Gang runtergeschaltet. Anders Kristina. Sie konnte in jeder auf dem Weg liegenden Bar einen Espresso zischen und spürte nicht mal das leiseste Herzklopfen. Aufgekratzt war sie so oder so. Astrid wurde es an diesem Morgen fast ein wenig zu viel. Schon beim Frühstück im Hotel hatte sie dem Kellner eindeutige Blicke zugeworfen, kurz darauf auch noch dem *Barista* am Bahnhof von Frascati.

»Ich weiß, du findest mich unmöglich«, sagte Kristina, als sie auf den Zug nach Rom warteten. Die Sonne schien ihnen warm aufs Gesicht, aber die Sitzbank war von der Nacht noch eiskalt.

»Was meinst du? Deine Flirts?«

Kristina nickte, und Astrid enthielt sich eines Kommentars. Sie fand es weder peinlich noch anrüchig, nur erschien es ihr mehr und mehr absurd, dass ihre Freundin für ihr Projekt jeden dahergelaufenen Kerl, der nicht gerade wie Quasimodo aussah, ins Auge fasste. Sie hatte doch einen gewissen Anspruch, und Astrid konnte sich kaum vorstellen, dass sie nach dem kultivierten Pius mit irgendeinem x-beliebigen Typen ins Bett steigen wollte.

»Ich werde mich ein wenig zügeln«, versprach Kristina augenzwinkernd, als sie in den altmodisch anmutenden Zug einstiegen. Offene Viererabteile reihten sich aneinander, und die Sitze waren so beengt, dass man zwangsläufig mit den Knien der Mitreisenden zusammenstieß.

Astrid kicherte hinter vorgehaltener Hand, als sie sah, wie verkrampft Kristina dahockte und sich anstrengte, ihre Beine einzuziehen. Ihnen gegenüber saß ein älteres Ehepaar, beide kaum größer als 1,58, die wunderbar in die Sitze passten.

»*Non c'è problema, Signora*«, sagte der Mann, und dann fuhr der Zug schon los.

*

Rom lag unter einem Schleier aus Morgendunst, als der Zug in den Bahnhof einlief. Roma Termini. Den Namen musste man sich bloß mal auf der Zunge zergehen lassen. Astrid hätte ihn singen mögen und spürte ihr Herz in wilder Vorfreude pochen. Sie hatte schon so viel über die Stadt, die wohl die schönsten Schätze der Antike barg, gelesen und gehört, doch als sie jetzt aus dem Zug stieg und mit dem Menschenstrom über den langen Bahnsteig und durch die große Halle Richtung Ausgang gespült wurde, lief ihr eine Gänsehaut über den Rücken. Sie war tatsächlich hier, in der Ewigen Stadt – auch wenn im Moment noch nicht viel davon zu spüren war. Kristina hatte ihre Tasche unter die Achsel geklemmt und machte ihr wie eine Reiseführerin den Weg frei. Obwohl es ein warmer Tag zu werden versprach, trug sie Jeans und Boots. Sie wollte gut zu Fuß sein und hatte sich nicht getraut, die neuen Slipper anzuziehen.

Rom umfing sie hektisch, laut und quirlig. Auf dem Bahnhofsplatz wuselten Berufstätige, Reisende sowie Touristenführer durcheinander, und schon nach ein paar Metern wurden auch sie von einem Mann mit einem grün-weiß-roten Käppi angesprochen. Mit einem Stadtplan wedelnd versprach er ihnen einen unvergesslichen Tag in der Ewigen Stadt.

»*Non parlo italiano*«, versuchte Astrid den Mann abzuwimmeln.

»*Ma si! Parla molto bene, Signora!*«

Astrid hakte Kristina unter. Sie wollte bloß raus aus dem Gewühl. In einem waghalsigen Manöver überquerten sie eine Verkehrsstraße und blieben unschlüssig vor einer Bar stehen. Im Zug hatten sie beschlossen, das Kolosseum erst am Nachmittag zu besichtigen, wenn der erste Ansturm vielleicht vorüber sein würde. Während sich Astrid mit dem Gedanken trug, sich bis dahin durch die Stadt treiben zu lassen, wollte Kristina lieber nichts dem Zufall überlassen. Den Stadtplan vor der Nase, schlug sie vor, über die Via delle Quattro Fontane die Spanische Treppe anzusteuern, von dort sei es auch bloß ein Katzensprung zum Trevibrunnen. Im Ghetto könnten sie zu Mittag essen und später ausgeruht zum Kolosseum laufen.

Astrid brach in Gelächter aus.

»Hab ich was Falsches gesagt?«

»Nein, du bist nur die perfekte Reiseleiterin.« Unvorstellbar, dass es zwischen ihr und Pius nicht mehr geklappt hatte. Was Ordnung und Struktur anging, waren beide aus dem gleichen Holz geschnitzt. Und die pedantische Ader, die Kristina an Pius genervt hatte, schien auch ihr nicht ganz fremd zu sein.

»Tut mir leid. Ich wollte nicht den Tag verplanen.« Sie lehnte den Kopf gegen Astrids Schulter. »Wenn du nicht magst ... Von mir aus können wir auch ohne Stadtplan losziehen.«

»Kommt gar nicht in Frage. Wir halten uns jetzt an deine Route«, beschloss Astrid und hakte sich bei Kristina unter. Sie hatte längst eingesehen, dass es in einer Dreimillionenstadt wie Rom nicht das Klügste war, ziellos umherzustreunen und womöglich Gefahr zu laufen, die schönsten Sehenswürdigkeiten zu verpassen.

Auf ging's, immer den schmalen Bürgersteig der Via delle Quattro Fontane entlang. Der Verkehr war laut und hektisch, und Astrid dachte einen Augenblick wehmütig an Venedig, wo kein Auto die Schönheit des Stadtbildes beeinträchtigt hatte. Nur der Anblick der Ozeanriesen, die sich täglich in die Lagune schoben und die Luft verpesteten, hatte sie gestört.

Bereits einige hundert Meter weiter tauchte die erste Sehenswürdigkeit auf: vier Renaissancebrunnen, an einer Kreuzung gelegen, halb versteckt im Mauerwerk, von Touristen bewundert und fotografiert, vom Straßenverkehr umtost. Kristina musste alles im Detail fotografieren, die Flussgötter von Arno und Tiber, die Göttinnen Diana und Juno, jedes mit Ruß geschwärzte Detail.

»Für Pius«, sagte sie und hielt mit beinahe entschuldigendem Lächeln ihr Handy hoch.

»Wieso Pius? Ich denke, es ist vorbei.«

Kristina schlug sich gegen die Stirn, als sei ihr das für einen Moment entfallen. »Dann eben für meine Kollegen.«

Peinlich berührt steckte sie ihr Handy weg und lief mit hochgezogenen Schultern weiter. Astrid konnte sich nur wundern. Nach ein paar Gläsern Wein hatte Kristina das Ende der Beziehung in den düstersten Farben geschildert, und jetzt dokumentierte sie ihren Rom-Urlaub für ihren Ex? Oder wollte sie ihn quälen, ihm sagen, schau her, was du alles verpasst hast?

An einer Straßenecke musste sie nicht aufgepasst haben, denn statt auf die französische Kirche Trinità dei Monti zu stoßen – Kristina wollte unbedingt die 138 Stufen der Spanischen Treppe hinabsteigen –, fanden sie sich mit einem Mal im Touristengewimmel am Fuße der Treppe wieder. Astrid legte den Kopf in den Nacken und ließ den Blick die vielen Stufen bis zur Kirche der Heiligen Dreifaltigkeit oben auf dem Hügel gleiten.

»Pass auf!« Kristinas Schrei gellte plötzlich so laut, dass ein paar Tauben erschreckt aufflatterten. Bloß einen Lidschlag später spürte Astrid, dass sich jemand an ihrer Tasche zu schaffen machte. Sie fuhr herum und stieß dabei heftig mit einem Mann zusammen, der möglicherweise gar nicht der Dieb war. Ein anderer der Umstehenden pöbelte sie auf Italienisch an, und in der Aufregung um sie herum rettete sie sich auf die Treppe. Dort, im Schutze der Seitenmauer, kontrollierte sie ihre Tasche, deren Reißverschluss ein paar Zentimeter offen stand. Glück gehabt. Portemonnaie und Smartphone befanden sich in der verschlossenen Innentasche. Der Dieb war augenscheinlich gerade im richtigen Moment gestört worden.

Kristina lief zu ihr, die Wangen gerötet, mit keuchendem Atem.

»Noch alles da.« Astrid hielt wie zur Beruhigung ihre Tasche hoch.

Kristina erklärte, dass sie zufällig bemerkt habe, wie der Mann um sie herumgeschlichen sei und rasch seinem Komplizen ein Zeichen gegeben habe.

»Hier sind so viele gutorganisierte Trickbetrüger unterwegs. In jedem Reiseführer wird davor gewarnt.«

»Das ist in Berlin kaum anders«, entgegnete Astrid. »Rat mal, wo ich letztes Jahr beklaut worden bin. Ausgerechnet im piekfeinen Zehlendorf. Am helllichten Tag an der Bushaltestelle.«

Taschendiebe waren in allen Metropolen unterwegs, und sie hatte keinesfalls vor, sich davon die Laune vermiesen zu lassen.

»Espresso?«, fragte sie.

»Espresso«, bekräftigte Kristina.

Und wie unter Koffeinentzug fielen sie in die nächste Bar ein.

*

Die Mittagssonne stand im Zenit, als Astrid und Kristina eine winzige Pizzeria im Ghetto ansteuerten. Pius hatte hier – es musste Jahre her sein – mit einem Freund gegessen, und seinen Schilderungen zufolge schmeckte die Pizza phantastisch.

»Da?« Kristina wies auf den letzten freien Tisch unter einem Sonnenschirm.

»Perfekt.«

Wohl weil schon ein anderes Pärchen den Tisch ins Visier genommen hatte, deponierte Kristina rasch ihre Tasche auf dem Stuhl. Für einen Moment fühlte sich Astrid unangenehm an die Leute erinnert, die im Pauschalurlaub mit ihren Handtüchern die besten Plätze am Pool besetzten, aber sie sagte nichts. Ihr taten die Füße weh, und sie freute sich darauf, endlich etwas in den Magen zu bekommen.

»Wartest du eben, und ich hole uns was zu essen?«

Astrid war das nur recht. Sie schwelgte immer noch in Erinnerungen an den Trevibrunnen, der so viel imposanter war als in dem Film *La Dolce Vita*. Imposant waren in dem Kinostreifen doch insbesondere Anita Ekbergs Brüste gewesen.

Astrid sank erschöpft auf den Stuhl, streckte die Beine weit von sich und genoss die schmeichelnd warme Luft. In Berlin regnete es seit Tagen ohne Unterlass, oft nahm der Frühling nur behäbig Fahrt auf. Rom, Pizza und Sonne waren da die eindeutig bessere Alternative.

Doch Astrids kleines Glück währte nicht lange. Eine Taube befand sich im Landeanflug, und sie wehrte sie unter hysterischem Gefuchtel ab. Das Vogelvieh drehte im letzten Augenblick ab, zum Glück, und landete mit lautem Flügelschlag inmitten von Pappgeschirr und Pizzaresten auf dem Nebentisch. Krümel flogen durch die Luft. Sogleich kam eine Schar hungriger Spatzen herbeigeflattert, um ebenfalls an dem Mahl teilzuhaben.

Bemüht, der Plage aus der Luft ebenso lässig zu begegnen wie die Italiener, nahm sie ihr Handy heraus und blickte aufs Display. Keine SMS, kein Anruf, nichts. Sie wählte Lucies Nummer, aber ihre Tochter ging nicht dran. Danach probierte sie es bei Thomas, vielleicht war sie ja auch bei ihm. Um sich die Zeit zu vertreiben oder sich trösten zu lassen.

»Astrid?« Er klang gehetzt, fast ein wenig abweisend.

»Hast du Kundschaft?«

»Nein, ich war nur … egal.« Seine Stimme bekam einen zärtlicheren Klang. »Erzähl, wie ist es so? Alles gut?«

»Besser, Thomas. Es ist einfach … himmlisch!« Sie erzählte, dass sie schon halb Rom zu Fuß abgelaufen hatte und jetzt in einer Pizzeria saß. »Wir sollten unbedingt mal zusammen herkommen. Nur du und ich. Ohne Opa oder sonst wen im Gepäck.«

»Das machen wir, Liebes. Versprochen.«

»Wie geht es Lucie?«

»Lucie?«

»Ja, das ist unsere Tochter«, erwiderte sie ungeduldig.

Thomas lachte leise.

»Lucie … ja, der geht es so weit gut. Denke ich.«

»Denkst du? Redest du denn nicht mit ihr?«

»Doch. Aber du weißt doch, wie lange ich immer im Geschäft bin.«

»Thomas, sie hat Liebeskummer. Vielleicht braucht sie mal eine Schulter zum Ausweinen.«

Noch während sie sprach, kam ihr zu Bewusstsein, dass sie Unfug redete. Lucie hatte sich in Liebeskummerphasen nie an ihren Vater gewandt. Eher noch an Opa Johann.

Ein paar Schweigesekunden traten ein, und aus dem Augenwinkel sah Astrid, dass Kristina, Pappteller balancierend, zum Tisch zurückkehrte.

»Wo ist sie denn jetzt? Zu Hause?«

Thomas brummte etwas, das wie »Da bin ich überfragt« klang.

»Merkwürdig. Sie geht gar nicht an ihr Handy.«

»Nun mach dir doch nicht immer so viele Gedanken. Unsere Tochter ist erwachsen! Du wusstest fünf Monate lang nicht, wo sie wann steckt.«

Da hatte Thomas auch wieder recht, und Astrid musste über sich selbst schmunzeln. Kaum war Lucie in heimischen Gefilden, kam wieder die Glucke in ihr durch.

»Okay. Dann sag ihr doch bitte, dass sie sich bei Gelegenheit mal bei mir meldet. Oder wenigstens eine SMS schickt, egal.«

»Richte ich ihr aus«, versprach Thomas, schickte ein Küsschen durch die Leitung und drückte das Gespräch weg. Wieso hörte das eigentlich nie auf, diese ständige Sorge ums Kind?

»Ist was passiert?« Kristina lud die Pizza auf dem Tisch ab.

»Nein, nein. Thomas meinte nur, dass mit Lucie alles in Ordnung ist. Was ich bezweifle. Das Mädchen ist doch kein Automat, der von Liebeskummer auf Nicht-Liebeskummer umschaltet.«

Kristina pustete eine Taubenfeder vom Tisch. »Jetzt wird gegessen. Und sich nicht gesorgt.«

Sie lief ins Lokal zurück, holte Weißwein und Wasser, und dann nahm die Pizza-Orgie ihren Lauf. Ihre Freundin hatte lauter Geschmacksrichtungen ausgesucht, die Astrid nie zuvor probiert hatte. Es gab Pizza mit Kartoffeln, mit gedünsteten roten Zwiebeln, mit Lachs sowie diversen Gemüsen, eine köstlicher als die andere.

»Da hat Pius wohl mal wieder recht gehabt«, bemerkte Astrid kauend.

»Pius wer?«

»Keine Ahnung. Kenn ich auch nicht.«

Kristina lachte zum Glück, erhob ihr Glas und rief: »Auf uns. Auf das Leben. Auf jede schöne Minute, die noch vor uns liegt.«

*

Das Kolosseum. Sie waren da. Standen in dem 2000 Jahre alten Amphitheater, dem wohl imposantesten Zeugnis römischer Macht und Größe.

Kristina hatte Tränen in den Augen. Soeben war Wunsch eins auf ihrer Liste in Erfüllung gegangen, ein wahrhaft erhabener Moment.

Astrid ließ den Blick über die ellipsenförmige Arena wandern, die Ränge hoch und immer höher hinauf. Darüber spannte sich ein kobaltblauer Himmel, was dem gigantischen Bau einen beinahe unwirklichen Anstrich gab. Überhaupt war alles so wenig real. Kaum vorstellbar, dass hier Löwen, Panther, Tiger und Hyänen, aber auch Gladiatoren ihr Leben gelassen hatten, dass zum Tode Verurteilte von wilden Tieren zerfleischt worden waren, dass die Massen gegrölt und sich amüsiert hatten.

Während Kristina wie üblich in ihrem Reiseführer blätterte und Fotos schoss, ging Astrid ein Stück vor und schaute in die Tiefe. Beeindruckt davon, wie intelligent die Arena mit den Katakomben, unterirdischen Gängen und verschachtelten Rängen konzipiert war, nahm sie nun auch ihr Handy und fotografierte. Später in Berlin würde sie Thomas, Opa Johann und Lucie alles zeigen können. Auch die Scharen von Touristen, die an ihr vorüberzogen.

»Kristina? Kommst du dann?« Bereits zwanzig Minuten waren vergangen, aber ihre Freundin verharrte immer noch dort, wo Astrid sie zurückgelassen hatte. Irgendetwas an ihrer Körperhaltung ließ Astrid stutzig werden, die hochgezogenen Schultern vielleicht. Als sie sich ihr näherte, bemerkte sie, dass Kristina schluchzte.

»Was ist los?«

»Nichts, lass nur, alles gut«, wehrte Kristina ab, als Astrid sie in den Arm nehmen wollte.

»Wirklich alles gut?«

»Ja!« Sie putzte sich hastig die Nase. »Das ist alles … ich weiß nicht … ich bin einfach nur … Dafür gibt's keine Worte.«

Astrid konnte sich in etwa vorstellen, was ihre Freundin meinte – obgleich sie ihre Reaktion schon ein wenig übertrieben fand. Kein Mensch, der halbwegs bei Verstand war, brach angesichts des Kolosseums in Tränen aus. Oder lag es an Pius? Daran, dass sie eben noch von ihm geredet hatten und sie ihn nun doch vermisste?

»Geh ruhig vor. Wir treffen uns in einer Dreiviertelstunde draußen.« Kaum hatte sie zu Ende gesprochen, wurde sie abermals von einem Weinkrampf geschüttelt.

»Ich lass dich doch jetzt nicht allein.«

»Bitte.« Kristina sah sie flehend an. »Tu mir einfach den Gefallen, ja? Ich brauch ein bisschen Zeit für mich.«

»Also gut.« Als Zeichen, dass Kristina sich jederzeit melden könne, deutete Astrid das Telefonierzeichen an, dann riss sie sich von ihrer Freundin los und folgte notgedrungen einer Gruppe laut schwatzender, sonnenverbrannter Amerikaner. An der nächsten Ausgangstür bog sie ab und stieg einen Rang höher. Doch schon kurz darauf war sie – allen Gesetzen der Logik zum Trotz – schon wieder eingekesselt von denselben Amerikanern mit ihren verbrannten Schenkeln und Schultern. Einer der Männer klopfte ihr jovial auf die Schulter und rief mit breitem Akzent: »*Isn't it amazing?*«

Astrid nickte nur, und obgleich ihr noch Zeit blieb, trat sie den Rückzug an. Sie hatte genug gesehen und wollte bloß weg von den vielen Touristen. Ein Trugschluss, zu glauben, dass es hier zu irgendeiner Uhrzeit ruhiger zugehen könnte. Kaum hatte sie sich, vom Stimmengewirr begleitet, bis zum Ausgang vorgearbeitet und stand wieder auf der Straße, ertönte ein übermütiges Hupen. Sie blickte auf, da war die rote Vespa schon vorüber. Aber der Mann, der darauf saß, drehte sich nach ihr um und winkte. Sie winkte zurück, und als ihr bewusst wurde, dass sie soeben geflirtet hatte, hatte der römische Straßenverkehr den Vespafahrer bereits wieder verschluckt. Astrid musste sich über sich selbst wundern. In Berlin hätte sie so etwas niemals getan, einem Fremden, der alles andere als schlecht aussah, zuzuwinken. Im ersten Moment war sie über sich selbst erschrocken, im zweiten peinlich berührt, im dritten schmunzelte sie jedoch und dachte, hey, wow, geht doch!

Zum Glück war Kristina wieder ganz die Alte, als sie mit fünfminütiger Verspätung heranschlenderte. Nichts erinnerte mehr daran, dass sie eben noch die Kontrolle verloren hatte. Astrid wusste nicht, ob sie darüber reden wollte, sprach das Thema aber an, während sie sich auf den Rückweg machten. Sie hatten noch ein ganzes Stück zu laufen, und der Tag war einfach zu schön, um sich in einen Bus zu quetschen.

Kristina lachte und sagte mit unnatürlich hoher Stimme: »Wie haben die Menschen es siebzig nach Christus nur hingekriegt, so ein gigantisches Bauwerk zu errichten? Dagegen sind wir doch Würmchen im Weltall, unbedeutende Kreaturen.«

»Und deshalb kriegst du einen Weinkrampf?«

»Das war kein Weinkrampf.«

»Was denn?«

»Nichts. Nur ein Zuviel an Gefühlen.«

Astrid beließ es dabei. Zumal ihre Freundin übergangslos das Thema wechselte. Fieberhaft referierte sie über kunsthistorische Fakten, dann wieder schwärmte sie von Rom, als gäbe es keine andere Stadt, in der es sich zu leben lohnte.

Astrid setzte stumm einen Fuß vor den anderen und ließ das Geplapper über sich ergehen. Warum war ihre Freundin nur so aufgekratzt? Sie nahm doch wohl hoffentlich keine Drogen oder warf heimlich Psychopillen ein?

Kristina hatte sensible Antennen und schien zu spüren,

dass Astrid mehr und mehr befremdet war. »Ich quatsche hier die ganze Zeit, wie schrecklich egoistisch von mir. Tut mir leid.«

»Ich finde das nicht egoistisch, nur seltsam.«

»Wieso, wie meinst du das?«

»Kristina, du bist doch sonst nicht so!« Eine kurze Pause folgte, dann überwand sich Astrid und fuhr fort: »Sei mir nicht böse, dass ich das jetzt frage, aber hast du irgendwas geschluckt?«

Schlagartig wich sämtliche Fröhlichkeit aus Kristinas Gesicht. »So was denkst du von mir?«

»Ich denke das nicht, aber …«

»Nein, Astrid.« Kristina klickte ihre Handtasche auf und steckte sich eine Zigarette an. »Und jetzt reden wir bitte nicht weiter davon.«

Für die Dauer der Zigarettenlänge stand Beklommenheit zwischen ihnen. Astrid schämte sich. Kristina hatte so kühl geklungen, so verletzt. Doch kaum hatte sie den Zigarettenstummel im Mülleimer entsorgt, glitt ein versöhnliches Schmunzeln über ihr Gesicht, und sie sagte: »Du warst eben aber auch anders als sonst. Du hast so in dich hineingelächelt.«

»Nicht dass ich wüsste.«

»Ein bisschen so wie damals, als du frisch in Thomas verknallt warst«, setzte sie noch eins drauf.

Astrid schüttelte vehement den Kopf. »Also nicht dass du jetzt denkst …«

»Gar nichts denke ich.« Eine Spur Sensationslust mischte sich in ihr wie in Stein gemeißeltes Grinsen.

»Also gut. Ich habe eine wunderschöne Vespa gesehen.

Und da ist mir eingefallen, dass ich vielleicht auch einen Wunsch habe. Rein theoretisch jedenfalls.«

»Moment mal. Eine Vespa?«

»Als Lucie geboren wurde, hatten wir eine Nachbarin«, setzte Astrid zu einer Erklärung an. »Eine schwarze Jazzsängerin. Die hatte eine feuerrote Vespa, die ich so unglaublich mondän und schick und weiß der Himmel was fand. Damals habe ich mir vorgenommen, mir eines Tages auch so ein Teil zu kaufen.«

»Das ist über zwanzig Jahre her, und du hast dir immer noch keine zugelegt?«

Astrid ersparte sich eine Antwort.

»Und warum nicht?«

Sie schwieg. All die Jahre, in denen sie sich der Kindererziehung gewidmet hatte, hatten ihre finanziellen Möglichkeiten es ihr schlicht nicht erlaubt. Und als sie in ihrem jetzigen Beruf Fuß gefasst hatte, hatten sich erst mal die anderen in ihrer Familie am Haushaltsportemonnaie bedient. Lucie, die ein Mofa als lebensnotwendig erachtet hatte. Einige Zeit später hatte Thomas die Anflüge einer Midlife-Crisis mit einem Motorrad kompensieren müssen. Und dann war da noch ihr Sohn Max, dessen Smartphone in den Rhein gefallen war. Selbstverständlich hatte Astrid ihm ein neues gekauft, und so war wieder mal eine auf der Strecke geblieben: sie selbst. Doch da sie seit Jahren Expertin im Verzichten war, war ihr das nicht mal bewusst geworden.

»Warum nicht?«, drängte Kristina in sie.

Astrid geriet ins Stocken, als sie nach den richtigen Worten suchte. Denn letztlich konnte sie bloß eine Antwort geben: dass sie immer und immer wieder für die Familie zurückgesteckt hatte. Und wenn die Reise nach Rom über alles Genießen des italienischen Flairs hinaus zu etwas nütze war, dann zu der Erkenntnis, dass sich dies dringend ändern musste.

13

Wow, was für ein Luxustempel war das denn! Ein Palast aus dem Keine-Ahnung-wievielten-Jahrhundert mit wahrscheinlich superkomfortablen Zimmern.

Einen Moment lang stand Lucie ergriffen da, als sie aus dem Taxi stieg, im nächsten Augenblick mischte sich Abscheu in ihre Begeisterung. Weil es dekadent war, in so einem Hotel abzusteigen, während auf der anderen Hälfte der Erdkugel Kinder an Hunger starben.

»Gefällt's dir nicht, Kröte?«

Lucie wollte ihren Großvater nicht enttäuschen und sagte: »Doch. Ist echt cool.«

Opa Johanns Blick wanderte an der Fassade des sandsteinfarbenen Gebäudes auf und ab. »Cool? Das ist ein Meisterwerk der Architektur. Dass ich so was noch erleben darf!«

Er hob seinen karierten Koffer an und strebte der Eingangstür zu. Lucie folgte ihm. Sie musste grinsen, als sie sah, wie selbstbewusst er an die Rezeption trat und ein lautstarkes *Buon giorno* schmetterte. Er fand sich immer noch irgendwie ziemlich gut, männlich, vielleicht sogar heroisch, und es schien ihm nicht mal peinlich zu sein, mit dem armseligsten Koffer der Welt ein Luxushotel zu betreten.

Lucie war gespannt, wie er sich mit seinen stümperhaften Italienischkenntnissen schlagen würde, doch nach den ersten drei Wörtern, die in den Ohren der Rezeptionistin wohl mehr nach Chinesisch als nach Italienisch klingen mochten, musste er passen. Die Frau fuhr auf Englisch fort, aber auch dieser Sprache war ihr Großvater nicht wirklich mächtig.

»Kröte, komm doch mal, die können hier ja nicht mal Deutsch.«

»Müssen sie auch nicht«, entgegnete Lucie, »wir sind ja in Italien.« Doch weil sie kein Unmensch war, übersetzte sie das, was ihr Großvater ihr vorsagte, in ein Kauderwelsch aus Italienisch und Englisch. Er habe zwei Einzelzimmer reserviert und ob die schon bezugsfertig seien, ach, und seine Schwiegertochter sei Astrid Conrady, die wohne ja auch hier. Das mit der Schwiegertochter unterschlug Lucie, das tat sowieso nichts zur Sache.

Die Rezeptionistin schaute im Computer nach, gefühlte zehn Minuten dauerte das, dann verkündete sie: »*Mi dispiace, Signora, ma ho soltanto una reservazione per una doppia.*«

»Was sagt die?«, trötete ihr Opa Johann ins Ohr.

»Opi, du hast ein Doppelzimmer für uns gebucht.«

»Hab ich nicht.«

Lucie seufzte. »Leider doch.«

»Hm, na ja … Dann müssen wir beiden Hübschen uns wohl ein Zimmer teilen.«

Na großartig. Volltreffer. Lucie liebte ihren Großvater

wirklich über alles; trotzdem wollte sie nicht mit ihm in einem Zimmer schlafen. Von seinen Mittagsschläfchen zu Hause, die er vorzugsweise auf dem Sofa im Wohnzimmer abhielt, wusste sie, dass er schnarchte. Von leisem Geröchel bis zum verendenden Seeungeheuer waren alle denkbaren Geräuschabstufungen dabei.

Lucie fragte ein zweites Mal nach. Beharrte darauf, dass ein Missverständnis vorliegen müsse, doch die Frau zuckte nur bedauernd mit den Schultern und vertröstete sie auf den nächsten Tag. Sie regelten die Formalitäten, der Schlüssel wurde über den Tresen geschoben, und Opa Johann griff nach seinem Koffer.

»Komm, Kröte. Auspacken, Katzenwäsche und fein rausputzen. Italien wartet auf uns!«

»Lass mal. Ich bleib lieber hier draußen und warte auf Mami.« Ihr war ein bisschen schlecht, aber das wollte sie ihrem Großvater nicht auf die Nase binden. Überdies hatte sie die vage Hoffnung, dass ein Wunder geschehen möge und sich entweder ein Zimmer auftun oder ihre Mutter irre viel Lust haben würde, sich mit Opa Johann das Doppelbett zu teilen. Im Zweifelsfall würde sie eben mit dieser Kristina vorliebnehmen, die hatte ja einen ganz netten Eindruck gemacht, als sie auf dem Weg nach Italien bei ihr übernachtet hatten.

»Na gut. Mach das, mein Spatz.« Ihr Großvater tätschelte ihr die Wange. »Dann genehmige ich mir erst mal eine Mütze Schlaf.«

Mit dem Schlüssel klimpernd, steuerte Opa Johann das Nebengebäude an, Lucie hörte seine Schuhe auf dem Kies knirschen, wenig später war es still. Was nun? Eine Weile bohrte sie unschlüssig ihre Schuhspitze in den Rasen, da tauchte die Frau von der Rezeption in der Tür auf und winkte sie herein.

»*Prego, Signora, dia pure una occhiata!*«

Lucie stand nicht der Sinn nach Besichtigungen, sie wollte das freundliche Angebot aber nicht ausschlagen. In der festen Absicht, alles ganz wunderbar zu finden, schlenderte sie von Saal zu Saal. Es war auch alles ganz wunderbar, die Fresken an den Decken, die wuchtigen Gemälde und die Stilmöbel, die kunstvoll arrangiert waren, doch es änderte nichts daran, dass sie sich von Minute zu Minute einsamer, schrecklicher, elender fühlte. Was tat sie hier eigentlich? Und wieso war ihr nicht vorher klar gewesen, dass Liebeskummer, egal, in welchen Winkel der Erde man reiste, immer weh tat?

Bloß raus hier. Sie bedankte sich bei der Rezeptionistin, dann trat sie ins Freie. Die sonnenwarme Luft fühlte sich wie eine tröstende Umarmung an, und auch die Übelkeit verflog, während sie durch die weitläufige Parkanlage mit den wie hingetupften Bistrostühlen streifte. In der abwegigen Hoffnung, dass Pawel ein Lebenszeichen von sich gegeben hatte, checkte sie ihr Handy. Aber da war nichts. Weder hatte er sich über Facebook gemeldet noch war eine Whatsapp-Nachricht gekommen noch hatte er eine Mail geschrieben.

Mit Tränen in den Augen sank sie ins Gras, spürte den weichen, warmen Teppich unter sich und verfluchte den Tag, an dem sie Pawel kennengelernt hatte. Damals im Italienischkurs. Sie hatte ihn gesehen, und bereits einen Lidschlag später hatte ihr Verstand ausgesetzt. Dämlich nannte man das. Megadämlich. Und alles nur, weil er so wunderschön ausgesehen hatte mit seinem rotblonden Haar, dem Fünftagebart und dem offenstehenden weißen Hemd.

Sie wusste nicht, wie lange sie im Gras gekauert und sich in ihrem Weltschmerz gesuhlt hatte. Vielleicht waren nur ein paar Minuten, vielleicht aber auch Stunden vergangen, als sie plötzlich Schritte hörte und Männerbeine in schwarzen Hosen vor ihr aufragten. Sie hob den Kopf. Ein Kellner. Er schaute missmutig drein – vielleicht war es in dieser piekfeinen Hotelanlage ein absolutes No-Go, sich ins Gras zu fläzen –, doch dann fragte er umso freundlicher auf Deutsch, ob sie sich nicht setzen wolle.

»Ja klar, warum nicht.« Lucie stand auf und klopfte sich die Hosenbeine ab.

»Darf ich der Dame vielleicht einen Cappuccino bringen?« Smartes Lächeln. »Geht auf die Haus.«

»Sehr gerne.« Es gab sie also noch, die Engel in einer Welt voller Mistkerle.

Der Cappuccino, den er ein Weilchen später mit ein paar Keksen servierte, schmeckte nach Ferien und einer kleinen Dosis Glück. Sie war in Italien, in dem Land, das sie so sehr liebte. Und das wollte sie jetzt – auch wenn Pawel ihr das Herz aus der Brust gerissen hatte – genießen. Es dauerte nicht lange, dann kam ihr Großvater angeschlurft, und in einem plötzlichen Anflug von guter Laune schlang sie die Arme um ihn.

»Was ist passiert, Kröte? Du strahlst ja richtig. Hat dir dein Tristan …«

»Nein, hat er nicht, und nimm bitte nie wieder diesen blöden Namen in den Mund. *Pawel* übrigens auch nicht –

der Typ ist für mich gestorben!« Sie erzählte von dem netten Kellner, der ihr den Cappuccino spendiert hatte. Als aber auch Opa Johann sein Schnorrer-Glück bei dem jungen Mann versuchen wollte, nahm der wie bei jedem beliebigen anderen Gast eine Bestellung auf.

»Una limonata?«, wiederholte er, weil Opa Johann etwas Unverständliches gebrummt hatte.

»Si, Limonade. Und Pizza Quattro Stagioni. Lucie, willst du auch was essen?«

Der Kellner erklärte höflich, dass es im Hotel keine Pizzeria gäbe. Lediglich ein Restaurant, das würde allerdings erst um 19 Uhr 30 öffnen. »Aber ich kann Ihnen bringe ein kleiner Panino.«

»Ein kleiner Panino ist molto bene«, schnarrte Opa Johann. »Con quattro stagioni?«

Lucie stieß ihn in die Seite. »Opi, so was gibt's doch nicht.«

»Dann eben con tutto. Also alles, was der Kühlschrank so hergibt.«

Mit hochgezogener Augenbraue fragte der Kellner Lucie, ob er ihr auch ein Con-tutto-Panino bringen dürfe, doch Lucie schüttelte bloß den Kopf. Kaum war ihr Opa in Italien, wurde er peinlich. Sprach Italienisch, ohne die Sprache auch nur ansatzweise zu können, bestellte die unpassendsten Dinge, und mit den Gepflogenheiten eines 4-Sterne-Hotels schien er sich ebenfalls nicht wirklich auszukennen.

»Und wie ist das Zimmer?«, wollte Lucie wissen, nachdem der Kellner gegangen war.

»Ganz fabelhaft. Du wirst staunen. Das Bett ist so groß,

dass du glatt noch deinen Tristan …« Er schlug sich auf den Mund. »Pardon, das wollte ich nicht sagen. Jedenfalls ist es richtig schön gemütlich. Nicht so eine harte Pritsche wie dieses Bett in Venedig. Das mit den Knubbeln in der Matratze.«

In Indien hatten Lucie und Pawel eine ganze Woche lang in einem Hinterhof zwischen Hühnern unter freiem Himmel übernachten müssen. Und bloß ein Moskitonetz hatte sie vor den Insekten geschützt. Also würde sich für sie jedes Bett wie ein halbes Himmelreich anfühlen.

»Schade nur, dass du nicht bei mir schlafen willst.« Sein Adamsapfel hüpfte auf und ab.

»Opi, du schnarchst.«

»Aber doch nicht immer.«

Lucie grunzte. Es war schon schlimm genug, wenn sie die halbe Nacht wach lag.

Kurz darauf kam der Kellner mit den Panini. Sie waren üppig belegt und kunstvoll in verschiedene grüne Blattsalate gebettet.

»Oh, das ist aber wirklich con tutto!«, rief Opa Johann, und Lucie wäre vor Scham am liebsten im Erdboden versunken.

»Buon appetito.« Der Kellner zwinkerte ihr zu, und weg war er.

»Mal ehrlich, Kröte. Ich fresse einen Besen, wenn der Jungspund nicht was von dir will.«

»Das ist kein Jungspund, sondern ein Kellner. Und der will sicher nichts von mir.« Lucie hatte ein gutes Gespür dafür, welche Männer an ihr interessiert waren, und der hier war es eindeutig nicht. Er war einfach nur höflich. Außerdem wollte sie sowieso nichts von dem Thema hören. Nicht heute, nicht morgen und auch nicht übermorgen.

»Papperlapapp. Mit jungen Männern kenne ich mich aus.«

»Ach, woher denn?«

»War ich vielleicht selbst mal einer?«

Ihr Großvater trommelte sich auf die hagere Brust. Ein sicheres Zeichen dafür, dass er gleich anfangen würde, von früher zu erzählen. Von seinen Heldentaten und was für ein schmucker Kerl er gewesen war.

Und so kam es denn auch. Aber Lucie hörte gar nicht hin. Weil der Hotelbus in diesem Moment vorfuhr und sie zwei Frauen, die eine blond, die andere rotblond, schemenhaft hinter den getönten Scheiben erkannte.

*

Astrid glaubte zu halluzinieren, als sie aus dem Bus stieg. Aber nein. Da saß Opa Johann auf dem weißen Bistrostuhl, und die junge Frau, die *Mami! Mami!* kreischend auf sie zugelaufen kam, war tatsächlich ihre Tochter. Nur dass sie etwas schmaler geworden war und strohige Haare hatte.

Sie fielen sich in die Arme, und alles, was Astrid spürte, war Glück. Endlich hatte sie Lucie wieder. Sie roch nach einem schwülen Parfüm, das sie an alternde Hippies erinnerte, und ihre Schultern fühlten sich knochig an. Dennoch war das unverkennbar ihr Kind.

»Ich fass es nicht! Was macht ihr denn hier?«

Bevor Lucie etwas sagen konnte, umarmte Opa Johann sie so theatralisch, als wäre er ebenfalls fünf Monate in Indien gewesen. »Überraschung!«, rief er aus und schwenkte eine Tüte aus dem Duty-free-Shop.

»Ja, das sehe ich.« Nach dem ersten Gefühlsüberschwang stellte sich Unmut bei ihr ein. Sogar ziemlich viel Unmut. Was um Himmels willen wollten die beiden hier? Und warum hatten sie nicht vorher angerufen?

Statt sich zu erklären, begrüßten sie Kristina, die gezwungen lächelte. Verständlich, dass auch sie verhalten reagierte. Immerhin war das Dreamteam ohne Vorwarnung in ihr Urlaubsidyll geplatzt.

»Hier, nimm schon«, knöterte Johann.

»Was ist das?« Eigentlich hatte sie »Was soll das?« fragen wollen, aber die Wörter kamen irgendwie verquer aus ihrem Mund.

»Ein Duftwässerchen.« Er zwinkerte ihr zu. »Und zwar eins, das es in sich hat.«

»Oh ja«, bestätigte Lucie und lachte albern auf.

Astrid bedankte sich, aber wenn Johann glaubte, dass er sie mit einem Geschenk weichgekocht hatte, dann hatte er sich getäuscht. In scharfem Ton verlangte sie nach einer Erklärung.

»Das war Opis Idee«, gestand Lucie.

»Klar. Wessen auch sonst?«, konnte Astrid es sich nicht verkneifen zu sagen.

»Astrid-Schatz, reg dich bitte nicht auf. Lucie und ich wollen auch gar nicht stören, wir sind quasi unsichtbar.«

Quasi unsichtbar. Da stellte sich bloß die Frage, warum die beiden nicht gleich an einen anderen Ort gefahren waren. Italien war groß. Es gab zig kilometerlange Küsten, attraktive Städte, überall schöne Hotels. Aber nein, Opa Jo-

147

hann musste sich ausgerechnet dort einquartieren, wo sie mit Kristina urlaubte. Das war ... ja, das war dreist, um nicht zu sagen unverschämt. Und warum hatte Thomas den beiden Guerillareisenden eigentlich nicht Einhalt geboten, sie zumindest informiert ... irgendwas?

»Mami, tut mir leid.« Lucie taxierte betreten ihre Fingernägel. »Opi hat die Flüge einfach gebucht.«

»Komm mal mit, Spatz.« Astrid hakte ihre Tochter unter und zog sie ein paar Meter weiter unter die mächtigen Äste eines alten Baums. »Nicht dass du das falsch verstehst, ich freue mich riesig, dich zu sehen. Nach so vielen Monaten, das ist ja wohl klar.«

»Aber?«

»Wenn ich ehrlich bin, hätte ich den Urlaub schon gerne ohne Opa verbracht. Also nur mit dir und Kristina, das wäre okay gewesen, aber auch noch mit ihm ...« Sie schluckte gegen einen Kloß der Beklemmung an. »Traumferien stelle ich mir eben ein bisschen anders vor.«

»Verstehe«, sagte Lucie und fuhr sich durch die strohige Matte. Himmel, gab es in Indien denn keine Friseure, dass ihre Tochter so ungepflegt aussah? »Ist es dir lieber, wenn wir wieder abreisen?«

»Kommt ja gar nicht in Frage.«

»Oder in ein anderes Hotel gehen?«

»Nein. Alles gut. Wo sind eure Zimmer?«

Lucie wies auf das Nebengebäude, in dem auch Astrid und Kristina untergebracht waren. »Es ist allerdings nur ein Zimmer.«

»Du willst mit Opa in einem Bett schlafen?«

»Natürlich nicht!« Lucie spuckte die beiden Wörter em-

148

pört aus. »Er hat da was bei der Anmeldung nicht richtig verstanden oder falsch ausgefüllt, keine Ahnung. Jedenfalls ist kein Zimmer mehr frei.«

In Lucies Blick stand eine Frage. Eine ganz bestimmte Frage.

»Nein, Spatz, vergiss es. Ich geh nicht mit deinem Großvater in ein Zimmer. Ihr habt euch die Suppe eingebrockt, jetzt müsst ihr sie auch auslöffeln.«

»Aber Opi schnarcht.«

»Ist mir bekannt.«

»Ja, schon gut. Ich dachte ja nur …« Lucie legte ihren berühmt-berüchtigten Bettelblick auf. »Vielleicht kann ich ja die eine Nacht mit bei euch im Zimmer schlafen. Ab morgen haben sie vielleicht ein Zimmer.«

Und nur, weil Lucie Lucie war und Astrid ihre Tochter über alles liebte, versuchte sie, das Unmögliche möglich zu machen.

14

Es war spät am Abend, als sie zu dritt ihr Zimmer bezogen: Astrid, Kristina und Lucie.

Die Hotelleitung hatte sich kulant gezeigt und ihnen, während sie mit Opa Johann im Hotelrestaurant zu Abend gespeist hatten, ein Zusatzbett reingeschoben. Astrid fragte ihre Freundin zum wiederholten Male, ob das auch wirklich in Ordnung gehe, doch die beteuerte, dass sie sich wirklich auf den Mädelsabend freue. Gemütlich quatschen, ein Gläschen trinken, Spaß haben.

Sie entkorkte eine Flasche Wein aus der Minibar und schenkte ein, aber erst als alle in ihre Schlafsachen geschlüpft waren, stießen sie miteinander an.

»So, Lucie, jetzt wollen wir aber alles wissen«, verlangte Kristina.

»Wie, was denn?«

»Wie es in Indien war, was sonst?«

Lucie knabberte gedankenverloren am Daumennagel, und Astrid stupste ihre Tochter an. »Also ein bisschen könntest du schon verraten. Wenn wir so nett sind und dich bei uns aufnehmen.«

»Ach so, ja«, brummte sie, und nach ein paar Schlucken Wein löste sich endlich ihre Zunge. Sie berichtete von der unbefriedigenden Arbeit im Kinderheim, die hauptsächlich darin bestanden hatte, die Kinder am späten Nachmittag nach der Schule für eine Stunde zu beaufsichtigen; von dem Essen, das ihrem Magen nicht bekommen war, und von den misslichen hygienischen Verhältnissen.

An ihrem Glas nippend, kam Kristina auf eine Fernsehreportage zu sprechen, die das Thema *Work and travel* überaus kritisch beleuchtet habe. »Du hast bestimmt richtig Geld abgedrückt, um hinzufliegen und dort arbeiten zu dürfen, richtig?«

Lucie nickte.

»Und hast unentgeltlich gearbeitet?«

»Geld zu kassieren ist ja auch nicht der Sinn der Sache«, entgegnete Lucie. »Dafür hatten wir ja Kost und Unterkunft frei.«

Kristina schenkte sich ein Schlückchen nach. »Trotzdem ändert das nichts daran, dass von dem Geld, das die Jugendlichen zahlen, überhaupt nur ein Bruchteil in den Heimen ankommt. Der Rest landet bei den Organisationen, die den Studenten die Jobs vermitteln.«

»Was wäre denn eine wirkliche Hilfe?«, wollte Astrid wissen.

»Die zweitausend oder noch mehr Euro, die für so eine Reise fällig werden, direkt ans Heim zu spenden. Aber das tut natürlich niemand.« Ihr Blick glitt zu Lucie. »Sinn und Zweck ist ja auch, dass der Auslandsaufenthalt im Lebenslauf auftaucht.«

Lucie stellte ihr Glas ab und verschränkte die Arme vor

der Brust. »So negativ würde ich das jetzt aber auch nicht sehen.« Astrid spürte an ihrem Tonfall, dass sie sich angegriffen fühlte.

»Nicht dass du mich falsch verstehst«, ruderte Kristina zurück. »So oder so finde ich es ehrenwert, dass du den Job gemacht hast. Schuld daran bist ja auch nicht du. Schuld sind die Organisationen, die mit den jungen Leuten Geschäfte machen.«

Für einen Moment hing Beklommenheit in der Luft. Astrid schaute auf den Boden ihres Glases, Lucie zerrte das festgeklemmte Laken auf ihrem Ersatzbett los, und Kristina ließ die nackten Zehen kreisen.

»Tut mir leid, Lucie«, entschuldigte sie sich. »Ich hätte besser nicht davon anfangen sollen.«

»Kein Problem, wird wohl was dran sein.« Lucie lächelte schmallippig.

Sie ließen das Thema fallen, redeten über dies und das und vor allem über Lucies Reiseroute nach ihrer Arbeit im Kinderheim. Kristina wollte wissen, was sie am meisten beeindruckt habe.

»Der Tadsch Mahal!« Es kam wie aus der Pistole geschossen, und mit nunmehr leuchtenden Augen erzählte Lucie, dass sie sich schon immer gewünscht habe, ihn einmal mit eigenen Augen zu sehen.

»Wirklich? Schon bevor du und Pawel …« Es war Astrid so rausgerutscht, aber in Lucies Augen flackerte Aggressivität auf.

»Ja, stell dir vor.«

»Und ich wollte immer mal das Kolosseum sehen«, schaltete sich Kristina ein, bevor die Unterhaltung erneut eine unangenehme Wendung nehmen konnte. »Den Traum habe ich mir heute erfüllt. Zusammen mit deiner Mutter.« In Zeitlupe schob sie ihre Hand zu Astrid rüber und streichelte ihren Unterarm. Vielleicht war es als kleine Entschuldigung gemeint, weil sie im Kolosseum so neben der Spur gewesen war.

»Und du, Mami? Willst du dir auch unbedingt irgendwas angucken? Die Sixtinische Kapelle? Den Vatikan? Irgendwelche Museen?«

Astrid war im Moment überfragt und zuckte mit den Achseln.

»Was? Etwa schon Sightseeing-müde?«

»Eher Touristen-müde«, bekannte sie. »Du hättest miterleben müssen, wie viele Menschen heute durchs Kolosseum getrabt sind. Dabei ist noch nicht mal Hochsaison.«

Kristina schmunzelte. »Außerdem hat deine Mutter sowieso einen anderen Traum.«

»Ach, echt? Was denn für einen?«

»Gar keinen«, wehrte Astrid ab.

»Jetzt sag doch mal!«, beharrte Lucie.

»Soll ich?« Aus Kristinas Schmunzeln war ein breites Grinsen geworden.

»Untersteh dich!«, befahl Astrid. Und dann offenbarte sie ihrer Tochter, dass sie sich gerne eine Vespa anschaffen würde.

»Du?«, fragte Lucie, als läge es außerhalb ihrer Vorstellungskraft, dass ihre Mutter überhaupt irgendeinen Wunsch, welcher Art auch immer, haben könnte.

Astrid sagte nichts, Kristina schwieg ebenfalls, und dann brach Lucie in schallendes Gelächter aus.

»Was ist jetzt so komisch?«

»Nichts. Ich dachte nur, dass Vespas ... also, dass eher jüngere Leute Vespas fahren.«

Die Worte standen im Raum, und keine von ihnen sagte mehr einen Ton. Lucie hatte den Blick abgewandt, Kristina wirkte peinlich berührt, vielleicht war sie auch verärgert, und Astrid strengte sich gewaltig an, ihrer Tochter den Spruch nicht übelzunehmen. Auch wenn sie sich selbst längst noch nicht alt fühlte, so war sie das in den Augen ihrer Tochter. Und da sie all die Jahre stets verzichtet und zurückgesteckt hatte, war es gar nicht weiter erstaunlich, dass Lucie so verwundert auf ihre stets so gut verborgen gehaltene Sehnsucht reagiert hatte.

Das Gespräch kam nicht mehr richtig in Gang, und bald fielen Lucie fast im Sitzen die Augen zu. Der Jetlag steckte ihr noch in den Knochen, und behutsam nahm Astrid ihr das Glas aus der Hand.

»Schlaf gut, mein Spatz«, flüsterte sie. Sie trank einen letzten Schluck Wein, dann ging sie rüber ins Bad, um sich die Zähne zu putzen.

Kristina kam wenig später nach. Seite an Seite saßen sie auf dem Badewannenrand, putzten sich die Zähne und zogen Schaumgrimassen, als wären sie kleine Mädchen.

»Lucie ist so erwachsen geworden«, meinte Kristina, nachdem sie ausgespuckt hatte.

»Findest du?«

»Oh ja! Als ihr in der Schweiz wart, war sie ja im Prinzip noch ein Kind, aber jetzt ist sie eine Frau, und eine selbstbewusste dazu.«

Das stimmte – einerseits. Andererseits hatte Lucie auch

noch vor ihrer Abreise immer wieder Phasen gehabt, in denen sie in pubertäre Verhaltensmuster zurückgefallen war. Ganz abgesehen davon, dass sie sich Astrids Ansicht nach viel zu sehr von ihrem Freund abhängig gemacht hatte. Pawel hier, Pawel da, bisweilen war sie kaum noch sie selbst gewesen. Wie schon als Sechzehnjährige, als ihr die Liebe zu einem gewissen Jonathan komplett das Hirn vernebelt hatte. Doch so lernfähig man in vielen Bereichen des Lebens auch war, augenscheinlich schien in der Liebe der Verstand auszuhaken. Da war Lucie keine Ausnahme.

»Wollen wir uns noch raussetzen?«, fragte Kristina, aber Astrid lehnte ab. Der Tag war lang und aufregend gewesen, sie wollte sich nur noch hinlegen und die Augen zumachen.

»Kein Problem. Dann schlafen wir eben.« Kristina griff nach ihrer Kulturtasche, bekam jedoch bloß einen Zipfel zu fassen, sie fiel runter auf den Boden, und Tiegel und Töpfchen kullerten über die Steinfliesen. »Shit!« Fahrig sammelte sie alles zusammen. Als Astrid sich bückte, um ihr zu helfen, sagte sie barsch: »Kein Problem. Geht schon.«

»Zu zweit sind wir aber schneller.«

»Nein! Lass!«

Irgendetwas an ihrem Tonfall missfiel Astrid, und sie griff nach einem Stück Papier, das unter den Waschtisch geweht war. Eine Staubfluse haftete daran, als sie es hervorzog. Ein Ultraschallbild? Bevor sie einen Blick darauf werfen konnte, riss ihre Freundin es ihr weg und verbarg es hinter ihrem Rücken. Angst und Verzweiflung sprachen plötzlich aus ihrer Miene.

»Was ist das, Kristina?«

»Nichts. Das ist gar nichts.« Sie stopfte das Bild in den

Kulturbeutel zurück und zog den Reißverschluss mit einem Ratsch zu.

»Das glaubst du ja jetzt wohl selbst nicht.«

Einen Moment herrschte Waffenstillstand. Kristina blickte sie an, die Augen starr und ohne Wimpernschlag.

Astrids Hirn arbeitete auf Hochtouren, sie versuchte, etwas zu sagen, verhedderte sich aber in ihren eigenen Gedanken. Ein Ultraschallbild. Was mochte darauf zu sehen sein, dass ihre Freundin derart in Panik verfiel?

»Bist du krank?«, brachte sie endlich einen klaren Satz über die Lippen.

Kristina schüttelte den Kopf, was Astrid erleichterte. Gerade erst vor kurzem hatte sie einen Film gesehen, in dem zwei Freundinnen zusammen verreist waren, die eine schwer krebskrank. Für die eine Freundin sollte es die letzte Reise sein.

»Ich geh schlafen«, erklärte Kristina und war schon an der Tür.

»Das ist unfair! Du kannst mich jetzt nicht im Unklaren lassen.«

»Sorry, aber das ist ganz allein meine Sache.«

Gut, dann ist es eben deine Sache, dachte Astrid erbost. Sie schob Kristina beiseite und stieß die angelehnte Badezimmertür auf. Lucie hatte von dem kleinen Disput zum Glück nichts mitbekommen. Sie schlief tief und fest. Jedes Mal beim Ausatmen kam ein leises Blub von ihren leicht geöffneten Lippen. Wenigstens eine, die in diesem Moment vollkommen befreit von der Welt und all ihren Sorgen war. Das war tröstlich – wenngleich es nicht das Problem Kristina löste.

*

In der Nacht wachte Astrid davon auf, dass jemand auf ihre Bettdecke tippte. Ein Schatten ragte vor ihr auf. Lucie? Opa? Sie war auf alles gefasst, doch als sich ihre Augen an die Dunkelheit gewöhnt hatten, erkannte sie Kristina.

»Kommst du kurz mit auf die Terrasse eine rauchen?«, flüsterte sie.

»Wie spät ist es denn?«

»Halb zwei.«

Halb zwei. Ein wahrlich verlockendes Angebot, sich mitten in der Nacht mit der rauchenden Freundin auf die Terrasse zu stellen. Und das, nachdem sie aus dem Tiefschlaf gerissen worden war. Aber Kristina schaute so bittend, dass Astrid das Laken zur Seite schlug und sich aus dem Bett schälte.

»Hepp!« Kristina warf ihr freundlicherweise eine Strickjacke zu, dann zog sie die schwere Gardine beiseite, öffnete leise die Terrassentür und ließ Astrid vorgehen.

Eine Weile standen sie schweigend in der Dunkelheit, lauschten den Zikaden, erst dann steckte sich Kristina die Zigarette an, und auch das tat sie schweigend und so besonnen, dass Astrid langsam die Geduld verlor.

»Okay, was wird hier gespielt?«

»Eigentlich will ich gar nicht rauchen«, erwiderte Kristina.

»Dann tu es auch nicht.«

Ihre Freundin drückte die Zigarette am Mauerwerk aus und behielt sie in der Hand. »Wegen vorhin … das tut mir leid.«

»Das ist keine Antwort.«

»Ich weiß.«

»Wenn du es mir nicht sagen willst, musst du mich auch nicht wecken.«

Tränen traten Kristina in die Augen.

»Was ist los?«, fragte Astrid eine Spur weicher.

Kristina steckte sich wieder die Zigarette an, inhalierte tief und offenbarte: »Ich habe im letzten Jahr ziemlich viele Hormone geschluckt.«

»Hormone?«, echote Astrid.

»Ja, Hormone.«

Es lag auf der Hand, nach dem Grund zu fragen, aber Astrid fühlte sich wie gelähmt. Blitzschnell durchforstete sie ihr medizinisches Halbwissen. Man schluckte Hormone, wenn die Schilddrüse oder der Zyklus aus dem Takt geraten waren. Wenn man in den Wechseljahren Probleme hatte. Wenn man eine Schwangerschaft verhindern oder im Gegenteil forcieren wollte. Nein, Letzteres konnte es kaum sein. Astrid und Pius hatten nie Kinder gewollt, unwahrscheinlich, dass sie ihre Meinung auf den letzten Metern geändert haben sollten.

Die Zikaden verstummten, und dann erzählte Kristina ihre Geschichte. Schnörkellos, in knappen Worten und ohne sentimental oder gar selbstmitleidig zu wirken. Astrid war auf der richtigen Fährte gewesen. Anders als bei anderen Frauen hatte Kristinas biologische Uhr in einem Moment zu ticken begonnen, als es eigentlich längst zu spät war. Mit knapp dreiundvierzig. Und ihr Mann, der zwar immer noch keine Kinder wollte, hatte sie in allem unterstützt. Weil er sie liebte. Und weil er es nicht ertragen konnte, Kristina leiden zu sehen. Etwa ein halbes Jahr lang hatten sie es auf natürlichem Wege probiert – ohne Erfolg.

Der nächste Schritt, die Reproduktionsmedizin, war ihnen als letzter Ausweg erschienen, und sie hatten sich, wenn auch mit einigen Bedenken, darauf eingelassen. Kristina sprach in Halbsätzen, aber Astrid konnte sich in etwa ausmalen, welcher Tortur sie sich ausgesetzt hatte. Die vielen Untersuchungen, die Behandlungen und Eingriffe, immer wieder banges Warten und Hoffen. Zweimal hatte es sogar geklappt. Kristina war schwanger geworden. Zwei Schwangerschaften, zwei Fehlgeburten. Die erste hatte sie in der achten Schwangerschaftswoche ereilt und in eine tiefe Krise gestürzt. Die zweite im fünften Monat.

Fünfter Monat! Astrid wurde schwummerig, und sie musste sich an den Verstrebungen der Markise festhalten, als Kristina scheinbar ungerührt beschrieb, wie sie das tote Kind hatte gebären müssen. Danach war nichts mehr wie zuvor gewesen. Kristina, am Ende ihrer Kräfte, hätte es trotz allem auf ein drittes und allerletztes Mal ankommen lassen, aber Pius wollte bloß noch eins: einfach wieder normal leben. So wie früher. Ohne Baby und notfalls auch ohne seine Frau.

»So, jetzt weißt du es.« Kristina lachte, doch es war ein heiseres, bitteres Lachen.

Astrid schnürte es die Kehle zu. Was sollte sie sagen? Egal, was ihr über die Lippen käme, es wäre nichts weiter als ein dummer Spruch, der Kristina ganz sicher nicht weiterhelfen würde. Also streichelte sie bloß ihre Hand. Sie fühlte sich warm und trocken an, was etwas Tröstliches hatte.

»Wieso hast du die ganze Zeit nichts gesagt?«, fragte sie, als die Zikaden erneut ihr Konzert anstimmten.

»Ehrliche Antwort?«

»Du wolltest mich nicht damit belasten?«

»Ja, nein, vielleicht. Offen gestanden habe ich es niemandem erzählt.«

»Warum nicht?«

»So eine Sache muss man allein durchstehen.« In weiter Ferne kläffte ein Hund. »Nichts ist schlimmer, als wenn laufend Freunde anrufen und sich erkundigen, ob sie schon gratulieren dürfen und was man sich zur Geburt wünscht und wie das Kind denn heißen wird. Ich hab das bei einer Kollegin im Spital mitbekommen. Das war mir eine Lehre.«

Astrid ertappte sich bei dem Gedanken, dass sie ihre Freundin vermutlich auch angerufen hätte, um Fragen dieser Art zu stellen.

»Und jetzt?«

»Was jetzt?«

»Wie soll es weitergehen? Ich meine, mit dir und Pius ... Und bleibst du in der Schweiz und ...?«

»Das wird sich zeigen«, schnitt Kristina ihr das Wort ab. »Jetzt machen wir erst mal Ferien. Und vergessen alle Probleme.«

Astrid bestätigte dies mit einem Kopfnicken, dann schloss sie ihre Freundin in ihre Arme. Sie tat ihr so leid, so schrecklich leid, und sie wusste auch nicht, ob ausgerechnet sie, die mit Lucie und Max zwei so phantastische Kinder hatte, die Richtige sein würde, um ihr eine Stütze zu sein.

15

Die Nacht war lang und dunkel und voller Geräusche. Minute um Minute lauschte Astrid den Zikaden, und später, als bereits der Morgen heraufzog, hörte sie den Vögeln zu, die aufgeregt den Tag begrüßten.

Es gab für sie kaum etwas Schöneres, als dem Vogelgezwitscher zu lauschen, und immer wenn sie zu Lucie hinübersah, die wie ein Engel schlief, durchflutete sie ein warmes Glücksgefühl. Sogleich fiel ihr jedoch wieder Kristina ein, und die Gedankenspirale begann sich erneut zu drehen. Ihre Freundin tat ihr unendlich leid. Wie sehr musste sie in den vergangenen Monaten gelitten, gehofft und abermals gelitten haben. Und Astrid hatte ihr nicht einmal ein paar tröstende Worte sagen können.

Viele düstere Gedanken später war die Nacht zum Glück endlich vorbei. Ein Sonnenstrahl zwängte sich durch den winzigen Spalt der Gardine, und als Astrid barfuß zum Fenster tapste und hinauslugte, lud ein sattblauer Himmel mit vom Wind verwischten Wolken zum Aufstehen ein.

*

Kristina wirkte aufgeräumt. Nichts in ihrem Verhalten ließ erahnen, was sie Astrid noch in der vergangenen Nacht offenbart hatte. Lucies Liebeskummer schien sich ebenfalls verflüchtigt zu haben – wie von Zauberhand weggewischt. Sie lachte beim Frühstück über Opa Johanns uralte Witze und aß mit gutem Appetit, was Astrid sehr freute. Hauptsache, sie nahm wieder etwas zu; das Gerippe, das das offenbar nicht sehr nahrhafte indische Essen aus ihr gemacht hatte, gefiel ihr ganz und gar nicht.

Opa Johann schnupperte in die Luft. »Wer duftet denn hier wie … wie eine Sirene?«

»Sirene? Du weißt aber schon, dass die Sirenen in der Mythologie nur so betörend gesungen haben, um die Schiffer anzulocken und sie dann zu töten«, sagte Astrid schmunzelnd. Sie tätschelte Opas Hand. »Danke noch mal. Es riecht wirklich ganz wunderbar.«

»Und ich hoffe, dass du mich noch ein bisschen am Leben lässt.« Er verdrehte die Augen, als würde er gleich das Zeitliche segnen. Im nächsten Moment fuhr er ungerührt fort: »So, ihr Herzchen. Was haltet ihr davon, wenn ich euch heute an einen wunderhübschen Ort am Meer entführe?«

»Wie bitte?«, hakte Astrid nach.

»Lucie, wie heißt dieser Ort noch mal?«

»San Felice Circeo«, kam es ohne Zögern über ihre Lippen.

»Aha? Und was soll da sein?«, erkundigte sich Kristina interessiert.

»Johann, wir waren uns doch einig …«

»Sonne, Meer und Strand«, sagte er, über Astrids Kopf

hinweg. »Lecker Pizza Quattro Stagioni gibt es dort bestimmt auch.«

Astrid fand, dass es an der Zeit war, ein Machtwort zu sprechen, und erklärte: »Johann, Kristina und ich haben schon Pläne.«

»Von mir aus können wir gerne alle zusammen was unternehmen«, schlug Kristina prompt vor.

Eigentlich war es nicht das, was Astrid hatte hören wollen. Selbstverständlich hätte sie ihrer Tochter gerne alles gezeigt, Frascati, Rom, egal was, aber dass ihr Schwiegervater mit an Bord war, empfand sie als eine große Last. Da nützte es auch nichts, dass er ihr dieses zugegebenermaßen edle Parfüm geschenkt hatte.

Augenscheinlich hatte sie wieder ihre angespannte Miene aufgesetzt, denn er sagte: »Papperlapapp! Ihr drei Hübschen, ihr unternehmt mal was Schönes. Ich bleibe am besten hier und genieße den Park. Oder genehmige mir noch eine Mütze Schlaf. Das kann in meinem Alter ja bekanntlich nicht schaden.«

»Nein, Johann«, widersprach Astrid anstandshalber, dachte aber insgeheim: Oh ja, bitte!

Und dann kam es, wie es kommen musste: Alle zusammen machten sich auf den Weg nach Frascati. Mit einem Opa im Gepäck, der alles andere als unsichtbar war.

*

Hach, war das ein *dolce vita* hier im herrlichen Italien! Der Himmel so blau, das Lüftchen so lau, das war doch ganz nach seiner Mütze. Auch wenn das Astrid-Schätzchen beim

Frühstück so verkniffen dreingeschaut hatte. Ein bisschen verstand er sie ja auch. Er hatte ihre Pläne durchkreuzt, da war ja jeder erst mal sauer, und er nahm sich auch ganz fest vor, ihre Nerven nicht unnötig zu strapazieren.

Dieses kleine Frascati-Städtchen gefiel ihm außerordentlich, und nach einem Rundgang durch die hübschen Gassen gab er vor, sich in einem der Cafés ausruhen zu wollen. Das entsprach zwar auch der Wahrheit. Es zwackte im Rücken, und wenn er den Kopf zur Seite drehte, wurde ihm leicht schwindlig. Zu dumm, dass er sein Kissen für die Halswirbelsäule vergessen hatte. Das lag zu Hause auf seinem Bett, da war es gut aufgehoben. Keinesfalls wollte er jedoch die drei Damen bei ihrem Erkundungsrundgang, der mit Sicherheit demnächst in der einen oder anderen Boutique enden würde, stören.

Er setzte sich in ein Straßencafé und bestellte eine *Limonata* – wie er es ja von dem Kellner im Hotel gelernt hatte – und schaute dem munteren Treiben auf dem Platz zu. Ein Obsthändler hatte eine neue Lieferung Honigmelonen bekommen, und beim Aufschichten streichelte er liebevoll jede einzelne Frucht. Zwei Turteltäubchen schlenderten eng umschlungen an seinem Platz vorüber, und vor einem Lebensmittelgeschäft gegenüber trug ein Mann in einem weißen Kittel einen Schweinebraten vor die Tür, um ihn in einer Vitrine zur Schau zu stellen. Donnerwetter, das war mal ein Braten! Und er duftete meterweit zu ihm herüber! Johann blickte auf die Uhr, das Frühstück war gerade mal anderthalb Stunden her, aber schnurz. So ein leckeres Stück Fleisch musste es jetzt einfach sein, und wenn er's recht bedachte, hatte er auch schon wieder richtig Appetit.

Der Kellner, vom Typ italienische Schmalzlocke, kam mit der Limonade, und Johann sagte wild gestikulierend: »Io Schweinebraten. Jetzt. Also subito. Sono gleich wieder zurück. E dann bere limonata und pagare limonata.«

»*Prego?*«

Himmel, Arsch und Zwirn, der Mann hatte ihn nicht verstanden. Seufzend zückte er seine Geldbörse, die schon reichlich zerfleddert war, und beglich die Rechnung.

»Io gleich zurück.« Er wies auf den Schweinebratenstand. »Und dann bere limonata con mangiare quiek quiek.«

Der Bursche war geistig gar nicht so minderbemittelt, wie er vermutet hatte, denn ein breites Lächeln huschte über sein Gesicht, und er rief mit ausladenden Gesten: »*Ah, si! Ho capito! Quiek, quiek.*« Er lachte. »*Porchetta. E buona la porchetta di Frascati! La piu buona del mondo.*«

Johann stemmte sich auf den Armlehnen hoch – autsch, tat das im Rücken weh –, dann lief er los, einmal quer über den Platz. Pech, wenn sein Getränk später weg war. Man wusste ja nie, ob hier Ganoven oder Halbstarke ihr Unwesen trieben.

»Io ein Stück Schweinebraten«, sagte er und deutete auf die Vitrine.

»Ach, Sie auch?«, hörte er eine Frauenstimme hinter sich, die er im ersten Moment nicht einzuordnen wusste. Er fuhr herum, aber nein, es war nicht seine Sirene, sondern Astrids Freundin, die fesche Kristina.

»Alles gut?«, fragte sie besorgt. »Sie sind ja ganz blass.«

»Nein, nein, alles fabelhaft. Ich hatte nur so Appetit … auf den leckeren Braten hier.«

»Der ist auch unglaublich köstlich. Offen gestanden konnte ich schon neulich nicht widerstehen.« Sie beugte sich vor und inspizierte das Fleisch. Kaum zu glauben, dass dieses zierliche Persönchen eine Liebhaberin von deftigem Schweinsbraten war. Astrid hätte sich bestimmt geziert – Hilfe, die schlanke Linie – und sich allenfalls überreden lassen, ein Fitzelchen zu probieren.

»Darf ich Ihnen ein Stück *Porchetta* spendieren?«, fragte Johann.

»Sehr gerne. Dann müssen Sie mir aber erlauben, dass ich Sie gleich auf einen Espresso einlade, Herr Conrady.«

»Johann. Nennen Sie mich doch bitte Johann.«

Sie lächelte und zeigte dabei ihre ebenmäßigen Zähne. »Also gut, Johann. Ich bin Kristina.«

Donnerschlag, das ist ja eine Frau zum Pferdestehlen, dachte er voller Bewunderung, während der Mann im Kittel zwei Portionen auf Papptellern anrichtete. Eine bessere Freundin hätte er Astrid kaum wünschen können, und vielleicht sorgte sie auch dafür, dass seine Schwiegertochter das Leben mal ein bisschen lockerer nahm.

Johanns *Limonata* stand unangetastet auf dem Tisch, als sie mit vollen Bäuchen ins Café zurückkehrten. Immer noch spürte er dem köstlichen Geschmack des Bratens nach. Er war so zart und saftig gewesen, seine gute Hilde hätte das kaum besser hingekriegt.

»Wo haben Sie denn meine beiden Hübschen geparkt?«, erkundigte sich Johann und wischte sich die fettigen Finger an seinem Stofftaschentuch ab.

»Ich dachte, ich lasse Mutter und Tochter mal allein. Sie

haben sich sicher eine Menge zu erzählen. Und wie ich am Rande mitbekommen habe, hat Ihre Enkelin ja auch heftigen Liebeskummer.«

»Tja, die Jugend!«, rief Johann aus und dachte insgeheim, dass er ja selbst ebenfalls in gewisser Weise von Liebeskummer geplagt war, so was in der Art jedenfalls, und da gab es schließlich auch niemanden, der ihn tröstete.

Der Kellner von eben trat heran, und während Kristina in perfektem Italienisch zwei *Espressi* bestellte, bemerkte er, dass die Schmalzlocke seine Begleitung aufdringlich anstarrte. Schlimmer noch, der Kellner grinste ungeniert, und Johann wollte lieber nicht wissen, ob der Kerl dabei nicht einen bestimmten Körperteil ganz besonders anplierte. Gehörte sich das? Nein, es gehörte sich ganz und gar nicht! Er selbst hätte so etwas jedenfalls nie und nimmer getan. Nicht mal, als er noch in der Blüte seiner Jahre gestanden hatte.

»Der hat aber einen Narren an Ihnen gefressen«, bemerkte er, als der Kellner wieder reingegangen war. Wieso liefen hier überhaupt so viele Lüstlinge herum? Oder waren die deutschen Frauen für die Italiener ganz besonders begehrenswert?

»Unsinn«, wehrte Kristina ab, bekam zu seiner Überraschung aber rosige Wangen. Holla, das hatte er jetzt nicht erwartet. Doch Johann war Gentleman genug, das Thema nicht weiter zu vertiefen. Stattdessen philosophierte er über das bombige Wetter, über das pittoreske Frascati, über den köstlichen Schweinebraten.

»Und was hat Sie zu dieser Reise veranlasst?«, erkundigte sich Kristina, als sein Redeschwall abgeflaut war und der Kellner den Espresso servierte.

»Also … ja …« Er blickte auf seine Sommerschuhe, die auch schon bessere Tage gesehen hatten. »Ich war vor kurzem im Krankenhaus. Vielleicht hat Astrid Ihnen davon erzählt.«

Kristina nickte. »Die Augen, richtig?«

»Ja, ist aber alles wieder so weit gut.« Er dachte nach. Manchmal fiel es ihm schwer, die richtigen Worte zu finden, sich eloquent auszudrücken, und das wollte er bei der feschen Kristina. »Die kurze Zeit, die mir noch bleibt, möchte ich genießen, verstehen Sie? So richtig in vollen Zügen.« Spontan kam ihm eine Liedzeile in den Sinn. »Es soll … ja, es soll rote Rosen für mich regnen.«

Kristina lachte glockenhell auf.

»Ja, ich weiß, ich bin ein Depp«, räumte Johann zerknirscht ein, »und Deppen fallen eben nur solche ollen Sachen ein. Alte Texte, alte Lieder, alte Zitate.«

»Nein, nein, Sie verstehen mich vollkommen falsch.« Kristina zog ihre Handtasche, die mit goldenem Schnickschnack verziert war, auf den Schoß und wühlte darin herum, als wolle sie ein Huhn ausnehmen. »Warten Sie. Das werden Sie jetzt nicht glauben.«

Sie fand nicht, was sie suchte, und kippte den gesamten Inhalt der Tasche auf dem Tisch aus. Eine Unmenge Krimskrams landete zwischen den Espressotassen: Tempotaschentücher, Schminkstifte, Pflaster, Kaugummis, Tampons, ein kariertes Tuch, Lakritzpastillen, ein Schreibheft im DIN-A5-Format, das von zwischen die Seiten gesteckten losen Zetteln überquoll. Zielsicher fischte Kristina einen heraus, faltete ihn auseinander und riss die untere Hälfte ab.

»Hier. Schauen Sie mal.«

Johann nahm den Papierfetzen und traute seinen Augen kaum. »Ist das jetzt ein billiger Zaubertrick? Sicher zersägen Sie mich gleich in zwei Teile?«

Kristina lachte amüsiert auf und klemmte sich eine Haarsträhne hinters Ohr. »Das ist kein Trick, sondern mein Lebensmotto. Die Zeile aus dem Knef-Song habe ich vor etwa zwei Wochen auf diesen Zettel hier geschrieben.«

Warum?, lag es ihm auf der Zunge, zu fragen, aber das wagte er dann doch nicht. Weil … ja, weil er nicht zu indiskret sein wollte. Oder schlicht und einfach weil er ein feiger Hund war. Doch während ihn diese düstere Erkenntnis niederzuschmettern drohte, sah er, dass Lucie und seine Schwiegertochter im Anmarsch waren. Oder waren es doch zwei fremde Frauen, die den beiden auf wundersame Weise ähnlich sahen? Die eine, die er für Lucie hielt, hatte keine ungepflegten Zotteln mehr, sondern schulterlanges rötlich schimmerndes Haar, und die andere, die von der Statur her durchaus seiner Schwiegertochter ähnelte, einen kinnlangen Bob mit angeschrägtem Pony.

»Hi!«, rief das Mädel, das auch noch dieselbe Stimme wie seine Kröte hatte. »Da staunt ihr, was?«

16

Langsam schien Astrid zu begreifen, wie man das machte: leben. Und dass es manchmal bedeutete, neue Wege zu beschreiten.

Es war Lucies Idee gewesen, zum Friseur zu gehen. Astrid hatte sie nicht mal dazu ermuntern müssen, sich die ungepflegte Matte abzuschneiden. Lucies einzige Bedingung war gewesen, dass sich Astrid ebenfalls traute. Und sie hatte sich getraut.

Schon seit sie denken konnte, trug sie lange Haare und Vollpony. Nur einmal – Max war gerade auf die Welt gekommen – hatte sie ihre Mähne ein gutes Stück gekürzt, nur um sie gleich danach wieder wachsen zu lassen. Zurück zu alten Gepflogenheiten. Es war ja auch so praktisch gewesen. Lange Haare konnte man hochstecken, zum Pferdeschwanz binden – und kompliziertes Föhnen erübrigte sich, wenn man das Haar an der Luft trocknen ließ.

»Machen Sie mal«, hatte sie der netten Friseurin in vermutlich völlig falschem Italienisch aufgetragen, und während ein anderer Friseur Lucie die Haare schnitt, hatte die junge Frau *gemacht*: die Haare auf Kinnlänge gekürzt, das untere Drittel leicht angestuft, den Pony schräg geschnitten.

»Ihr seht ja super aus!«, rief Kristina und drückte erst Astrid, dann Lucie an sich.

Opa Johann saß indes bloß mit offenem Mund da und brachte keinen Ton heraus.

»Gefällt's dir auch?«, wollte Astrid wissen, woraufhin er zumindest schon mal nickte.

»Opi muss sich wohl erst mal an uns gewöhnen.« Lucie trabte zum Eingang des Cafés, schüttelte ihre Haare kopfüber und bewunderte das Ergebnis in der Glasscheibe.

»Ich geh mal eben zahlen«, sagte Kristina und verschwand in der Bar.

»Na, Johann. Hat's dir die Sprache verschlagen?«

»Hm, seid ihr das überhaupt?«

»Wenn du Zweifel daran hast, kann ich dir gern meinen Ausweis zeigen.«

Opa Johann lachte keckernd, dann wollte er wissen, was sie, Lucie und Kristina, denn jetzt vorhätten. Mit ihren hübschen neuen Frisuren.

»Weiß noch nicht. Vielleicht was essen gehen und dann nach Grottaferrata fahren. Oder nach Gandolfo, zum Sommersitz des Papstes.«

»Schick, schick.« Er nickte seinen ausgetretenen Sommerschuhen zu. »Da habt ihr bestimmt viel Spaß.«

Astrid stöhnte leise. »Wenn Lucie mitkommt, bist du natürlich auch mit von der Partie.«

»Wirklich?« Er lächelte so glückselig, dass Astrid fast ein schlechtes Gewissen bekam, ihren Schwiegervater gestern so harsch angegangen zu haben.

»Ja!«

»Aber ich bin euch doch nur eine Last.«

»Nein«, sagte sie.

»Dann freust du dich, dass ich da bin?«

»Ach, Johann, nun lass doch mal. Dass du hier bist, ist eine Tatsache, und jetzt machen wir das Beste draus.«

Zum Mittagessen gab es nur ein Stück Pizza auf die Hand. Lucie verschlang ihre Portion wie ein ausgehungertes Tier, aß gleich noch Opa Johanns Stück mit, dann tollten die beiden wie Kinder über den Platz und scheuchten die Tauben auf.

Astrid und Kristina setzten sich auf eine Bank unter die Platanen und genossen es, einen Moment für sich zu haben. Die Luft war angenehm lau, und Astrid überkam eine wohlige Müdigkeit. Sie war fast schon am Wegdämmern, als Kristina plötzlich auflachte: »Ich kann's immer noch nicht glauben!«

»Was?«

»Dass du dir die Haare abgeschnitten hast. So viel Mut zur Veränderung hätte ich dir gar nicht zugetraut.«

»Wieso, du warst doch genauso mutig.«

»Nicht mutig. Das war wie ein längst überfälliger Befreiungsschlag.«

Astrid konnte das nachvollziehen. Auch sie fühlte sich seit dem Friseurbesuch um einiges leichter, als sei eine langjährige Last von ihr abgefallen.

»Und Thomas?«

»Was ist mit Thomas?«

»Mag der nicht deine langen Haare?«

Astrid sagte belustigt, dass sie ja wohl kaum die Erlaubnis ihres Mannes brauche, um zum Friseur zu gehen.

»Das meine ich auch nicht. Ich will nur nicht, dass ich am Ende schuld bin.«

»Oh, keine Sorge. Das nehme ich schon auf meine Kappe.«

Opa Johann hatte augenscheinlich genug von der Taubenjagd und trottete zu einer freien Bank. Lucie wich keinen Zentimeter von seiner Seite.

»Die beiden sind so goldig miteinander«, stellte Kristina fest. »Sie hängen sehr aneinander, nicht wahr?«

Astrid konnte das nur bestätigen. Opa und Lucie waren schon immer ein Herz und eine Seele gewesen.

»Du Arme, er hat dir vorhin im Café hoffentlich nicht den letzten Nerv geraubt.«

»Wie redest du denn über deinen Schwiegervater?« Kristina blickte ihre Freundin mit hochgezogenen Augenbrauen an. »Es war richtig nett mit ihm. Er ist ein eloquenter und tiefgründiger Mann.«

»Eloquent? Tiefgründig?« Astrid lachte schrill auf. »Bist du dir sicher, dass wir denselben Johann Conrady meinen? Hat er Schopenhauer zitiert? Oder Hegels *Phänomenologie des Geistes?*«

»Nein, aber das muss er auch nicht«, sagte Kristina vollkommen ernst. »Er will aus dem Leben noch alles rausholen. Jede Sekunde genießen. Das ist doch schön. Und auch bewundernswert. Bei all den Zipperlein, die ihn plagen.«

Offenbar hatte Opa Johann ihr Dinge erzählt, die er zu Hause, wo er am laufenden Meter Allgemeinplätze hinausposaunte, für sich behielt. Tiefgründig und eloquent fand Astrid ihren Schwiegervater selten, um nicht zu sagen nie.

Kristina fischte einen Zettel aus ihrer Hosentasche und fächerte sich damit Luft zu.

»Aha? Wieder ein neuer Wunsch?«

»Nö.« Sie lächelte unergründlich. »Eher eine Handynummer.«

»Von wem?«

»Hat mir der Kellner eben zugesteckt.«

Astrid war überrascht, wie schnell und zielstrebig ihre Freundin ihr Vorhaben anging. Und dass sie auch prompt Erfolg zu haben schien. »Welcher Kellner?«

Kristina deutete mit dem Kopf nach links. »Aber guck da jetzt nicht so auffällig hin.«

»Hast du ihn angeflirtet?« Unwillkürlich ging Astrids Blick in die entsprechende Richtung. Doch der Kellner war nicht zu sehen.

»Nein, er hat mich nur angeguckt. Und dann bin ich seinem Blick … nun ja … nicht ausgewichen.«

»Kristina, das nennt man flirten.«

»Schlimm?«

»Nein!« Natürlich war das nicht schlimm. Aber Astrid bezweifelte, dass es der richtige Weg war, um mit dem Schmerz, für immer ungewollt ohne Kinder zu bleiben, fertig zu werden. Allenfalls würde sie ihn für ein paar Augenblicke betäuben.

»Rufst du ihn an?«

»Weiß ich noch nicht.«

»Ist er denn dein Typ?«

»Er sieht nicht schlecht aus. Also jedenfalls sympathisch. Und ich muss ihn ja auch nicht heiraten. Ich will ja nur …«

»Sex, ich weiß. Aber gerade in dem Fall sollte er doch irgendwas Spezielles an sich haben. Ich meine, sonst kann man so was doch gar nicht.«

Ihre Freundin prustete los. »Das klingt ja, als hättest du darin Erfahrung.«

»Nein, hab ich nicht.«

»Dann hast du dich aber zumindest schon mal theoretisch damit auseinandergesetzt.«

Astrid konnte das nicht leugnen und erzählte ihrer Freundin von den beiden Männern, die ihr in den letzten Jahren Avancen gemacht hatten. Da war zum einen der Frauenaufreißer Daniel Wäckerlin, zum anderen Theo, ihr Mitschüler im Italienischkurs in Venedig, seines Zeichens Physiotherapeut, Weinhändler und Hobbyschriftsteller. Wäckerlin war nie ernsthaft in Frage gekommen, Theo hingegen … Sie gestand, dass sie für einen Moment schon in Versuchung gewesen sei, sich aber Thomas zuliebe, mit dem es zu jener Zeit wieder besser lief, zusammengerissen habe.

»Dann war da also gar nichts?«

»Was heißt schon *gar nichts*.« Astrid wich Kristinas Blick aus.

»Komm. Raus mit der Sprache.«

»Okay, wir haben uns ein Mal geküsst.«

»Nein!« Kristina stand die Verblüffung ins Gesicht geschrieben. »Du hast einen anderen Mann geküsst? Du?«

»Ja, mein Gott! Außer dir weiß das aber niemand.«

»Ich bin verschwiegen wie ein Grab.« Kristina hob die Finger zum Schwur. »Und? Wie war's?«

»Schön. Aber auch irgendwie fremd. Ich hätte nie zugelassen, dass wir weiter gehen. Obwohl …«

»Obwohl was?«

»Kristina, er war nicht irgendein Kellner, von dem ich gar nichts wusste. Theo ist ein interessanter Mann. Wir hatten uns wirklich was zu sagen.«

Jetzt war es doch passiert. Sie hatte die Moralkeule geschwungen, obwohl sie sich fest vorgenommen hatte, dies nicht zu tun. Es war doch ganz allein Kristinas Sache, mit wem sie flirtete, wen sie küsste und auch, mit wem sie ins Bett stieg.

»Aber vielleicht möchte ich mir mit dem Mann, mit dem ich mir bloß einen One-Night-Stand gönne, gar nichts zu sagen haben«, wandte sie ein. »Wozu auch? Ich will ihn nur attraktiv finden, und Punkt.«

»Tut mir leid, das war blöd von mir.« Astrid sah betreten auf ihre Fingernägel und suchte nach Worten. »Du wirst schon wissen, was das Richtige für dich ist.«

Sie ließen das Thema fallen, es gab auch nicht mehr dazu zu sagen, und Astrid war froh, dass Lucie und Opa Johann herangetrödelt kamen. Die beiden wollten zurück ins Hotel, um sich vor ihrem Nachmittagsausflug nach Grottaferrata noch ein wenig hinzulegen.

»Kommt ihr mit?«, fragte Johann.

»Klar kommen wir mit«, seufzte Astrid, nachdem sie sich bei Kristina vergewissert hatte, dass die nichts dagegen hatte. Sie hatte längst eingesehen, dass aus dem Urlaub zu zweit einer zu viert geworden war. Dumm gelaufen.

Ein Einzelzimmer war frei geworden, als sie knappe zwanzig Minuten später im Palazzo eintrafen. Lucie wollte sich wie selbstverständlich den Schlüssel schnappen, doch Astrid hielt ihre Tochter am Arm zurück.

»Was denn?«, schlug Lucie den genervten Tonfall ihrer Pubertät an.

»Wart mal kurz.«

Astrid zog Kristina beiseite. »Möchtest du lieber das Einzelzimmer haben? Du weißt schon, wegen …« Sie tippte auf die Hosentasche, in der der Zettel mit der Handynummer stecken musste.

»Gern, aber Lucie hat sich doch schon so gefreut.«

»Die soll sich freuen, dass sie überhaupt in dem bequemen Bett eines 4-Sterne-Hotels liegen darf.«

Eins verschwieg sie ihrer Freundin. Sie wollte ein Auge auf ihre Tochter haben, deren Stimmungen im Minutentakt wechselten.

»Wie du meinst. Aber ich bin auch gerne mit dir in einem Zimmer.«

»Was denkst du, ich doch auch«, beteuerte Astrid und versprach, dass sie nichtsdestotrotz vorm Schlafengehen zusammen einen Absacker auf ihrer Terrasse oder auf Kristinas Balkon trinken würden.

Lucie zog ein langes Gesicht, als sie von der neuen Zimmeraufteilung erfuhr, fügte sich aber in ihr Schicksal. Es blieb ihr ja kaum etwas anderes übrig. Sie war blank. Den Friseurbesuch hatte Astrid bezahlt. Sie tat es gerne, keine Frage, nur fand sie, dass es ihrer Tochter dann nicht auch noch zustand, die Bedingungen zu diktieren.

*

Das Gesicht in Pawels Ringelshirt vergraben, lag Lucie auf dem Bett und heulte. Fuck, Mann, wann hörte dieser grässliche Liebeskummer denn endlich auf? Die Tränen flossen einfach so aus ihr heraus. Als gäbe es irgendwo in ihr eine undichte Stelle. Die gab es wohl auch, und sie befand sich, so wie es sich anfühlte, mitten in ihrem Herz.

Ihre Mutter war nur kurz rausgegangen, um sich Kristinas neues Zimmer anzusehen, da waren in ihr sämtliche Dämme gebrochen. Seitdem war fast eine Stunde vergangen, und spätestens wenn diese verflixte Tür aufging und ihre Mutter reinplatzte, um sie zu dem Ausflug nach Keine-Ahnung-wohin abzuholen, sollte sie sich wieder so weit im Griff haben, dass sie ihr keinen Anlass bot, doofe Fragen zu stellen. Die waren das Letzte, was sie jetzt gebrauchen konnte.

Lucies Handy meldete eine SMS, und sie warf einen müden Blick aufs Display. Eine Nanosekunde später war sie hellwach. Ihr Herz setzte einen Schlag aus, dann wummerte es in einem überschnellen Beat. Pawel. Unentschieden, ob sie die SMS im Liegen oder im Sitzen oder vielleicht draußen an der frischen Luft lesen sollte, vollführte sie zappelnde Bewegungen im Bett. Schließlich sprang sie auf, lief ein paar Schritte hin und her und blieb an der offenen Terrassentür stehen.

Ihr Herzschlag beruhigte sich allmählich wieder. Wovor sollte sie auch Angst haben? Schluss gemacht hatte er ja sowieso schon. Ein noch schlimmerer Nachschlag konnte kaum kommen.

Sie klickte die SMS auf und vergaß beim Lesen fast zu atmen: *Bin zurück. Telefonieren? Bist du in Berlin?*

Ein, zwei Sekunden starrte sie auf ihr Handy und versuchte, die wenigen Sätze zu begreifen, die ja eigentlich nicht weiter kompliziert waren. Doch die Buchstaben tanzten vor ihren Augen, und erst nach einer Weile sickerte in ihr Bewusstsein, dass Pawel seinen Indienaufenthalt ebenfalls frühzeitig abgebrochen haben musste. Aber warum? Und wieso meldete er sich jetzt bei ihr? Es war doch alles gesagt.

Nein, bin in Rom, schrieb sie mit zittrigen Fingern zurück.

Rom klang gut. Nach großer, weiter Welt. Sollte er ruhig glauben, dass sie ihm keine Träne nachweinte und es, kaum dass sie wieder in Europa war, richtig krachen ließ. Dass die römischen Jungs ihr in Scharen nachliefen und sie in den angesagtesten Clubs der Stadt feierte.

Zwei Sekunden später ertönte ihre Handymelodie.

Shit. Magenkrampf. Gleichzeitig schien der Boden unter ihren Füßen nachzugeben. Aber schon im nächsten Moment kam Leben in sie. Mit zwei Sätzen war sie an der Tür und schloss von innen ab. Dann trat sie auf die Terrasse hinaus, wo die Mittagssonne gnadenlos auf sie hinunterbrannte, und nahm den Anruf an.

»Ja?«

»Lucie? Ich bin's. Pawel.«

Es war ein Schock, seine samtene Stimme zu hören, und Lucie biss sich auf die Hand, um den Schmerz, der sie durchzuckte, nicht so heftig zu spüren.

»Lucie? Hallo?«

»Ja, hallo.«

»Hey!« Es klang so zärtlich, fast wie früher.

»Hi.«

»Was machst du in Rom?«

»Ferien.«

Pawel lachte leise. »Ferien von den Ferien?«

»Kann man so sagen.« Sie strich sich in kreisenden Bewegungen über den Bauch. Ihr war schlecht, und eine Etage tiefer ziepte es, als würde sie ihre Tage kriegen. »Und du? Wieso bist du schon zurück?«

»Die x-te Infektion. Hab keinen Bock mehr, echt.« Wieder dieses Lachen, das irgendwie künstlich klang.

Mit dem Handy am Ohr setzte sich Lucie auf einen Mauervorsprung. Wenn Pawel sie jetzt so sehen könnte. Mit den rot getönten Haaren, die bestimmt in der Sonne glänzten, und dem lässig angezogenen Bein.

»Tut mir leid«, sagte sie und bemühte sich, nicht zu viel echtes Mitleid in ihre Stimme zu legen. Das empfand sie nämlich nicht. Sie selbst hatte zur Genüge unter Magen-Darm-Infektionen gelitten und im Gegensatz zu Pawel nicht einen Tag gejammert. »Und deine ... äh ... also die Österreicherin?«, schob sie nach.

Garantiert würde er jetzt wieder so affig lachen, was er dann auch wie aufs Stichwort tat.

»Sandy reist weiter. Freunde im Norden besuchen.«

Sandy. Ach ja, so hieß die Tussi, peinlicher Name.

»Habt ihr euch getrennt?«

»Ja.«

»Aha?« Gott, war ihr schlecht, hoffentlich musste sie sich nicht gleich übergeben.

»Lucie, ich will ehrlich sein. Ich rufe nicht an, weil ich etwas kitten will, was sowieso nicht mehr zu kitten ist.«

»Schon klar«, sagte sie mit belegter Stimme, und auch wenn sie sich die ganze Zeit erfolgreich eingeredet hatte, dass sie den Kerl ohnehin nicht zurückwollte, versetzte es ihr dennoch einen schmerzhaften Stich. »Also was willst du? Die fünfzig Euro, die ich dir noch schulde, kann ich dir überweisen.«

»Ich will das Geld nicht. Ich dachte nur …«

Er brach ab, und Lucie durchzuckte der Gedanke, dass sie dieses Telefonat vermutlich ein halbes Vermögen kostete.

»Dass du ein Recht darauf hast, den wahren Grund zu erfahren«, fuhr er fort.

Was für einen wahren Grund? Wie scheißpathetisch klang das denn! Wollte er ihr jetzt etwa erklären, warum er so abartige Dinge von ihr im Bett verlangt hatte? Oder ihr sagen, dass er Frauen vorzog, die sich nicht so mädchenhaft anstellten?

»Lucie? Bist du noch dran?«

»Ja, aber das wird langsam teuer.« Weil ihr in der Sonne draußen zu heiß wurde, flüchtete sie sich wieder in die Kühle des klimatisierten Hotelzimmers.

»Ist doch jetzt egal.«

Ja, für ihn vielleicht, den Sohn aus reichem Haus.

»Ich wollte dir nur sagen«, fuhr er fort, »das mit uns hätte nie hinhauen können.«

»Weiß ich doch auch.« Das war gelogen. Damals, als es zwischen ihnen losgegangen war, hatte sie nicht eine Sekunde an ihrer Liebe gezweifelt. Und wenn Pawel ein anderer gewesen wäre, hätte es auch geklappt.

»Hör zu, Lucie.«

Ja, verdammt, sie hörte! Sie hörte sogar ziemlich gut und ärgerte sich darüber, dass ihr seine Stimme immer noch wohlige Schauer über den Rücken jagte.

»Du kannst nichts dafür. Ich bin schuld. Und indirekt wohl auch Marta.«

Wie bitte? Marta? Was redete er da eigentlich? Marta war Pawels Zwillingsschwester, eine reichlich überspannte und schnöselige Luxustussi, mit der Pawel in Venedig stets im Doppelpack aufgekreuzt war. Eine unschöne Geschichte aus Kindheitstagen, die ihm augenscheinlich bis ins Erwachsenenalter Schuldgefühle bereitete, war die Ursache ihrer beklemmenden Geschwisterliebe. Keiner tat einen Schritt ohne den anderen; mit der Indienreise hatte Pawel sich das erste Mal von ihr losgeeist. Allerdings, so stellte sich jetzt heraus, war die Abnabelung wohl doch bloß ein Intermezzo gewesen.

»Liebst du etwa doch nur deine Schwester?«, fragte Lucie schnippisch. »Ist sie eine Heilige, während alle anderen Frauen bloß Huren sind, mit denen man umspringen kann, wie man will?«

»Was soll das jetzt?«

Sie fasste es nicht! Pawel schien sich nicht mal ansatzweise darüber im Klaren zu sein, wie übel er sie im Bett behandelt hatte.

Er räusperte sich. »Du bist doch keine Hure. Wie kommst du überhaupt darauf?«

Es klopfte. Shit. Bestimmt ihre Mutter, die sie abholen wollte. Lucie rührte sich nicht vom Fleck. Vielleicht dachte ihre Mutter dann, dass sie schlief, und würde allein mit Opa Johann und Kristina losfahren. Ihr war jetzt sowieso nicht nach Spaßhaben und Halligalli zumute. Abermals klopfte es, dann entfernten sich die Schritte zum Glück.

»Lucie? Bist du noch dran?«

»Ja!«, stieß sie ungeduldig hervor. »Dann sag doch endlich, was du zu sagen hast. Sonst lege ich auf.«

»Also gut. Dein Verhalten …« Er brach ab, räusperte sich wieder und erklärte: »Du hast mich manchmal ziemlich an Marta erinnert.«

»Nimm das sofort zurück!« Das war bodenlos. Fast noch schlimmer als all die Demütigungen, die sie im Bett hatte ertragen müssen.

Pawel versuchte, sie mit einem sanften *Tschsch* zu beruhigen, aber Lucie kochte innerlich. Wie konnte er es bloß wagen, sie mit seiner dämlichen Schwester zu vergleichen!

»Ich mach dir ja auch gar keinen Vorwurf«, fuhr er ruhig fort. »Es ist allein mein Problem, dass ich … also dass ich in Panik verfalle, wenn mir eine Frau zu nahe kommt … so wie Marta mir … und wenn sie klammert.«

Das wurde ja immer unverschämter. »*Ich* hab geklammert?«

»Nein … also nicht direkt.«

»Okay, dann also indirekt? Wie geht das denn, indirekt klammern?«

»Du willst mich nicht verstehen, oder?«

»Versteh dich besser erst mal selbst, bevor du anderen Psycholektionen erteilst.«

Quälend langes Schweigen trat ein. Lucie wollte schon auflegen, als Pawel sich räusperte und mit fast schon warmer Stimme fortfuhr: »Wollen wir es wirklich so beenden?«

»Ich weiß nicht, wie man es anders beenden kann. So oder so ist es übel.«

Der Kloß, der schon die ganze Zeit ihre Kehle blockierte, brach sich Bahn, und die Tränen rannen über ihre Wangen. Bitte nicht noch schluchzen, aber zu spät.

»Lucie, wein doch nicht.«

»Und wieso nicht?«, heulte sie. »Was ist so verkehrt daran?«

»Nichts, aber ich kann dich nicht in den Arm nehmen und trösten.«

Scheiße, Mann, wieso war er jetzt wieder so liebevoll? Fast wie damals in Venedig, als es mit ihnen beiden, also mit der Liebe und all dem, losgegangen war. Er hatte sie gestreichelt, so wahnsinnig zärtlich gestreichelt, sanfte Küsse auf ihrem Gesicht verteilt, und als sie das erste Mal miteinander geschlafen hatten, hatte ihr sogar ein klein wenig das Feuer gefehlt.

»Pawel, ich muss Schluss machen.«

»Gut.« Es klang wie ein neutrales *Alles-ist-gesagt*-gut. Es war ja auch alles gesagt.

»Tschau«, sagte sie mit tonloser Stimme.

»Tschau Lucie. Mach's gut.«

Sie legte auf, und erst in dieser Sekunde wurde ihr bewusst, dass es noch eine Spur mehr *aus* war als vor zehn Minuten. Nur musste sie jetzt nicht mehr weinen. Denn das hatte sie schon vorher bis zum Gehtnichtmehr getan.

17

Am nächsten Morgen war der Himmel wolkenverhangen, und Opa Johann verkündete den anderen beim Frühstück, dass das Wetter ideal sei, um nach Rom zu fahren.

Astrid war überrascht, hatte sie doch angenommen, dass ihm die hektische Großstadt viel zu anstrengend sein würde. Aber er setzte ein schelmisches Grinsen auf und fragte: »Wer kommt mit? Bin schon sehr gespannt, ob die dort alle in Togas und Sandalen rumlaufen.«

»Ganz bestimmt, Opi«, sagte Lucie, die mit ihren verquollenen Augen wie das personifizierte Leiden Christi aussah. »Ich bin dabei.«

»Astrid-Schatz?«

Astrids Blick wanderte zu Kristina. Auch ihre Freundin erweckte heute den Eindruck, als schlügen ihr die Erlebnisse der letzten Monate gewaltig aufs Gemüt.

»Seid mir nicht böse. Mir ist nicht nach großen Unternehmungen. Vielleicht bleibe ich einfach hier oder fahre kurz nach Frascati.«

Sie stand auf. Zunächst sah es so aus, als wolle sie sich

von den Früchten am Frühstücksbüfett nehmen, doch dann verschwand sie hastig aus dem Saal.

»Entschuldigt mich kurz.« Astrid legte das Messer auf den Teller und eilte ihr nach. Sie fand sie in der Bibliothek des Hotels, in den Anblick der alten, in rotes Leder gebundenen Bücher versunken, die in einer Vitrine standen.

»Soll ich mit dir nach Frascati kommen?«

»Nein, fahr du mit Johann und Lucie nach Rom.« Kristina zwinkerte ihr zu. »Dein Schwiegervater braucht jemanden, der auf ihn aufpasst.«

»Und du?«

Astrid hatte es gar nicht doppeldeutig gemeint, aber Kristina lachte aus vollem Hals.

»Nein, ich brauche ganz bestimmt niemanden, der auf mich aufpasst. Und ich weiß auch noch nicht, ob ich den Kellner anrufe oder in das besagte Café gehe.«

Astrid vergewisserte sich, ob sie auch wirklich allein bleiben wollte, was Kristina bejahte. Dann kehrte sie in dem Bewusstsein, dass ihr ein wahrscheinlich anstrengender Tag mit Opa Johann in Rom bevorstand, in den Frühstückssaal zurück.

*

Herrje, was bauten diese Italiener bloß für Züge! Sollten da Zwerge drin reisen? Seit nunmehr zehn Minuten ruckelte Johann auf seinem Sitz hin und her und versuchte, eine Stellung zu finden, in der ihm nicht alles weh tat. Ein schier unmögliches Unterfangen. Selbst wenn es ihm auf wundersame Weise gelingen würde, sich zu halbieren, würde er immer noch nicht in den Sitz passen.

»Wer von euch Flitzpiepen ist nur auf die Idee gekommen, nach Rom zu fahren?«, fragte er.

Lucie verdrehte die Augen. »Opi, jetzt nerv nicht.«

Seine Kröte hatte gut reden, das halbe Portiönchen. Formvollendet hockte sie da und stieß nicht mal mit den Knien an ihr Gegenüber. Er und seine Schwiegertochter, die himmlisch nach *Sirene* duftete, fochten hingegen schon die ganze Zeit Revierkämpfe mit den Beinen aus.

»Wir sind doch bald da«, beschwichtigte ihn Astrid, als sie sich nun auch noch mit den Füßen in die Quere kamen. Was hieß denn hier bald? *Bald* konnte sich schlimmstenfalls wie eine halbe Ewigkeit anfühlen. Besonders, wenn es im Rücken zwackte, wenn die Gelenke weh taten und unsichtbare Ameisen über die Waden krabbelten.

»Was wollt ihr euch eigentlich ansehen?«, erkundigte sich Astrid. Sie hatten bisher nicht darüber gesprochen, aber für Johann stand fest, dass ihn sein erster Gang in die Sixtinische Kapelle führen würde. Nicht weil er mit Kirche sonderlich viel am Hut hatte, sondern weil er die Motive auf seiner Kunstpostkarten-Sammlung unbedingt in echt sehen wollte.

»Oder warst du schon mit Kristina im Vatikan?«

Astrid verneinte. »Und du, Lucie? Worauf hast du Lust?«

Seine kleine Kröte zuckte mit den Achseln, dann blickte sie gedankenverloren aus dem Fenster und kaute mit den Zähnen an der Nagelhaut. Das arme Mädchen. Litt so unendlich, weil dieser Lump von Pawel sie verlassen hatte. Den Hintern hätte er dem Halunken versohlen mögen! Immerhin war er ja wohl schuld daran, dass Lucie so spillerig und bleich in ihrem Sitz hing. Hätte man ihm in ihrem Alter die Gelegenheit gegeben, sich Rom anzusehen – und noch ohne einen Pfennig dazuzubezahlen –, herrje, er hätte doch Luftsprünge gemacht und nicht mit so einem Ist-doch-alles-schnurz-Gesicht dagesessen. Aber gut. Dann bestimmte er eben die Tagesplanung. Vielleicht war die Schlange vor der Sixtinischen Kapelle nicht lang, und wenn sie sich die hübschen Fresken angesehen hatten, blieb noch Zeit für den *Mund der Wahrheit.* Zu gerne wollte er seine Hand in den antiken Lügendetektor stecken, und dann würde man ja sehen, ob sie noch dran war, wenn er den Arm wieder herauszog.

Seine Schwiegertochter blätterte im Reiseführer, entfaltete den Stadtplan und kam zu dem Ergebnis, dass es zum Vatikan zu Fuß zu weit sei und sie auf jeden Fall die U-Bahn nehmen müssten. Ihm sollte es nur recht sein. Er fuhr zwar nicht gern U-Bahn, weder in Berlin noch sonst wo auf der Welt, aber er wollte auch nicht stundenlang durch die Straßen traben. Wahrscheinlich würden seine heißgeliebten Sommerschuhe dabei auseinanderfallen, ganz abgesehen von seinem Kreislauf, der womöglich auch wieder schlappmachen würde.

Zwanzig Minuten später – Johann hatte quasi minütlich auf die Uhr gesehen – lief der Zug endlich in Rom ein. Meine Güte, was war das bloß für ein Trubel hier? Abertausende von Menschen drängten und schoben sich über den Bahnsteig, Ellbogen rempelten ihn an, Schweißwolken umwehten ihn – die reinste Menschenhölle. Am liebsten hätte er gleich wieder kehrtgemacht. In dem Örtchen Frascati war es ja so beschaulich, aber das Astrid-Schätzchen und Lucie marschierten schon munter vorneweg, voller Vorfreude auf den Tag. Und den wollte er ihnen ganz sicher nicht vermiesen.

»Hier lang!« Seine Schwiegertochter wedelte mit dem Stadtplan.«

»Ja, ja. Ein alter Mann ist doch kein D-Zug.«

Er strengte sich wirklich an, schneller zu gehen, quasi im Schweinsgalopp raus aus der Halle, doch als sie in den U-Bahn-Schacht hinabstiefelten, ging seine Pumpe bis zum Anschlag, und ihm wurde ein wenig blümerant. Nur eine Sekunde verschnaufen, das musste ja wohl drin sein. Zumal Astrid gerade den Automaten ansteuerte, um Fahrkarten zu ziehen.

Johann blieb japsend stehen, atmete ein und aus, und als er sich kurz darauf wieder gefangen hatte, sah er sie. Ja, *sie,* seine Sirene. Sie war in Begleitung zweier junger Herren und hatte ein Ungetüm von geblümter Plastiktasche unter den Arm geklemmt. Er blinzelte ein paarmal, vielleicht handelte es sich ja doch nur um eine Doppelgängerin, aber nein. Der gepflegte Silberschopf, die Kostümjacke, ihr schwingender Gang – das war unverkennbar sie. Aber was tat sie hier? Hatte sie nicht beteuert, in den letzten dreißig Jahren so oft in Rom gewesen zu sein, dass es gleich für mehrere Leben reichte?

»Hallo, Sie! Hallöchen!«, rief er, doch seine Stimme wurde vom donnernden Getöse der einfahrenden U-Bahn verschluckt. Verflixt und zugenäht, wieso hörte sie ihn nicht? Die Chance, der Dame kurz hallo zu sagen, sie zu fragen, ob sie vielleicht in dem Wie-hieß-er-noch-Ort gemeinsam ein Käffchen trinken wollten, durfte er sich nicht entgehen lassen.

»Wartet hier auf mich. Bin gleich zurück!«, rief er seiner Enkelin zu, während sich seine Beine schon in Bewegung setzten.

Herrje, wo war sie denn jetzt abgeblieben? Er blickte sich um – da! Ihr silbrigweißer Haarschopf leuchtete in einiger Entfernung im Gewühl auf. Er zögerte nicht und nahm die Beine in die Hand. Ein paar Schritte weiter kreuzte eine Touristengruppe seinen Weg, jemand rempelte ihn an und beschimpfte ihn übel auf Italienisch, obwohl er gar nichts verbrochen hatte, doch als sich der Engpass endlich auflöste, war die Ersehnte längst über alle Berge. Chance verpasst, Tag gelaufen.

Traurig trottete er zurück zum Fahrkartenautomaten, aber wo steckten jetzt Lucie und seine Schwiegertochter? Das durfte ja wohl nicht wahr sein! Kaum kehrte er den beiden mal eine Sekunde den Rücken zu, machten sie sich klammheimlich vom Acker. Oder hatte Lucie ihn vorhin nicht verstanden? Er fischte das Handy aus seinem Ledertäschchen und wählte Astrids Nummer. Verflixt, kein Empfang!

Was jetzt? Er dachte scharf nach und kam zu dem Schluss, dass es bloß zwei Möglichkeiten gab: Entweder waren die beiden schon losgefahren und warteten in der U-Bahn-Station *Ottaviano* auf ihn, oder sie suchten ihn irgendwo hier im Labyrinth der unterirdischen Gänge. Möglichkeit Nummer zwei war weitaus wahrscheinlicher, zumindest sagte ihm das sein messerscharfer Verstand. Eine Weile hastete er durch die finsteren Katakomben der Metro, kreuz und quer ging es mit schmerzendem Kreuz und knirschenden Gelenken. Doch je länger er umherirrte, desto mutloser wurde er. Seine beiden Hübschen waren längst auf und davon.

Also wieder umkehren. Er hörte eine U-Bahn heranrauschen, flitzte los und flutschte auf den letzten Drücker in den Waggon. Ein trötendes Geräusch ertönte, und die Türen glitten zu.

Geschafft. Keuchend ließ er sich auf den nächstbesten Sitz sinken. Seine Pumpe ging schon wieder bis zum Anschlag, aber er fand, er könnte sich langsam abregen. Alles würde gut werden. Im Geiste sah er sich bereits, Astrid links, Lucie rechts eingehakt, durch die Sixtinische Kapelle schlendern und die bunten Wandgemälde bewundern, als ihn ein Mann mit gegelten Haaren auf Italienisch ansprach.

»*Prego?*« Johann hatte von dem Kauderwelsch kein Wort verstanden.

»*Il biglietto, per favore.*« Er hielt eine Ansteckmarke hoch, die Johann entfernt an die Sheriffsplakette erinnerte, die er Thomas zu seinem zehnten Geburtstag gekauft hatte. Ob er von der Heilsarmee war und um eine Spende bat?

Biglietto. Zum Donnerwetter, was hieß das noch gleich? Hatten sie die Vokabel damals nicht bei seiner Tochter Franca im Kurs gelernt?

Die junge Römerin neben ihm zückte ihre Geldbörse und reichte einem zweiten Mann, der ebenfalls eine Sheriffsplakette bei sich trug, eine Fahrkarte.

Heiliger Strohsack! *Biglietto* hieß Fahrkarte, fiel es ihm siedend heiß ein. Und so etwas hatte er leider Gottes nicht dabei. Wie auch? Das Ticket befand sich vermutlich in Astrids Geldbörse. Wo sie trocken und sicher aufgehoben war.

»*Signore?*«

»Io non biglietto«, brachte Johann mühsam über die Lippen. »Astrid, mia Schwiegertochter, hat biglietto. Astrid in Vatikan! Beim Papa, you know?«

»*Signore, costa centoquattordici Euro.*«

»Wie bitte? Io nix verstehen.« Der Italienischkurs lag schon ein Weilchen zurück, und er hatte den Unterricht ohnehin so häufig geschwänzt, dass nicht viel hängengeblieben war.

Der Mann zückte einen Block, kritzelte etwas darauf, dann riss er den Durchschlag ab und reichte ihn Johann. Die Lesebrille war rasch zur Hand, und er las: 114 Euro.

»Wie jetzt?«, fragte er verdattert.

Der Mann tippte auf den Zettel. »*Lei paga 114 Euro. Si no …*«, seine Arme flatterten empor, »*si no, andiamo alla polizia.*«

Polizia? Der Knabe war ja wohl nicht ganz bei Trost! Er, Johann Conrady, war ein Ehrenmann. Noch nie in seinem Leben hatte er etwas Unrechtes getan. Gut, abgesehen von den Karamellbonbons, die er als Sechsjähriger im Tante-Emma-Laden nebenan stibitzt hatte. Aber das war Urzeiten her.

Abermals redete der Mann auf Italienisch auf ihn ein, ein anderer gab seinen Senf dazu, und dann mischte sich auch noch die Römerin in einem Kauderwelsch aus Englisch und Italienisch ein. Was allerdings auch nicht viel brachte, weil Englisch ebenso wenig seine Spezialität war.

»Io telefonare con mia Schwiegertochter Astrid Conrady«, erklärte er, ahnte aber bereits, während er sein Handy zur Hand nahm, dass er keinen Empfang haben würde.

Und so war es dann auch. Wieder und wieder wählte er

Astrid an und bekam sie doch nicht an die Strippe. Selten zuvor hatte er sich so nach ihrer Stimme gesehnt, die manchmal, wenn sie angespannt war, etwas gepresst klang.

Die krebsroten Oberschenkel eines Touristen in Shorts schoben sich in sein Blickfeld. »Kann ich Ihnen helfen?«, erkundigte er sich freundlich, und Johann sendete ein Stoßgebet gen Himmel. Es gab sie noch, die Engel, auch wenn sie lächerliche Shorts trugen.

»Die wollen allen Ernstes, dass ich … also ich soll 114 Euro bezahlen, weil ich keine Fahrkarte dabeihabe. Aber die steckt doch bei meiner Schwiegertochter im Portemonnaie! Dummerweise haben wir uns nur vorhin aus den Augen verloren, und jetzt wartet sie bestimmt am Vatikan auf mich, da wollten wir jedenfalls hin.«

Der Tourist übersetzte mehr schlecht als recht, die Schmalzlocke erwiderte etwas, woraufhin sich der Mann in den Shorts wieder an Johann wandte: »Wenn Sie die 114 Euro bar zahlen, sieht er von einer Strafanzeige ab.«

»Strafanzeige? Wieso denn das? Meine Schwiegertochter hat doch die Karte. Hand aufs Herz!«

»Was Sie aber nicht beweisen können.«

Nein, das konnte er tatsächlich nicht, was wirklich zu dumm war.

»Ich an Ihrer Stelle würde bezahlen. Dann sind Sie den Kontrolleur los. Haben Sie genug Bargeld dabei?«

»Ja, sicher«, brummte Johann.

Er hatte heute Morgen extra 150 Euro eingesteckt. Weil er sich von seiner spendablen Seite zeigen und Astrid und Lucie vielleicht etwas Schönes kaufen wollte. Aber er sah überhaupt nicht ein, diesem Gegelten, der vielleicht auch nur ein Betrüger war, einen grünen Schein und ein paar Zerquetschte in die Hand zu drücken.

»*Signore?*« Die Schmalzlocke klang ziemlich ungemütlich.

»Ja doch«, brummte er. »Ein alter Mann ist kein D-Zug.« Er griff in die Hosentasche, doch da, wo sonst seine Geldbörse steckte, war bloß noch sein zerfleddertes Taschentuch.

Ruhig Blut, Johann, redete er sich gut zu. Vielleicht hatte er die Börse ja heute Morgen in seine neue Handgelenkstasche gesteckt. Das Astrid-Schätzchen hatte ja so auf die Tube gedrückt, da konnte man schon mal wuschig werden. Er zog den Reißverschluss auf und durchsuchte jeden Winkel, aber nein, da waren bloß sein Handy, eine angebrochene Packung Gummibärchen, eine karierte, von Astrid ordentlich gebügelte Ersatzrotzfahne sowie Erfrischungstücher. Blieben noch die übrigen Hosentaschen sowie die Brusttasche seines kurzärmligen Hemdes. Seine Hände wanderten über den Körper, hektisch war gar kein Ausdruck, doch da war nichts, was sich wie seine heißgeliebte Geldbörse anfühlte.

Himmel, Arsch und Zwirn, irgendjemand musste ihn bestohlen haben! Aber wann und wie? Er hatte nicht mal was bemerkt.

»Io non Geldbörse«, erklärte er gestenreich und zeigte den Inhalt seines Ledertäschchens vor. »Geldbörse weg. Geldbörse gestohlen!«

»Oh, hier in der Metro muss man höllisch aufpassen«, schaltete sich der Deutsche wieder ein, »hier treiben ganze Banden ihr Unwesen.« Er wandte sich der Schmalzlocke zu und redete ein paar Takte mit ihm.

»Was haben Sie dem jetzt gesagt?«

»Dass Sie bestohlen worden sind.«

»*Il documento, per favore.*« Der Kontrolleur streckte fordernd seine Hand aus.

»Er will Ihren Ausweis sehen.«

Johann beäugte die Männer misstrauisch. Wer garantierte ihm eigentlich, dass die beiden nicht auch zu einer Bande gehörten? Eigentlich traute er hier niemandem mehr über den Weg.

Die Metro lief in die nächste Station ein, und der Tourist verabschiedete sich eilig. Er müsse hier raus, viel Glück, *arrivederci*. Im nächsten Augenblick war er weg, und Johann stöhnte innerlich auf. Verflixt und zugenäht, jetzt saß er aber wirklich in der Tinte. Sein Ausweis lag im Tresor im Hotel, ebenso die EC-Karte sowie die Bonuskarte, mit der er bei Frau Kleinschmidt-Mühlenthal die Unmengen an Gummibärchen günstiger bekam. Zehn Tüten zahlte er, die elfte gab es gratis obendrauf.

»*Signore?*«

»Io non documento. Documento Hotel.«

Die Schmalzlocke nickte, packte ihn wie einen Schwerverbrecher am Arm und zerrte ihn, während er im Geiste den Papst, Astrid und die wichtigsten Heiligen der katholischen Kirche anflehte, aus der U-Bahn.

*

Astrids Nerven lagen blank. Seit nunmehr einer Dreiviertelstunde huschten sie wie die Kellerasseln durch die unterirdischen Gänge der Metro, doch Opa Johann blieb wie vom Erdboden verschluckt.

Nun standen sie an dem Punkt, wo sie sich aus den Augen verloren hatten, in nächster Nähe der Fahrkartenautomaten, und Astrid hoffte inständig, dass Johann auf den gleichen Gedanken kommen und hierher zurückkehren würde. Lucie schabte sich den Nagellack von den Fingernägeln, eine schlimme Angewohnheit, die sie eigentlich längst abgelegt hatte.

»Mach dir keine Sorgen, Spatz.« Astrid gab sich alle Mühe, munter zu klingen, hatte aber selbst kaum Hoffnung, dass ihr Schwiegervater gleich aufkreuzen würde. Dafür war er schon viel zu lange verschwunden.

»Vielleicht ist er ja doch schon zum Vatikan gefahren«, mutmaßte Lucie.

»Aber er hat doch gar keine Fahrkarte.«

»Die kann er sich gekauft haben. Ganz blöd ist er ja wohl nicht.« Lucie entriegelte zum wer weiß wievielten Mal ihr Smartphone und versuchte, ihren Großvater anzurufen.

»Lass. Das bringt doch nichts.« Bereits im Zug hatte Astrid bei einem flüchtigen Seitenblick bemerkt, dass der Akku seines Handys fast leer war.

Lucies Miene verzerrte sich. Hoffentlich würde ihre Kleine nicht gleich auch noch in Tränen ausbrechen.

»Opa taucht schon wieder auf. So schnell ist noch niemand verlorengegangen.«

Aber zu spät. Ihrer Tochter schoss das Wasser in die Augen. »Und wenn nicht? Wenn er zum Beispiel einen Kreislaufkollaps hatte und schon …« Lucies Atem ging stoßweise, dann presste sie hervor: »Wenn er schon tot ist? Gestorben in der römischen U-Bahn?«

»Opa ist nicht tot! Lucie! Jetzt mal dir doch nicht gleich

das Allerschlimmste aus.« Sanfte *Pscht*-Laute in ihr Ohr raunend, schloss Astrid sie in ihre Arme. Manchmal war Lucie eben doch wieder ihr kleines Mädchen, da mochte sie noch so weit gereist sein.

Der innige Moment dauerte gerade mal einen Wimpernschlag, da riss sich Lucie schon wieder los und sagte mit entschlossener Stimme: »Mir reicht's. Ich fahr zum Vatikan und guck nach, ob Opa irgendwo an der U-Bahn-Station rumsteht.«

»Nein, Lucie.«

»Dann fahr du! Und ich halte hier die Stellung.«

»Lass uns noch einen kleinen Moment warten, okay?«

Es behagte Astrid nicht, ihre Tochter in der Metro allein zu lassen. Auch wenn das lächerlich war. Lucie war monatelang durch Indien gereist – ohne ihre Mutter als Glucke und Aufpasserin.

»Okay. Aber länger als eine Viertelstunde steh ich mir hier nicht die Beine in den Bauch.«

Astrid sah auf die Uhr. »Okay, Spatz, dann fahr von mir aus. Aber komm schnell wieder zurück, ja?«

»Was denkst denn du? Dass ich mir freiwillig fette Priester angucke?«

Astrid ließ die Aussage unkommentiert. Lieber konzentrierte sie sich darauf, die Passanten zu scannen. Gleichzeitig schossen ihr Tausende Gedanken durch den Kopf: Sie musste Farbe kaufen und Handwerker bestellen, sobald sie aus Italien zurück sein würde. Opas Dachgeschoss brauchte dringend einen neuen Anstrich. An den Wänden zeigten sich Risse, aus denen der Putz rieselte. Er sollte es doch schön haben, solange er noch bei ihnen war. Und sie wollte auch geduldiger mit ihm sein und für seine vielen Macken Verständnis zeigen.

Ein spitzer Ellbogen landete zwischen Astrids Rippen, und Lucie schrie: »Mami! Ist das nicht Opi?«

»Wo?«

»Na, da!«

Lucie flitzte los und tauchte in der Menge ab. Wenige Augenblicke später war sie bereits wieder zurück.

»Fehlalarm. Der sah nur aus wie Opi.«

Astrids Handy schrillte. Seit geraumer Zeit hielt sie es in der Hand, damit sie schneller rangehen konnte, jetzt erschrak sie derart, dass es ihr aus der Hand rutschte und zu Boden fiel. Sie bückte sich und ging ran.

»Verflixt, ich sag dir, mir ist was passiert!«, schnarrte eine ihr sehr vertraute Stimme.

Endlich! Er war es! Und er lebte! »Johann, wo steckst du?«

»Ist das Opi?«, brüllte Lucie ihr ins andere Ohr, aber Astrid wimmelte ihre Tochter wie ein lästiges Insekt ab.

»Astrid-Schatz?«

»Ja, ich hör dich. Wo steckst du?«

»Ich bin hier … jetzt krieg keinen Schreck … auf der Polizeistation. Und alle sind ganz schrecklich unfreundlich, und ich hab nicht mal einen Stuhl, wo ich mich hinsetzen kann, und ich versteh auch gar nicht, was die sagen.«

Astrids Herz hämmerte, und ihr Mund war plötzlich so trocken, dass sie kaum sprechen konnte. »Wo ist das genau?«

»Wie jetzt?«, krähte Lucie. »Opi ist bei der Polizei? Warum denn?«

Astrid bedeutete ihr mit einer harschen Geste, den Mund zu halten. Sie verstand ihn so schlecht, und wenn die Verbindung nun ganz abbrach …

»Na, am Bahnhof. Also da, wo wir ausgestiegen sind. Gleis dreizehn.«

»Roma Termini?«, fragte Astrid sicherheitshalber nach.

»Ja, wo denn sonst! Kommt ihr gleich?«

»Wir sind schon unterwegs.«

Sie legte auf, hakte Lucie unter, und zwischen Erleichterung und Entsetzen schwankend, liefen sie los.

*

Stickige Luft stand wie eine Wand vor Astrid, als sie die Tür zum Wartesaal der Polizeistation aufstieß. Der geschätzt drei mal vier Meter große, fensterlose Raum, an dessen Tür *Ufficio denunce* stand, glich einer tristen Gefängniszelle. Auf einer der Bänke saß Opa Johann, eingequetscht zwischen einem abgerissenen jungen Mann mit Zopf und einer farbenfroh gekleideten Afrikanerin. Er bot einen geradezu jämmerlichen Eindruck. Das schüttere Haar stand wirr vom Kopf ab, er war in sich zusammengesackt und klammerte sich an seiner Tasche fest wie an einem Rettungsanker.

»Opi!«

Johann hob den Kopf, und sein Körper straffte sich ein wenig. »Meine Güte, da seid ihr ja endlich! Diese Schmalzlocke von Kontrolletti hat mich einfach mitgenommen … Wie einen Schwerverbrecher hat der mich abgeführt, das muss man sich bloß mal vorstellen! Und jetzt lassen die mich hier schmoren, und ich verdurste fast, und dieses dämliche Ding da …« Er wies auf einen Plastikventilator, dessen Flügel quietschten und eierten, aber keine frische Luft erzeugten. »Das ist doch für die Katz!«

Lucie nahm eine Flasche Wasser aus ihrem Rucksack und reichte sie ihrem Großvater. Unterdessen stand Johanns Sitznachbarin auf und bot Astrid den Platz an.

»Please! Please sit down.«

Aber Astrid wollte das großzügige Angebot nicht annehmen – die Frau wartete bestimmt schon länger – und bedeutete ihr mit dem Kinn, sich doch bitte wieder zu setzen.

Opa Johann berichtete in knappen Worten, was passiert sei. Bestohlen, ohne dass er es gemerkt habe, beim Schwarzfahren erwischt – zum Glück lagen wenigstens sein Ausweis und die EC-Karte im Tresor des Hotels.

Astrid wollte wissen, warum er um Himmels willen in die U-Bahn gestiegen sei.

»Weil … na ja, ich dachte, ihr seid schon losgefahren.« Sein Adamsapfel hüpfte auf und ab. »Und dann hab ich eben vergessen, dass ich ja eine Fahrkarte brauche.«

Lucie tupfte sich den Schweiß von der Stirn. Kein Wunder. Die Luft hier drin war auch wirklich zum Schneiden. »Und du hast keine Ahnung, wann und wo du beklaut worden bist?«

»Nein. Ich weiß nur, dass meine Börse beim Aussteigen aus dem Zug noch da war.« Er klopfte auf seine Hosentasche. »Und zwar hier.«

Astrid seufzte und ersparte sich eine Moralpredigt. Es war dumm gewesen, das Portemonnaie in der Hosentasche spazieren zu führen. Dumm und leichtsinnig. Das konnte er vielleicht zu Hause auf dem Weg zu Frau Kleinschmidt-Mühlenthals Kiosk tun, aber nicht in der Metro einer Großstadt. Eine ausgebeulte Gesäßtasche war für jeden Taschendieb geradezu eine Einladung.

»Wie viel Kohle war drin?«, fragte Lucie.

»Hundertfünfzig. Pi mal Daumen.«

»Mann, Mann, wer trägt auch so viel Bargeld mit sich rum«, bemerkte Astrid nun doch kopfschüttelnd.

»Na, ich!« Opas buschige Augenbrauen vibrierten. »Ich wollte euch doch was Schönes kaufen.«

Lucie lächelte gerührt, und Astrid strich ihrem Schwiegervater über die Schulter. Er war nun mal Opa. Das Gegenteil von weltgewandt, und vielleicht hätte sie ihn nach dem Vorfall an der Spanischen Treppe auch warnen müssen.

»Und jetzt?«, wollte Lucie wissen. »Sperren sie dich etwa ein?«

»So weit kommt's noch. Könnt ihr mir was leihen? Das Schwarzfahren kostet mich 114 Euro.«

»Was? So viel? Krass. In Berlin …«

»Wir sind aber nicht in Berlin«, schnitt Astrid ihrer Tochter das Wort ab. Sie nickte Johann zu. Geld war nicht das Problem. Hauptsache, sie kamen möglichst schnell hier raus.

Lucie scannte den Raum. »Und wenn wir abhauen? Hier ist doch keiner. Es gibt nicht mal eine Überwachungskamera.«

Während Astrid entrüstet abwinkte, sagte Johann: »Nichts lieber als das, Kröte. Aber dein Opa ist nun wirklich kein D-Zug mehr, und wie ich mein Glück kenne, kommen die Ordnungshüter gerade dann raus und fangen mich ein paar Meter weiter wieder ein. Und am Ende lande ich wirklich noch in einem römischen Knast. Nein danke.« Er zog sein zerknittertes Taschentuch aus der Hosentasche und wischte sich damit über die Stirn. »Außerdem will ich den Halunken, der mich bestohlen hat, ja auch anzeigen. Nein, Lucie, solche Mätzchen lassen wir lieber.«

Lucie blickte ihren Großvater zweifelnd an. »Du denkst also, sie schnappen den Dieb, und der gibt dir dann dein Geld zurück?«

»Es geht um meine Ehre, verstehst du das denn nicht?«

Das Gespräch versandete, und mit jeder Minute, die verstrich, wurde der Mix aus verbrauchter Luft, Hitze und menschlichen Ausdünstungen unerträglicher. Nach etwa einer Stunde und nachdem Astrid bereits das dritte Mal nach draußen auf den Bahnsteig getreten war, um durchzuatmen, ging endlich eine Tür auf, und ein Beamter rief Johanns Sitznachbarin auf. Augenscheinlich war auch sie bestohlen worden – Geld, Papiere, alles weg –, und im Stehen, gegen einen schmalen Tresen gelehnt, füllte sie ein Formular aus. Der Beamte stand wie ein Schießhund daneben, tippte aufs Papier, strich hier einen Fehler an, rügte sie da wegen ihrer mangelnden Italienischkenntnisse und verlangte am Ende, dass sie alle Angaben noch einmal abschrieb.

»Was ist das denn für ein Idiot!«

Lucie hatte einen puterroten Kopf bekommen, machte einen Satz nach vorne und drosch mit Worten auf den Beamten ein. Astrid war überrascht, wie beherzt ihre Tochter der fremden Frau zur Seite stand. Überrascht und stolz zugleich, und ihr kam der Gedanke, dass die Indienreise viel-

202

leicht doch ihr Gutes gehabt hatte. Lucie war erwachsen geworden, immerhin das.

»Was redet sie denn da?« Opa Johann verstand wohl wieder mal nur Bahnhof.

»Sieht man doch. Sie faltet ihn zusammen.«

»Dass sie sich das traut.« Er nickte beeindruckt. »Geschieht dem aber nur recht, diesem halbgaren Würstchen.«

Das Wortgefecht ging weiter, schaukelte sich hoch, dann verschwand der Beamte urplötzlich im Hinterzimmer. Während Lucie und die Frau einen ratlosen Blick wechselten, trat Astrid zu ihrer Tochter. »Was hat denn das jetzt zu bedeuten?«

»Keine Ahnung. Vielleicht holt er Verstärkung. Oder sie machen Mittagspause. Diesen Lumpen trau ich alles zu!«

In Astrid kochte die Wut hoch. Statt mit Opa Johann durch den Vatikan zu schlendern und Michelangelos Kunstwerke zu bestaunen, saßen sie hier in diesem Kabuff fest, und bestimmt erlitt ihr Schwiegervater gleich auch noch einen Schwächeanfall.

Beflügelt von dem kämpferischen Auftreten ihrer Tochter, klopfte Astrid an die Tür. »*Scusi?*«

Keine Antwort. Sie klopfte lauter.

»*SCUSI?*«

Von drinnen drang Stimmengewirr, Gelächter zu ihnen. Die Polizisten, Herrscher von Bahngleis dreizehn, schienen sich bestens zu amüsieren. Das war der Moment, in dem Astrid einen Entschluss fasste.

»Lucie. Johann. Wir gehen.«

»Bitte, wie?« Johann fuhr von seinem Sitz hoch und schwankte.

»Ich lass mich hier nicht weiter für dumm verkaufen. Wenn sie das Geld nicht haben wollen, ist das ihr Problem.«

Astrid sah noch, wie Lucies anerkennender Blick sie streifte, da stieß sie schon die Tür auf und trat auf den Bahnsteig.

*

Wow, das hätte sie ihrer Mom gar nicht zugetraut! Wie sie lässig und ohne mit der Wimper zu zucken aus der Polizeidienststelle türmte. Als würde sie so was jeden Tag tun. Auf halber Strecke des endlos erscheinenden Bahnsteigs stand ein Grüppchen Polizisten, und sie raunte Opa Johann und Lucie zu: »Wir sind einfach nur Touristen. Wir haben nichts verbrochen.«

Schnaufend blickte sich Opa Johann um. »Wieso, ich hab auch nichts verbrochen. Aber die! Uns in einen so stickigen Raum zu pferchen, das ist menschenunwürdig.«

»Jetzt benimm dich nicht so auffällig.«

Aber die Polizisten waren ganz mit sich beschäftigt; niemand hatte inzwischen eine Conrady-Ringfahndung eingeleitet. Kaum waren sie im Menschengewühl der Bahnhofshalle untergetaucht, drosselte ihre Mutter das Tempo. Vor der großen Anzeigetafel blieb sie stehen.

»In zehn Minuten geht ein Zug nach Frascati. Oder wollt ihr noch in die Stadt?«

»Zurück«, sagte Opa Johann.

Lucie spürte eine Welle der Enttäuschung in sich aufsteigen. Bisher hatte sie von Rom nur U-Bahn-Schächte, die Bahnhofshalle und eine miefige Polizeistation gesehen. Was etwas mau war.

»Spatz, wir machen noch einen Ausflug nach Rom, versprochen. Aber ich denke, es ist wirklich besser, wenn wir jetzt zurück ins Hotel fahren.« Sie richtete den Blick auf Opa Johann, der ziemlich mitgenommen aussah.

»Okay. Schon kapiert.«

Der Vormittag war anstrengend gewesen, besonders für ihren Großvater, und es wäre auch unfair, die beiden allein in den Zug steigen zu lassen.

»Ihr geht schon mal zum Gleis, ich hole uns noch ein paar Sandwichs. Was wollt ihr draufhaben?«

»Schinken«, verlangte Opa Johann. »Oder Salami.«

»Mozzarella, Lucie?«

Lucie nickte. Eigentlich war es ihr egal. Sie hatte zwar nagenden Hunger, aber keinen Appetit – eine zwiespältige Empfindung, die sie nach und nach in Indien entwickelt hatte. Während ihr viele Gerichte zuwider gewesen waren, hatte Pawel immer alles verputzt, was nicht niet- und nagelfest gewesen war. Meistens hatte sie ihm belustigt zugesehen, manchmal hatte sich aber auch ihr Magen vor Ärger zusammengekrampft. Und daran war nicht allein das Essen schuld gewesen.

Opa Johann stolperte beinahe über seine Füße, so schnell lief er über den Bahnsteig – Dr. Kimble auf der Flucht. Fünfzig Meter weiter blieb er stehen und stützte sich japsend auf seinen Oberschenkeln ab.

»Entspann dich, Opi. Die machen jetzt erst mal gaaanz lange Mittagspause, danach trinken sie gaaanz lang Espresso, und erst dann schikanieren sie wieder die Leute. Denen ist es doch viel zu anstrengend, dich hier zu suchen. Wegen läppischer hundertvierzehn Euro.«

Johann nickte, konnte es aber trotzdem nicht lassen, die Bahnsteige mit seinem Blick zu scannen.

»Die Luft ist rein! Kein Bulle in Sicht.«

»Ich guck doch gar nicht mehr nach denen.«

Lucie sah ihren Großvater forschend an. Was hatte das jetzt zu bedeuten?

»Kröte, ich verrate dir jetzt was. Aber du darfst deiner Mutter nichts sagen. Sonst macht sie mir die Hölle heiß.«

Lucie versprach es.

»Schwörst du?«

»Ja, ich schwöre.« Bizarr. Manchmal benahm er sich, als wäre sie die Oma und er der Enkel, der etwas ausgefressen hatte.

Opa Johanns Augen glänzten fiebrig, als er flüsterte: »Ich. Habe. Sie. Gesehen.«

»Wen?«

»Na, sie! Du weißt schon. Die Dame vom Flughafen!«

»Bist du dir sicher?«

»Sie war's, ich schwöre! Ich hab versucht, ihr zu folgen, aber dann …« Seine Schultern sackten schlaff nach unten. »Dann war sie plötzlich weg, und ihr wart auch nicht mehr da, und die Welt war düster und leer.«

Deswegen hatten sie sich also aus den Augen verloren, Lucie wurde einiges klar. »Was wolltest du ihr denn sagen?«

»Keine Ahnung, aber irgendwas wäre mir schon eingefallen. Vielleicht hätte ich mich ja auch mit ihr in diesem … na, in diesem Ort am Meer verabreden können.«

» San Felice Circeo.«

»Herrje, warum kann ich mir das bloß nicht merken?«

»Weißt du was, Opi? Wir bequatschen Mami und Kristina, und dann fahren wir einfach hin.«

»Und wie soll ich sie da finden?«

»Mit einer Wünschelrute?«

»Veräpple mich nicht, mein Kind.«

»Tu ich ja gar nicht. Aber auch wenn du sie nicht findest … Am Meer ist es doch auch ohne eine schöne Dame cool, oder etwa nicht?«

»Hm«, machte Opa Johann und kratzte sich am Ohr. »Aber ich hab keine Badeflops dabei.«

»Du hast Sorgen! Dann kaufen wir dir eben welche.«

Sie gab ihm ein Zeichen, dass ihre Mutter im Anmarsch war, und er verstummte.

Es war absurd. Opa Johann war so viele Jahrzehnte älter als sie, aber verknallt wie ein Teenager. Gesetzt den Fall, Lucie würde das biblische Alter ihres Großvaters erreichen, dann hätte sie noch rund sechzig Jahre vor sich. Sechzig Jahre lieben, aber auch leiden. War das wirklich so erstrebenswert?

18

Astrid hatte das Ohr an die dickwandige Hoteltür gelegt und lauschte. Von drinnen kam nicht das leiseste Geräusch, und da der Mann an der Rezeption nicht wusste, ob die Signora auf dem Zimmer war – den Schlüssel hatte sie am Morgen offenbar mitgenommen –, klopfte sie beherzt.

»Kristina?«

Nichts tat sich.

»Bist du da?«

Wieder nichts.

Astrid wartete noch einen Moment, dann kehrte sie auf ihr Zimmer zurück, wo Lucie zusammengekrümmt wie ein Häufchen Elend im Bett lag. Augenscheinlich suhlte sie sich wieder mal in Selbstmitleid.

»Ich geh schwimmen, Spatz, kommst du mit?«, versuchte Astrid, sie aufzumuntern.

Opa Johann hielt zum Glück seinen Mittagsschlaf. Und Astrid hoffte, dass er es heute sehr ausgiebig tun würde.

Statt einer Antwort zog sich Lucie das Kopfkissen über den Kopf.

Astrid machte es nichts aus, den Nachmittag allein zu verbringen, ganz im Gegenteil, aber sie ertrug es nicht, ihre Tochter so leiden zu sehen. Keine Mutter ertrug das. Sie warf ein paar Sachen in ihre Tasche. Badeanzug, Handtuch, Sonnencreme, einen Krimi. »Der Pool ist bestimmt herrlich.«

»Dann genieß ihn«, kam es dumpf aus dem Kissen.

»Soll ich dir was aus der Bar zu trinken holen?«

»Nein!« Lucie klang gereizt.

»Falls was ist … Ich hab mein Handy dabei.«

Draußen lockte ein pudrig blauer Himmel, und Astrid machte es sich im Schatten eines Sonnenschirms auf einer Liege bequem. Es war wundervoll, einfach nur dazuliegen, sich von der Wärme einlullen zu lassen und den Rufen der Kinder zu lauschen, die im Pool planschten. Opa und Lucie, ja selbst Kristina waren mit einem Mal unendlich weit weg, und Astrid fragte sich, warum sie sich nicht öfter solche Auszeiten nahm. Augenblicke, die nur ihr gehörten. Und in denen alle Sorgen in weite Ferne rückten.

Die Sonne war halb um den Pool gewandert, als Kristina wie ein Model über die Steinfliesen gestakst kam. Sie trug knappe weiße Shorts und ein neonfarbenes Neckholderoberteil, was sie gute zehn Jahre jünger aussehen ließ. Astrid winkte ihr zu. »Wo hast du die ganze Zeit gesteckt?«

»In Frascati. Und dann war ich noch kurz auf dem Zimmer. Duschen.« Sie zog eine Liege zu sich heran und setzte sich auf die Kante. »Aber was machst du schon hier? Ich dachte, ihr würdet den Rom-Tag voll auskosten.«

Astrid erzählte in knappen Worten, was vorgefallen war. Allein die Tatsache, dass sie nichts weiter als die U-Bahn-Schächte und den Bahnhof von Rom gesehen hatten, brachte Kristina zum Schmunzeln, doch als Astrid die

Flucht aus dem Polizeipräsidium etwas blumiger ausmalte, wurde ihre Freundin von einem fast hysterischen Lachanfall gepackt.

»Du bist ja eine Heldin. Eine echte Kämpfernatur!«

Ja, vielleicht war sie das. Sicher musste es komisch ausgesehen haben, wie sie, aufrecht wie die Orgelpfeifen, aus dem Revier spaziert waren, aber Astrid wollte sich im Nachhinein lieber nicht ausmalen, was ihnen geblüht hätte, hätte man sie doch erwischt. Eine saftige Geldbuße? Oder gar eine Nacht in einer Gefängniszelle?

Sie ließen das Thema fallen, und Kristina plauderte über die Vorzüge der Hotelanlage, über das miese Wetter in Berlin, und Astrid wurde langsam ungeduldig.

»Willst du nicht endlich von deinem Tag erzählen?«, hakte sie in einer Atempause ein.

»Na, doch. Ich dachte nur, du würdest mich mal fragen.«

»Tu ich ja jetzt.«

»Okay. Es war toll.«

»Toll?«

»Ja, mein Gott, was soll ich sagen? Es ist passiert.«

Verlegen lächelnd taxierte Kristina ihre Füße, die in zierlichen Riemchensandalen steckten.

»Punkt drei auf deiner Liste?«

»Exakt.«

»Du hast also … Du hast also wirklich diesen Kellner flachgelegt?«

»Oder er mich. Wie man's nimmt.«

»Und wo?« Himmel, musste sie ihrer Freundin wirklich alles aus der Nase ziehen?

»Wir sind ins Hotel gegangen.« Kristina ließ ihre Zehen

mit den schlammfarben lackierten Nägeln kreisen. »Er hat wirklich keine Kosten und Mühen gescheut.«

»Okay, ich brauch jetzt was Alkoholisches.« Astrid winkte dem Poolkellner, der, ein Tablett balancierend, vorüberging. Er trat heran, und sie bestellte zwei Prosecco. »Du willst doch auch einen, nicht? Ich lade dich ein. Dafür musst du mir aber jedes schmutzige Detail erzählen.«

»Ich glaub, das ist alles gar nicht so spannend.«

»Na, doch. Für mich schon!«

»Also gut. Das Bett hat gequietscht, und im Bad war Schimmel.«

»Das ist alles?«

Schmunzelnd erzählte Kristina, wie einfach es gewesen sei, Carlo – ja, so hieß der schmucke Kellner – zu verführen. Sie habe sich ins Café gesetzt, einen günstigen Moment abgepasst und ihn gefragt, wann er freihabe.

»Und damit war die Sache geritzt?«

»Ja, erstaunlich, oder? Er hat mit seinem Chef gesprochen und sogar eine halbe Stunde früher Schluss machen können.«

»Und wer ist auf die Idee mit dem Hotel gekommen?«

»Er. Das heißt, wir haben nicht darüber geredet. Er hat die Dinge einfach in die Hand genommen.«

Was den Akt als solchen anging, hielt sich Kristina dann doch bedeckt. Vielleicht war es ihrem Alter geschuldet; noch vor zwanzig Jahren hatte sie viel offener über Sex geredet. Aber Astrid wollte auch nicht weiter in sie dringen. Kristina hatte es genossen, immerhin. Ein kurzer Rausch, es war keine Verliebtheit im Spiel, genau so hatte sie sich das vorgestellt.

Der Prosecco kam, sie stießen an, und Kristina leerte ihr Glas in einem Zug.

»Oh, oh«, rutschte es Astrid raus.

»Was, *oh, oh*?«

»Hat dich Punkt drei auf deiner Liste vielleicht doch nicht so glücklich gemacht?«

»Ach, ich weiß nicht.« Sie drehte das leere Glas nachdenklich in den Händen. »Für einen Moment schon. Aber aufregender als das *Währenddessen* war das *Davor*, falls du verstehst, was ich meine …«

Nein, das verstand Astrid nicht, und Kristina erklärte ihr, dass es einfach ein berauschendes Gefühl gewesen sei, überhaupt so etwas Verwegenes zu tun. So ein Prickeln habe sie schon lange nicht mehr gespürt, doch als sie schlussendlich im Bett gelandet seien, habe es sich irgendwie schal angefühlt. Wie irgendein x-beliebiges Nümmerchen, schon tausendfach in Filmen gesehen.

Astrid konnte das nur allzu gut nachvollziehen. Dafür musste sie es nicht mal am eigenen Leib erlebt haben. »Jetzt hast du immerhin die Erfahrung gemacht.«

»Frauen, die ständig auf diese Art von Bestätigung aus sind, kann man eigentlich nur bedauern.« Kristina setzte das schon leere Glas an und entlockte ihm noch einen letzten Tropfen.

»Möchtest du noch einen Prosecco?«

Kristina verneinte und fuhr fort: »Gut, vielleicht fühlen sie sich für einen Moment gebauchpinselt, aber was ist danach? Wenn der Rausch vorbei ist?« Sie fasste den Pool ins Auge, in dem eine Mutter und ein Vater mit ihrer etwa achtjährigen Tochter planschten. »Dann ist da nichts mehr.

Keiner, der dir das Frühstück macht. Keiner, der dir was Nettes sagt. Einfach nur«, sie stockte, »Leere.«

»Vermisst du Pius?«

»Pius?« Empört schüttelte Kristina den Kopf.

Die Minuten verstrichen, die Familie kam aus dem Wasser, aber Kristina sah gar nicht mehr hin. Mit mechanischen Bewegungen strich sie sich über die Knie und war augenscheinlich ganz in eine Parallelwelt abgetaucht. Als sie einmal kurz zur Seite schaute, bemerkte Astrid, dass ihre Augen gerötet waren. »Tut mir leid, wenn ich das falsche Thema angeschnitten habe«, sagte sie entschuldigend.

»Hast du nicht.« Kristina biss sich auf die Lippen. »Ich hab's verbockt, Astrid. Ich hab's einfach verbockt und meine Beziehung kaputtgemacht.«

»Gar nicht wahr. Du wolltest eben ein Kind.«

»Ich hab aber kein Recht drauf. Niemand hat ein Recht auf ein Kind. Es passieren eben Dinge, die wir nicht beeinflussen können.«

Astrid rührten Kristinas Worte. Sie hatte ja so recht. Niemand hatte ein Recht auf irgendetwas. Auf Liebe, auf Unversehrtheit, auf das große Glück im Leben. Und doch tat man alles für jedes kleine bisschen Glück.

»Manche Dinge kann man aber schon beeinflussen.«

Kristina sah sie fragend an. »Wie meinst du das?«

»Vielleicht habt ihr ja doch noch eine Chance, also du und Pius.«

»Nein, Astrid. Wir haben unsere Zeit als Paar gehabt. Und jetzt ist sie vorbei.« Sie stand auf, blinzelte in die bereits tiefstehende Sonne, dann ging sie ohne ein weiteres Wort über die Steinfliesen davon.

19

Lucie war ja wirklich ein Herzchen. Nur einen Moment lang hatte sie ihren berühmt-berüchtigten Bettelblick aufgelegt und erklärt, dass Liebeskummer ja bekanntlich am besten am Meer ausheile, und schon war ihre Mutter weichgekocht wie eine Salzkartoffel. Das beherrschte die junge Dame immer noch aus dem Effeff: Hinz und Kunz und besonders ihre Familie um den kleinen Finger zu wickeln.

Kristina war ebenfalls Feuer und Flamme gewesen und hatte vorgeschlagen, gleich mit einer Übernachtung nach San Felice Circeo zu fahren. So würde sich der Weg dorthin wenigstens lohnen.

Hach, das war mal eine brillante Idee! Johann freute sich wie ein Schneekönig und konnte es kaum erwarten, endlich anzukommen, dabei waren sie erst vor zwanzig Minuten aufgebrochen. Weinstöcke flogen vor dem Wagenfenster an ihm vorbei, Viadukte, Mohnfelder in leuchtend rotem Farbkleid, dann fuhren sie durch einen Olivenhain – ein Märchenwald voll knorrig gewachsener Bäume.

Wortfetzen wehten zu ihm auf die Rückbank – die fesche

Kristina saß am Steuer, Astrid daneben –, doch Genaues konnte er nicht verstehen. Dafür brummte der Motor zu laut, und Lucie, die neben ihm mit Stöpseln in den Ohren auf ihrem Sitz lümmelte, hatte ihre Diskothekenmusik bis zum Anschlag aufgedreht. Dass dem Mädchen nicht das Gehirn wegflog! Gesund konnte das jedenfalls nicht sein. Dabei tippte sie auch noch auf ihrem Handy herum, als hinge ihr Leben davon ab. Johann war sich sicher, dass das auf Dauer – und das predigte er nicht erst seit gestern – mit einer Verkrümmung der Fingergelenke und des Rückgrats böse enden würde. Und wenn seine Kröte erst mal sein Alter erreicht hätte, dann würde sie mal keine schmucke, gepflegte Dame in den besten Jahren sein, sondern eine bucklige Hexe mit gichtig deformierten Fingern.

Er knuffte sie in die Seite, woraufhin sie gnädigerweise einen der beiden Stöpsel aus dem Ohr nahm.

»Was'n?«

»Was'n, was'n! Stell das bitte mal aus.«

»Wieso denn, Opi?« Sie sah ihn entgeistert an.

»Weil du das herrliche Italien verpasst. Und Rückgratkrümmung kriegst.«

»Hä?«

Er ahmte ihre gebeugte Haltung beim SMS-Schreiben nach, und Lucie brach in Gelächter aus.

»Opi, du langweilst dich nur, das ist alles. Bitte, bitte, nicht böse sein. Ich will jetzt Musik hören. Und du erzählst mir später alles über das herrliche Italien, okay?«

Seine Enkelin tauchte wieder unter der Glocke der hämmernden Bässe ab. Nein, nein, da lag sie komplett falsch. Er langweilte sich kein bisschen, ganz im Gegenteil, seine Gedanken purzelten wie die Kugeln in der Lotto-Trommel durcheinander. Weil er vielleicht – bei der bloßen Vorstellung schlug sein Herz Kapriolen –, weil er vielleicht wirklich seine Sirene wiedersehen würde. Vielleicht aber auch nicht, und wenn er sich das ausmalte, wurde ihm jetzt schon traurig zumute. Denn dann wäre der ganze Ausflug, zumindest was seine Person betraf, für die Katz.

Als sie nach einer Pinkelpause an einer Raststätte alle wieder im Auto saßen, wandte Kristina den Kopf und verkündete: »Wir sind echte Glückspilze. Ich habe gerade eben die letzten drei Zimmer mit Meerblick in einem kleinen Hotel gebucht.«

»Fabelhaft!« Johann klatschte in die Hände. »Dann hört man ja nachts die Wellen rauschen.« Für ihn gab es nichts Herrlicheres, und viel zu selten hatte er so etwas erlebt. Im Grunde nur ein einziges Mal in seinem Leben. Als er und seine große Liebe Giuseppina sich am Meer geliebt hatten. Damals war er blutjung gewesen, das ganze Leben hatte noch vor ihm gelegen. Jetzt war er auf den letzten Metern seiner Wegstrecke angelangt und war ein bisschen aus der Puste, aber er hoffte, dass ihm noch ein paar schöne Tage bleiben würden. Weil man das immer hoffte. Egal, wie alt oder krank oder was auch immer man war.

Astrid bedankte sich und fragte nach dem Zimmerpreis.

»Das muss euch nicht interessieren. Ich lade euch sowieso ein.«

Während sich alle anschnallten und Kristina den Wagen anließ, beugte sich Astrid zu ihrer Freundin und raunte ihr etwas zu.

»Ich bestehe aber darauf«, kam es von Kristina.

»Ich bitte dich, du zahlst doch schon …«

»Glaub mir, Astrid«, funkte sie dazwischen. »Ich würde es nicht tun, wenn ich es mir nicht leisten könnte.«

Johann spürte förmlich, wie seine Schwiegertochter die Augen verdrehte. Als habe Kristina ihr angedroht, sie mitten in der Pampa auszusetzen. Herrje, warum stellte sie sich bloß so an? Was war so schlimm daran, ein Geschenk von der besten Freundin anzunehmen?

»Also abgemacht?« Kristina ließ den Blick von einem zum anderen schweifen.

»Vielen Dank, das ist sehr großzügig«, sagte Johann, weil sich Astrid immer noch wie ein Burgfräulein zierte. »Wir revanchieren uns dann auf jeden Fall mit einem feinen Abendessen.« Ende der Durchsage.

Astrids Kopf wippte auf und ab, Lucies Knie wackelten im Takt der Musik, und Johann war froh, als sie gefühlte Stunden später endlich das Ortsschild passierten. Er konnte nämlich schon länger nicht mehr still sitzen. Sein Nacken schmerzte, gefühlte Ameisenscharen krabbelten ihm über Arme und Beine, und seine Pumpe schlug wie ein aus dem Takt geratenes Metronom. Das Abenteuer hatte begonnen, und eine wachsende Angst beschlich ihn. Womöglich lehnte er sich gerade viel zu weit aus dem Fenster und die Dame würde ihm bloß eine Backpfeife verpassen, falls sie sich über den Weg laufen sollten. Ruhig Blut, Johann, redete er sich gut zu, wird schon. Er spähte aus dem Seitenfenster, aber der Anblick der schmuddeligen Häuser ließ nun auch noch Unmut in ihm aufsteigen. Wo waren sie hier eigentlich gelandet? Da kam die kaiserliche Bäderarchitektur in Ahlbeck, Heringsdorf und Bansin an der Ostsee aber um einiges schnieker daher.

Lucie nahm die Stöpsel aus den Ohren und beugte sich zu ihm rüber. »Jetzt mach mal locker, Opi«, raunte sie ihm zu. »Alles wird gut.«

»Meinst du?«

»Das meine ich nicht nur, das weiß ich.«

Prompt warf Astrid einen Blick über ihre Schulter. »Habt ihr etwa Geheimnisse?«

»Geheimnisse?«, echote Johann. »Wir doch nicht.«

Astrid lächelte spöttisch.

Sollte sie denken, was sie wollte, murrte Opa Johann im Geiste. Er entblödete sich jetzt jedenfalls nicht und erzählte ihr von seiner Sirene.

»Guck mal, da!« Lucies Zeigefinger schnellte vor, und dann sah Johann es am Ende der Straße tuschkastenblau schimmern. Das Meer! Kristina fuhr vielleicht noch hundert Meter weiter, dann lag es in seiner ganzen Pracht vor ihnen. Ein unbändiges Glücksgefühl durchflutete Johann. Hilde, Giuseppina, die beiden Frauen, die er am meisten geliebt hatte, tauchten vor seinem inneren Auge auf, als er das Seitenfenster runterfahren ließ, den Kopf rausstreckte und übermütig rief: »Hallo Meer, ich komme!«

*

Das Hotel, umweht von der angestaubten Eleganz der Sechzigerjahre, lag jenseits der Amüsiermeile mit den unzähligen Campinganlagen, Strandbars und Imbissen. Im Hochsommer tobte in dem Badeort sicher das Leben, doch jetzt, in der Vorsaison, waren zum Glück nur wenige Urlauber unterwegs. Astrid konnte es nicht leiden, wenn die Menschen dicht an dicht in der Sonne brieten und man am Strand kaum einen Fuß vor den anderen setzen konnte. Sie mochte sich auch nicht durch die Fußgängerzonen mit Touristenramsch drängeln, und noch weniger stand sie darauf, wenn die sonnenverbrannten Feriengäste am Abend wie Heuschrecken in die Pizzerien und Restaurants einfielen und womöglich noch einen über den Durst tranken.

Sie bezogen die Zimmer – diesmal teilten sich Astrid und Kristina ein Doppelzimmer –, und Astrid war hingerissen von dem Balkon, der über dem Wasser schwebte. Der ideale Ort, um auszuspannen, in den Tag zu träumen und dem Meer bei seinem ewigen Spiel heranschwappender und auslaufender Wellen zuzusehen.

Seit dem Stimmungseinbruch am gestrigen Abend hatte sich Kristinas Gemütsverfassung um hundertachtzig Grad gedreht. Sie wirkte aufgekratzt, und Astrid fragte sich, ob das lediglich von dem euphorisierenden Gefühl herrührte, an der See zu sein. Kristina ließ sich in den Liegestuhl fallen, reckte und streckte sich und seufzte immer wieder genüsslich.

»Ist das nicht traumhaft hier? Komm, setz dich doch.«

Aber Astrid war schon wieder mit einem Bein im Zimmer.

»Lucie und Johann …« Ihre Schultern zuckten unentschlossen auf und ab. Sie hatten bisher keine Pläne geschmiedet, doch entgegen jeder Vernunft fühlte sie sich für die beiden verantwortlich.

»Die kommen auch ohne dich klar.«

»Du hast ja recht. Mein altes Problem. So ist das, wenn man zu lange Hausfrau und Mutter war.«

Kristina zitierte sie mit dem Zeigefinger herbei. »Dann wird es Zeit, dass sich das ändert.«

Schicksalsergeben trat Astrid auf die Terrasse und ließ sich auf die zweite Sonnenliege sinken.

»Wegen des Hotels ...«

»Fängst du schon wieder davon an? Langsam werde ich echt sauer.«

Astrid seufzte. Und rang mit sich. Und dann sagte sie: »Also gut. Vielen Dank. Mir ist das nur unangenehm, weil du auch schon ...«

Kristina machte eine harsche Geste, und Astrid schloss erschöpft die Augen. Die Wellen plätscherten, die Wärme umhüllte sie, und eigentlich gab es nichts, was diesen perfekten Moment noch hätte perfekter machen können. Wozu also Probleme ansprechen, die eigentlich keine waren?

Sie musste eingeschlafen sein, denn auf einmal drang eine gedämpfte Stimme in ihr Bewusstsein. Kristina? Sie wandte den Kopf nach links, aber ihre Freundin lag nicht mehr auf der Sonnenliege. Astrid stemmte sich hoch, blieb jedoch, weil Sterne vor ihren Augen tanzten, noch einen Moment sitzen. Sie spähte durch die angelehnte Balkontür. Kristina saß auf dem Bett, das Handy zwischen Schulter und Kinn eingeklemmt, und tupfte sich Tränen unter den Augen weg. Wortfetzen wurden zu Astrid herübergetragen, doch nichts Genaues war zu verstehen. Augenscheinlich sprach sie mit Pius, und das Gespräch lief alles andere als gut.

Eine nervöse Unruhe erfasste Astrid. Schon seit geraumer Zeit schwelte ein Gedanke in ihr. Dass die Trennung der beiden übereilt gewesen war und Kristinas Wunde womöglich besser heilen würde, wenn sie und ihr Mann den Schmerz gemeinsam trugen. Die Gründe, die Kristina für die Trennung angeführt hatten, waren – vom Kinderthema mal abgesehen – ohnehin läppisch gewesen. Jedes Paar machte doch im Laufe der Jahre Krisen durch. Man glaubte, zu unterschiedlich zu sein und sich auseinanderentwickelt zu haben, man litt unter den Marotten des anderen und sehnte sich nach etwas, von dem man eigentlich gar nicht genau wusste, was es sein sollte.

Ein gequältes »Dann tu, was du nicht lassen kannst!« war zu hören, etwas fiel polternd zu Boden, eine Tür schlug zu.

»Kristina?«

Astrid war mit einem Satz im Zimmer, aber ihre Freundin war schon Hals über Kopf hinausgestürmt. Nicht mal mehr in ihre Sandalen war sie geschlüpft, und auch ihre Tasche hatte sie nicht mitgenommen.

Astrid schnappte sich den Schlüssel, fragte unten an der Rezeption nach Signora Schulzendorf und wurde auf den Hotelparkplatz geschickt.

»Hey«, sagte Kristina, als sie Astrid erblickte. Sie war barfuß und schnorrte gerade bei einem Passanten eine Zigarette.

»Hast du eben mit Pius telefoniert?«

Kristina sog an dem Glimmstängel wie ein Junkie auf Entzug. »Pius? Ja, kann sein. Erwähn den Namen besser nicht mehr.«

Eine Gänsehaut kroch Astrid über den Rücken. Die sonst in allen Lebenslagen so beherrschte Kristina, die Chirurgin mit der sicheren Hand, war völlig neben der Spur. Fast erinnerte sie sie in ihrer Verzweiflung an ihre Tochter. An ihre Tochter in den Wirrnissen der Pubertät.

»Hast du ihn angerufen?«

Kristina nickte. Und klopfte die Asche ab.

»Ist es nicht so gut gelaufen?«

»Nein. Es ist überhaupt nicht gut gelaufen. Er hat mir die ganze Zeit nur Vorwürfe gemacht.« Noch ein tiefer Zug. »Mit dem Mann kann man doch nicht mehr normal reden.«

»Was wolltest du denn …« Astrid zögerte, »normal mit ihm bereden?«

Kristinas Schultern zuckten rasch auf und ab. »Nichts Besonderes. Ich dachte nur … Also eigentlich wollte ich ihm nur erzählen, dass ich am Meer bin. Und wie wunderschön es ist.« Mit jedem Wort wurde ihre Stimme brüchiger. »Und dass man vom Balkon aus aufs Wasser schauen kann und dass …« Sie brach ab, und Astrid schloss ihre Freundin in ihre Arme. Die Zigarette fiel ihr aus der Hand, und dann weinte sie. Ihren ganzen Kummer weinte sie sich von der Seele, und plötzlich wusste Astrid, was zu tun war.

20

Lucie rannte barfuß über den heißen Sand.

Das Meer! Es war nur noch wenige Meter entfernt, und als das Wasser ihre Füße umspülte und gegen ihre Waden klatschte, stieß sie spitze Schreie aus. Sie fühlte Glück, pure Lebensfreude, was doch eigentlich gar nicht sein konnte, weil sie tief im Innern todunglücklich war.

Sie warf einen Blick über die Schulter und schwenkte die Arme. »Opi, komm schon!«

»Ja, ja, ich kann nicht so schnell!«

»Ich weiß. Du bist kein D-Zug.«

Es sah megakomisch aus, wie er, die Hosenbeine hochgekrempelt, über den Strand humpelte. Als wäre der mit Tretminen gepflastert, die es um jeden Preis zu umschiffen galt.

»Ist das Wasser kalt?«

»Saukalt.«

»Tatsächlich? Richtig eisig?«

»Nun mach schon. Du bist doch nicht aus Zucker.«

Opa Johann verlangsamte seinen Schritt, dann streckte er ein Bein aus, so dass das Wasser gerade mal seinen großen Zeh benetzte.

»Opi, wenn sie dich so sieht, bist du aber als Love Interest aus dem Rennen.«

»Herrje, kannst du bitte mal Deutsch reden? Love … bitte, wovon redest du?«

»Sie soll dich doch umwerfend und sexy und männlich finden, oder? Also das eben, das sah ziemlich unsexy aus.«

»Mach dich gefälligst nicht über mich lustig. Ich weiß selbst, dass ich nicht mehr sexy bin. Höchstens stattlich.«

Lucie lachte und wollte ihren Großvater weiterziehen, aber er rührte sich nicht vom Fleck. »Du hast gesagt, wir gehen nur kurz ans Wasser, dann machen wir gleich wieder die Biege und sehen uns im Ort um.«

»Okay, von mir aus.« Manchmal vergaß sie einfach, wie alt ihr Großvater schon war und dass ein paar Meter Strandspaziergang bereits eine Strapaze für ihn bedeuteten.

Ein Trampelpfad führte am Parkplatz des Hotels vorbei, und Lucie entdeckte ihre Mutter und Kristina. Irgendwas stimmte nicht. Kristina lehnte an einem Auto und hatte die Hände vors Gesicht geschlagen, während ihre Mutter in einer Tour auf sie einredete. Hoffentlich kein Zickenkrieg. Lucie hatte beileibe keine Lust, vorzeitig abzureisen. Und nach Berlin wollte sie schon mal gar nicht. Was sollte sie da auch? Die Stadt erinnerte sie bloß an ihr verhasstes Pharmaziestudium.

»Sag mal, weint die gute Kristina etwa?«, fragte Opa Johann. »Sollen wir da vielleicht mal rübergehen?«

»Bloß nicht.« Lucie wischte sich rasch den Sand von den Füßen und schlüpfte in ihre Flipflops.

»Und wieso nicht?«

»Weil wir eigentlich gar nicht anwesend sind und uns

das auch nichts angeht.« Es ehrte ihren Großvater ja, dass er so mitfühlend war; die Kehrseite der Medaille war seine schreckliche Neugier. Er wollte alles wissen – und besonders Dinge, die nicht in seinen Zuständigkeitsbereich fielen. »Mach dir lieber die Füße sauber.«

»Ach, schnurz, ist doch nur ein bisschen Sand.«

»Eben. Genau deswegen!«

Aber er hatte schon Socken und Schuhe angezogen, und Lucie fühlte sich auch nicht dafür verantwortlich, dass er garantiert an der nächsten Straßenecke Blasen bekommen würde. Sie wollte vermeiden, dass Kristina und ihre Mutter auf sie aufmerksam wurden und sich am Ende noch verpflichtet fühlen würden, sie und Opi zu sich zu winken.

Außerdem war ihr Großvater ja in einer wichtigen Mission unterwegs. Lucie hatte ihn nicht entmutigen wollen und ihm gut zugeredet, allerdings glaubte sie nicht an den Erfolg der *Operation Sirene*. Nie und nimmer würde er der Frau vom Flughafen zufällig über den Weg laufen. Wie auch? Das war, als würde man eine Stecknadel im Heuhaufen suchen. Schließlich konnte sie überall und nirgends sein. Im Supermarkt, irgendwo am Strand, vielleicht hockte sie auch den ganzen Tag bei ihrer Schwester in der Küche – wo auch immer das sein mochte –, kochte, tat und machte und setzte keinen Schritt vor die Tür.

Die beiden steuerten das Zentrum an, das allerdings bloß eine Autostraße mit Geschäften, Bars und Supermärkten war. Opa Johann marschierte im Stechschritt voraus und fragte etwa alle zwei Sekunden: »Du weißt doch noch, wie sie ausschaut, oder, Kröte?«

»Ja, weiß ich.«

»Dann beschreib sie mir mal.«

»Wieso denn? Hast *du* das vielleicht vergessen?«

Ihr Großvater schüttelte den Kopf. »Ich will nur sicher-gehen, dass du sie nicht übersiehst. Falls sie gleich aus einem Geschäft rauskommt und ich gerade woanders hingucke.«

Lucie blickte auf ihre Armbanduhr. Es war kurz vor eins, und wenn die Geschäfte gleich schlossen, würden auch die Einheimischen wie von Geisterhand von den Straßen verschwinden. Wie überall in Italien.

Opa Johann blieb vor einem Süßwarenladen stehen und lugte in die Auslagen. Pralinen in Glanzpapier, bunte Lakritzstangen, Schokoladenbarren in Gelb, Rot und Grün, kunstvoll verpackte Bonbonschachteln, Schokolade in Form einer Salami, Retro-Keksdosen, so weit das Auge reichte. »Lucie, das ist ja … hab ich grad eine Erscheinung? Das ist ja wie im Paradies! Komm, da müssen wir rein.«

»Aber die machen gleich zu.«

Doch Opa Johann war nicht zu bremsen und trat unter dem Gebimmel der altmodischen Ladenglocke ins Geschäft.

»Buongiorno«, schnarrte er.

Eine schwarzgekleidete Omi mit Dutt kam aus dem Hinterzimmer. »*Mi dispiace, è gia chiuso.*«

»Was sagt sie, Lucie?«

»Dass schon geschlossen ist.«

»Aber Signora!« Opa Johann legte einen herzzerreißenden Hundeblick auf, faltete die Hände vor der Brust und verbeugte sich in rascher Folge. »Nur zwei minuto. Ich kauf was Feines und bin dann auch gleich wieder weg.«

Lucie übersetzte, wobei ihr wieder mal bewusst wurde, dass der Italienischkurs in Venedig tatsächlich schon ein paar Tage her war.

»*Va bene.*« Ein dünnes Lächeln glitt über das Gesicht der Signora. »*Due minuti.*« Sie reichte ihnen zwei Bastkörbchen über den Tresen, in die sie wohl die Süßigkeiten packen sollten, und machte sich an der Registrierkasse von anno dazumal zu schaffen.

Lucie überlegte nicht lange und entschied sich für ein Softnougat mit Mandeln. Opa Johann strich indes wie ein Raubtier auf Beutefang an den Regalen entlang und schien sich kaum sattsehen zu können.

»Jetzt beeil dich mal! Zwei Minuten sind zwei Minuten.«

»Ja, ja«, brummte er und griff endlich nach einer Tafel Schokolade. Es folgte eine zweite, eine dritte, dann schaufelte er wahllos bunt verpackte Pralinen ins Körbchen. Bald passte kaum noch etwas hinein, aber er legte immer noch nach, bis schon die ersten Pralinen auf den Boden purzelten.

»Meinst du nicht, das reicht langsam mal?« Lucie bückte sich nach den Süßigkeiten.

»Doch, das sollte langen.« Mit triumphierendem Lächeln stellte er seine Ausbeute an der Kasse ab.

»*Basta?*«, erkundigte sich die Ladenbesitzerin und begann mit sichtlich besserer Laune, die Preise einzutippen.

»Si. Basta.«

»Wer soll das denn bitte schön alles essen?«, wollte Lucie wissen. Allein beim Anblick der vielen Süßigkeiten wurde ihr gleich wieder schlecht.

»Na, sie!«

Sie. Aha. Alles klar.

»Meinst du, sie wird sich freuen?«

»Logisch«, sagte Lucie und dachte: *Aber du findest sie sowieso nicht. Schmink dir das ab.*

Opa Johanns buschige Augenbrauen rückten enger zusammen, als er fragte: »Lucie-Schatz, kommst du heute Nachmittag mit, ein paar Hotels abklappern?«

»Von mir aus.« Es war eine dämliche Idee, keine Frage. Bestimmt gab es Hotels wie Sand am Meer, und Opa Johann war nicht gut zu Fuß. Dennoch wollte Lucie ihm den Gefallen nicht abschlagen. Er stand ihr doch auch immer mit Rat und Tat zur Seite – egal, ob sie Liebeskummer hatte oder aus welchen Gründen auch immer sie mies drauf war.

Die Kasse klingelte und spuckte die sagenhafte Endsumme von 78,88 Euro aus. Ihr Großvater machte so viel Kohle für Süßigkeiten locker? Das war jetzt wohl nicht sein Ernst! Lucies Nougat schlug mit gerade mal 2,50 Euro zu Buche, was sie für einen so kleinen Riegel auch schon ausgesprochen teuer fand.

»Opi, du hast ja einen Knall«, sagte sie, als sie wieder auf der Straße standen.

»Keinen Knall, nur Blasen.« Er lehnte sich gegen die Hauswand und hob den linken Fuß an, als wäre er ein lahmer Ackergaul.

Lucie presste die Lippen zusammen, um nicht laut loszuwiehern. Sie hatte es befürchtet.

»Was gibt's denn da zu lachen?«

»Gar nichts. Schaffst du's noch ins Hotel?«

»Was mich nicht umbringt, macht mich nur stark.« Er

klemmte die Plastiktüte mit den Süßigkeiten unter und humpelte tapfer drauflos.

*

Astrid stand am Geländer der Hotelterrasse, das Handy am Ohr, und ihr Herz hämmerte in einem nervösen Takt. Was tat sie hier eigentlich? Man mischte sich nicht in das Liebesleben der besten Freundin ein.

Doch, genau das tat man. Weil es um mehr ging als bloß um ihr Liebesleben.

»Pius?«

»Ja?«

»Ich bin's. Astrid.«

Stille am anderen Ende der Leitung.

»Astrid Conrady«, schob sie nach, weil es ja möglich war, dass Pius ihren Vornamen nicht einzuordnen wusste. Vielleicht war er nicht mal darüber informiert, dass Astrid ihn sozusagen auf der Reise vertrat.

»Ach, Astrid. Hallo.«

Er klang neutral, weder besonders erfreut noch feindselig, und Astrid erkundigte sich verunsichert, ob ihr Anruf ungelegen käme.

»Nein, nein. Es ist nur …« Er brach ab. »Kristina ist in Italien. Du musst die 0039 vorwählen, wenn du sie sprechen willst.«

»Ich weiß, Pius, ich bin auch in Italien. Mit deiner Frau. Und … hast du kurz Zeit? Es ist wichtig.«

Die Antwort war eine längere Pause, und Astrid wusste, dass ihr nur diese eine Chance blieb. Sie hatte sich ein paar Sätze zurechtgelegt, die ihr bereits Sekunden später abgedroschen vorgekommen waren. Ihr Blick glitt an der Hotelfassade nach oben, Kristina stand dort auf dem Balkon und winkte ihr zu. Astrid winkte zurück, kehrte ihr dann aber den Rücken zu, und in dem plötzlichen Vertrauen, dass alles gut werden würde, legte sie los.

Sie sagte, es sei ihr nicht leichtgefallen, ihn anzurufen, besonders da sie unfreiwillige Zeugin des Streits zwischen ihm und Kristina geworden sei. Und sie fürchte, er könnte gleich wieder auflegen, was sie irgendwie auch verstehen würde, weil das ja ungehörig sei, sich in anderer Leute Beziehungen einzumischen, aber jetzt müsse es eben sein. Die Worte kamen ihr ganz leicht über die Lippen, sie reihte Satz an Satz und verlor irgendwann auch die Angst, dass es jederzeit klick machen könnte.

»Astrid?« Pius' Stimme war erst nur ganz leise, dann folgte ein deutlicheres: »Astrid?«

Sie war vom Sprechen außer Atem, und Schweißperlen standen ihr auf der Stirn.

»Ja?«

»Was genau willst du mir eigentlich sagen?«

Dass das Leben manchmal ganz einfach ist. Wenn man nur die richtigen Entscheidungen trifft. Und auch mal über seinen Schatten springt. Stattdessen erklärte sie, und ihre Stimme klang ungewöhnlich klar: »Kristina liebt dich noch. Und sie braucht dich. Und wenn du das nicht begreifst, bist du … Verzeihung … dann bist du ein Idiot.«

Sie legte auf und hoffte, nicht den größten Fehler ihres Lebens begangen zu haben.

21

Den Zeh mit Pflaster umwickelt, die Tüte mit den Süßigkeiten in der Hand, stapfte Johann durch den Sand. Seine Kröte hatte schlappgemacht, angeblich war ihr schlecht. Na, sollte sie sich ruhig mal von ihm erholen, dann ging er eben allein auf die Pirsch. Er hatte keinen blassen Schimmer, wo Astrid und Kristina abgeblieben waren, vermutete jedoch, dass sie nicht mehr auf dem Parkplatz herumstanden, sondern irgendwo auf ihren Handtüchern lagen und sich sonnten. Bräune stand zwar nicht mehr hoch im Kurs, aber einen Hauch Farbe wollten die Damen vermutlich schon abbekommen. Vielleicht gingen sie auch baden, sie waren ja nicht so zimperlich und hatten sicherlich Bikini und Badeflops eingepackt.

Es war warm, das Meer lag wie eine spiegelglatte Fläche vor ihm, und nur wenige Urlauber tummelten sich am Strand. Es kamen ihm auch kaum Spaziergänger entgegen. Bloß einmal flanierte eine Dame in einem geblümten Badeanzug und mit knackig braungebrannten Schenkeln an ihm vorbei, sie grüßte sogar, nur leider Gottes war sie nicht seine Sirene.

Den Sonnenhut tief ins Gesicht gezogen, stiefelte Johann weiter. Die Blase am großen Onkel setzte ihm schon die ganze Zeit zu. Augenscheinlich waren Sandkörner zwischen Pflasterauflage und Haut geraten, was alles bloß noch schlimmer machte. Also ab damit. Autsch, tat das weh, aber er biss die Zähne zusammen. Indianer kannten ja keinen Schmerz.

Er wusch den Zeh im Meer ab, jetzt brannte die Stelle wie Feuer, und er fragte sich, wie er es nur schaffen sollte, sämtliche Hotels abzuklappern, die auf dem Weg lagen. Bisher war er lediglich in einem 2-Sterne-Schuppen gewesen, und schon da hatte man ihn wie einen Außerirdischen angestarrt, als er barfuß durch die Lobby gestapft war und an der Rezeption nach einer deutschen Signora gefragt hatte.

»Deutsche? Vieles Deutsche hier«, hatte der Mann gesagt und mit den Schultern gezuckt.

»Ja, aber die Deutsche, die ich suche, ist die Schwester einer anderen Deutschen, die hier mit einem Hotelier verheiratet ist.«

»*Prego?*«

Tja, und da hatte Johann einsehen müssen, dass seine Sprachkenntnisse doch nicht so gut waren, wie er bisher angenommen hatte, und dass er ohne seine Kröte verraten und verkauft war.

Noch zwei Hotels, nahm er sich vor, dann würde er umkehren und … Ja, was dann? Blieb ihm dann nichts anderes übrig, als sich in sein Schicksal zu fügen und unverrichteter Dinge, dafür aber mit einem Sack voll Süßigkeiten abzureisen?

Ein Pünktchen in weiter Ferne kam ihm entgegen. Aus

dem Pünktchen wurde ein Punkt, aus dem Punkt ein weibliches Wesen. Sein Herz gab Gas und pumpte das Blut wie verrückt durch seine Adern. Vielleicht war sie es ja, vielleicht lief sie ihm hier an diesem einsamen Sandstrand einfach in die Arme.

Die Frau kam rasch näher, aber nein, sie war jung und schlank und hatte kurze blonde Haare. Johann kniff angestrengt die Augen zusammen. Die sah doch aus wie Kristina! Aber wieso spazierte sie hier mutterseelenallein herum? Ohne ihre Busenfreundin Astrid an der Seite?

»Hallöchen!«, rief Johann und schwenkte die Arme.

Kristina winkte zurück und lächelte erfreut, als sie aufeinander zustrebten.

»Was machen Sie denn hier? Und wo ist Astrid?«

»Sie wollte sich ein bisschen ausruhen, vielleicht schwimmen gehen.«

»Und Lucie?«

Ihre Schultern hoben sich. »Sieht so aus, als wären wir zwei einsame Herzen.«

»Oh ja, das sind wir. Aber«, er wedelte mit dem Zeigefinger, »für uns soll es ja rote Rosen regnen, nicht wahr? Jetzt sagen Sie nicht, das Motto gilt nicht mehr für Sie.«

Die fesche Kristina verzog das Gesicht. »Doch. Schon. Nur hagelt es im Moment leider mehr Dornen.«

Johann taxierte sie voller Mitgefühl. Also hatte sie doch auf dem Parkplatz geweint. »Kann ich was für Sie tun?«

»Nein. Alles gut.« Sie lächelte schmerzlich, und Johann war Gentleman genug, nicht weiter in sie zu dringen. »Kommen Sie mit zurück zum Hotel? Oder wollen Sie noch weiterlaufen?«

»Also offen gestanden … Sehen Sie das Hotel da vorne? Diesen gelben Klotz? Da wollte ich mal kurz rein und was fragen. Und in dem dahinter auch.« Sein Zeh brannte zwar immer noch höllisch, aber er war doch ein harter Knochen, der nicht gleich bei jedem Wehwehchen schwächelte.

»Soll ich Sie begleiten?«

Im ersten Moment wusste er nicht so recht, was er davon halten sollte, im zweiten kam ihm jedoch eine Idee. Eine ziemlich brillante sogar, die lediglich einen winzigen Haken hatte. Er musste sie einweihen. Jetzt. Hier. Sofort.

»Kristina, Sie sprechen doch so fabelhaft Italienisch.«

»Also fabelhaft nun nicht gerade«, gab sie bescheiden zurück. »Sagen wir, ich kann mich ganz gut verständigen.«

»Wenn Sie mögen … aber nur, wenn es Ihnen wirklich nichts ausmacht … Könnten Sie etwas für mich übersetzen?«

Sie sah ihn überrascht an. »Gefällt Ihnen unser Hotel nicht? Oder planen Sie schon den nächsten Urlaub?«

»Weder noch. Ich bin in einer … sagen wir … geheimen Mission unterwegs.«

Eine Brise kam auf, und Kristinas glockenhelles Lachen wurde vom Wind davongetragen. »Das klingt jetzt aber spannend.«

»Ist es auch.«

Sie wies auf die Plastiktüte. »Hat die Mission vielleicht etwas damit zu tun?«

»Auch.« Stolz zeigte er ihr seine Ausbeute.

»Pralinen?«

»Langen Sie zu. Die sind köstlich.«

Kristina griff blind in die Tüte und fischte eine golden

umwickelte Praline heraus. *Venchi* stand in schwarzen Buchstaben auf dem Papier. »Edel, edel.«

»Gerade das Richtige, um einer schönen Dame den Hof zu machen.«

Kristinas blonde Augenbrauen wanderten ein paar Millimeter in die Höhe. »Wem wollen Sie denn damit den Hof machen?«

Sie knisterte mit dem Papier, dann biss sie, einen genüsslichen Seufzer ausstoßend, in die dunkle Schokomasse. Er hatte es gewusst. Bei Pralinen wurden alle Frauen schwach.

»Versprechen Sie mir, Astrid nichts zu sagen?«

»Na klar.« Sie schob sich den Rest der Praline in den Mund. »Aber warum darf sie nichts davon wissen?«

»Sie würde mich nur auslachen. Und wahrscheinlich tun Sie das auch gleich.«

»Das trauen Sie mir zu?«

Ihr Blick war so wohlwollend, so aufmunternd, dass Johann sich ein Herz fasste und ihr, während sie bereits den gelb getünchten Hotelkoloss ansteuerten, von seiner Sirene erzählte. Von der ersten Begegnung am Flughafen, wie der Plan in ihm gereift sei, sie zu suchen, bis zu dem Vorfall in der Metro. Er musste kurz stehen bleiben, um die Blase an seinem Zeh von den Sandkörnchen zu befreien.

»Jetzt halten Sie mich sicher auch für einen einfältigen alten Mann, nicht wahr?«

»Überhaupt nicht.«

»Nein?«

Ein engelhaftes Lächeln erhellte ihr Gesicht. »Ich hab mir nur gerade vorgestellt, wie das wäre … Also wenn ein Mann, den ich nur kurz am Flughafen kennengelernt hätte,

überall nach mir suchen würde. Und er hätte eine prall gefüllte Tüte mit Pralinen dabei.«

»Und?«

»Ich würde es wunderbar finden! Das ist so romantisch.«
Sie hob eine Muschel auf und pustete den Sand weg. »Es tut
einfach gut, zu wissen, dass es immer weitergeht. Dass man,
egal, wie alt man ist, noch flirten, jemanden kennenlernen,
sich vielleicht sogar verlieben kann.«

Johann nickte zwar, dachte sich aber seinen Teil. Sie
stellte sich das so leicht vor, das Flirten und Lieben, dabei
hatte er sich auf dem Flughafen unbeholfen wie ein Pimpf
angestellt. Das Alter war kein Spaziergang über den Pony-
hof! Natürlich verunsicherte es ihn, nicht mehr in vollem
Saft zu stehen, jeden Mann verunsicherte das, doch er ersparte sich einen weiteren Kommentar.

Kristinas Sprachkenntnisse waren wirklich ganz beacht-
lich. In seinen Ohren klang sie beinahe wie eine waschechte
Italienerin, als sie sein Anliegen vortrug. Aber schade, es
gab keine deutsche Signora, die mit dem Hotelbesitzer verheiratet war, weder in dem einen noch in dem anderen Hotel, und gedrückter Stimmung traten sie den Heimweg an.
Johann konnte kaum noch laufen, die Blase war aufgegangen und das rohe Fleisch darunter sichtbar.

Kristina war nicht nur redegewandt, sondern auch eine
patente Ärztin und bot ihm an, die Wunde gleich im Hotel
zu versorgen. »Sind Sie gegen Tetanus geimpft?«

»Ja, ja«, sagte er aufs Geratewohl. In Wahrheit wusste er
es nicht. Er ging nicht so oft zum Arzt, denn meistens, so
seine bittere Erfahrung, kam man kranker aus der Praxis
raus, als man reingegangen war.

»Sie werden die Frau schon finden«, sagte Kristina, als sie wieder auf der Straße standen.

»Was macht Sie da so sicher?«

»Eigentlich nichts.« Sie lachte hell auf. »Ich hab nur manchmal eine gute Intuition.«

Auf einmal hörte Johann es hinter sich hupen, und im nächsten Augenblick bremste eine rote Vespa neben ihnen. Er staunte nicht schlecht. War das tatsächlich Astrid, die da den Helm abnahm und sagte: »Na? Wer will eine Runde mit mir drehen?«?

*

Feiner Sandstrand, so weit das Auge reichte, das Meer azurblau bis zum Horizont, wo es in einen blassblauen Himmel überging. Lucie lief und lief. Sie wirbelte Sand mit den Zehen auf, ließ ihre Füße von zarten Wellen umspülen, manchmal stiefelte sie auch so weit ins Wasser, bis die hochgekrempelten Jeans nass wurden.

Kein Mensch war unterwegs. Nur einmal sah sie ein Pärchen bäuchlings auf neongrünen Handtüchern liegen. Die Hand des Jungen streichelte die nur knapp vom Bikinihöschen bedeckten Pobacken des Mädchens, und ein jäher Schmerz durchzuckte Lucie. Wie oft hatten sie und Pawel auf irgendeinem Bett gechillt, sein Zeigefinger war jeden einzelnen ihrer Wirbel nachgefahren, und er hatte ihr zärtlich zugeflüstert, wie schön sie sei. Zumindest am Anfang ihrer Beziehung. Später hatte er keine Zeit mehr mit Gesäusel verplempert, da war er gleich zur Sache gekommen.

Da! Der bizarre Felsen, der wie ein riesengroßer Schnabel ins Meer stieß, war perfekt für ihr Vorhaben. Mit Trippelschritten arbeitete sich Lucie bis zur Spitze vor und machte es sich auf einem Stein bequem. Unter ihr kräuselten sich die Wellen, und es roch so herrlich nach Meer, nach Glück pur. Doch in ihrem Pawel-Unglück konnte sie es kaum empfinden.

Ein gequälter Seufzer kam aus ihrer Kehle, als sie den Rucksack aufzog und Pawels Ringelshirt hervorzerrte. Er hatte es ihr geschenkt, damals, nach ihrer ersten Liebesnacht in Indien. Wochenlang hatte sie es wie einen Schatz gehütet und sich geschworen, es nie, nie, niemals zu waschen. Jetzt schnupperte sie ein letztes Mal daran, dann zog sie die Nagelschere, die sie ihrer Mutter aus der Kulturtasche stibitzt hatte, aus einem Seitenfach. Es war ziemlich mühselig, den Baumwollstoff mit einer so kleinen Schere zu zerschneiden, aber am Ende gelang es. Und Fetzen für Fetzen ließ sie das Erinnerungsstück an den Mann, den sie so geliebt hatte, ins Meer flattern.

»Verpiss dich!«, schrie sie. »Hau ab! Lass dich ja nie wieder blicken!«

Sie wusste nicht, wie lange ihr Wutausbruch gedauert hatte, als ein Schatten auf den Felsen fiel.

»*What are you doing there?*« Lucie fuhr herum und sah einen braungebrannten Kerl, vielleicht Mitte zwanzig, regungslos dastehen.

»*Nothing.*« Wie ertappt stopfte sie das, was noch vom Shirt übrig geblieben war, in den Rucksack.

»*Are you from England?*«

»*Germany.*«

»*Ah, very good!*« Der Typ schob sich die Retro-Ray-Ban-

Sonnenbrille ins wellige Haar und kam näher. »Dann können wir ja Deutsch reden«, schlug er nahezu akzentfrei vor. »Ich heiße Matteo.«

»Aha«, entgegnete Lucie bloß. Keine Frage, dieser Matteo sah blendend aus, aber sie hatte vorerst keinen Bedarf an Männern. Sie wollte sie nicht mal in ihrer Nähe haben, mal abgesehen von ihrem Großvater.

»Wenn ich wieder gehen soll …« Er machte eine vage Geste.

Lucie heftete ihren Blick aufs Meer, wo die T-Shirt-Fetzen auf der Wasseroberfläche tanzten. Spürte er nicht auch so, dass sie allein sein wollte? Und warum musste er jetzt auch noch Kaugummis rausholen und ihr einen anbieten?

Sie hob abwehrend die Hände. »Damit das klar ist. Ich brauch niemanden, der mich anbaggert.«

Matteo lachte. Ein wenig selbstgefällig, fast schon herablassend, und Übelkeit stieg in Lucie auf.

»Ich will dich nicht anbaggern. Wie käme ich auch dazu?« Er taxierte sie mit schräggelegtem Kopf. »Ich mag es nur nicht, wenn Menschen so traurig aussehen. Das tut mir in der Seele weh.«

Alles klar, jetzt kam er auch noch mit dieser Masche. Mister Einfühlsam. Darauf fielen die Frauen ja reihenweise rein.

»Du bist also immer nur happy?«

»Um Himmels willen, nein!« Er lachte leise, aber Lucie schnürte ihren Rucksack zu und zwängte sich an ihm vorbei. Geschickt hüpfte sie über die Steine und landete mit einem geschmeidigen Sprung auf dem Sand.

»Wart doch mal!«

»Du kannst dir abschminken, dass was zwischen uns läuft. Ich stehe nicht auf dich.«

»Ich auch nicht auf dich.«

Sie verharrte reglos und blickte ihm in die Augen, die so blau waren, dass sie fast schon irreal wirkten.

»Das war übrigens nicht persönlich gemeint«, fuhr er fort. »Ich stehe grundsätzlich nicht auf Frauen.«

Lucie dämmerte es, und sie musste grinsen.

»Echt wahr? Und das ist jetzt auch kein mieser Trick, und gleich fällst du über mich her?«

»Kein Trick.« Matteos Augen wurden schmal, als er ein zerknittertes Foto aus der Hosentasche zog und es ihr hinhielt. »Das ist mein Ex. Francesco.«

»Oh.« Sie erkannte einen Mann, der sie entfernt an Pawel erinnerte. Die Haare rotblond, nur trug er sie schulterlang, und er hatte eine ausgeprägte Hakennase. »Wie lange wart ihr zusammen?«

»Drei Jahre.«

»Oha.« Lucie fragte ihn, warum er das Foto noch bei sich herumtrage.

»Wieso hattest du noch das T-Shirt?«

»Welches T-Shirt?«, stellte sie sich dumm. Es war ihr peinlich, dass der Italiener sie bei so einer kindischen Aktion erwischt hatte.

»Na das, das du zerschnitten und ins Meer geworfen hast. Das hast du doch sicher nicht getan, weil es verschwitzt war, oder?«

Sie wollte nicht und musste nun doch lachen.

»Ja, okay, das T-Shirt hat mal Pawel gehört«, gestand sie.

»Der ist auch mein Ex. Er hat mich heute vor drei Wochen verlassen.«

»Das tut mir leid. Bei mir ist es jetzt … Moment«, er rechnete wie ein Vorschulkind mit den Fingern, »fünfeinhalb Wochen her.«

»Dann hast du ja das Schlimmste überstanden, oder?«

Er zog die Schultern hoch. »Ich glaube, das Schlimmste fängt erst noch an. Kommst du mit, was trinken?«

Und weil Lucie fand, dass der schwule, von Liebeskummer gebeutelte Matteo sie vielleicht etwas von ihrem eigenen Kummer ablenken könnte, sagte sie ja.

22

Da hatten die beiden aber verblüfft dreingeschaut, allen voran Opa Johann. Astrid auf einer Vespa – das hätte ihr wohl niemand zugetraut. Sie sich selbst am allerwenigsten. Doch befeuert von dem Gedanken, dass sie hier und heute lebte und den einen Punkt auf ihrer imaginären Liste eigentlich auch schon jetzt in die Tat umsetzen konnte, war sie beherzt in den Motorroller-Verleih getreten. Die Formalitäten waren rasch erledigt, und schon ließ man sie motorisiert auf die Menschheit los. Astrid drehte ein, zwei Proberunden auf dem Parkplatz, dann fädelte sie sich mutig in den Straßenverkehr ein. Sie hatte kein Ziel, sondern fuhr einfach drauflos, immer die Küste entlang. Zur Linken erstreckten sich Campinganlagen, die um diese Jahreszeit noch nicht geöffnet waren, dazwischen standen wie hingetupft Eisdielen, Bars und Pizzerien, die ebenso verwaist aussahen. Plötzlich endete die Straße, Astrid setzte den Blinker und bog links in den Ort ab. Kreuz und quer ging es durch die Straßen, mal kroch sie im Schritttempo, mal ging es schneller voran, und irgendwann landete sie wieder am *Lungomare* – geschätzte hundert Meter vom Hotel entfernt –, wo sie auf Opa Johann und Kristina gestoßen war. Während ihr Schwiegervater kein Wort über die Lippen brachte, hatte sich Kristina, ohne zu zögern, den zweiten Helm geschnappt, den Astrid vorsichtshalber gleich mit ausgeliehen hatte, und jetzt knatterten die beiden in entgegengesetzter Richtung über die Küstenstraße. Das Meer lag nun zu ihrer Linken, der Wind blies Astrid unter den Rock, und sie fühlte sich plötzlich so frei, als hätte sie die letzten zwanzig Jahre ihres Lebens in einem Gefängnis zugebracht. Vielleicht hatte sie das auch. Das Gefängnis namens Familie. Später war noch ihr Job hinzugekommen, der, so erfüllend er auch sein mochte, wieder neue Zwänge mit sich gebracht hatte.

»Kristina!«, schrie Astrid aus vollem Hals.

»Oh mein Gott, was ist denn?«

»Ich glaube, ich könnte jetzt sterben!«

»Besser nicht!«, rief ihr die Freundin von hinten ins Ohr. »Wäre schade um die Vespa!«

Ihr Lachen wurde vom Wind verschluckt, und Astrid wusste, dass dieser Tag in ihrer Erinnerung ein ganz besonderer bleiben würde.

Der Ausbruch aus Raum und Zeit dauerte bloß einen gefühlten Wimpernschlag, dann wendete Astrid, und besonnener als eben ging es denselben Weg zurück. Gleich hinter dem Ortsschild befand sich eine Bar, und dort saß ihre Tochter. Aber sie war nicht allein. Ein junger Mann fläzte neben ihr, das hatte Astrid ebenfalls im Bruchteil einer Sekunde wahrgenommen. Sie bremste ab und flutschte über den Seitenstreifen in eine Parklücke.

»Das war doch eben Lucie.«

»Ja, mir war auch so.«

»Und der Typ? Hast du den gesehen?«

Kristina nickte und lockerte den Gurt ihres Helms. »Soll sie sich ruhig amüsieren.«

»Sie ist doch gerade erst frisch von Pawel getrennt. Und hat schon wieder einen Neuen am Haken?«

»Na und? Sie ist jung. Als ich in ihrem Alter war …«

Astrid wollte gar nicht so genau wissen, was Kristina in Lucies Alter alles angestellt hatte, und erklärte: »Ich kenne aber meine Tochter. Wahrscheinlich verliebt sie sich wieder Knall auf Fall, und danach ist der Katzenjammer umso größer. Du weißt ja nicht, wie das ist, wenn man monatelang ein liebeskrankes Kind trösten muss.«

»Und was willst du tun? Zu ihr gehen und ihr eine Moralpredigt halten? Besser, du mischst dich da nicht ein.«

Kristina sah sie mit einem Mal so feindselig an, dass Astrid der Schreck in die Glieder fuhr. Vielleicht hatte sich Pius nach Astrids Anruf ja umgehend bei seiner Frau gemeldet, und die war alles andere als erbaut gewesen, dass Astrid zum Hörer gegriffen hatte. Andererseits wäre sie dann wohl kaum so fröhlich mit ihr Vespa gefahren.

»Kristina«, begann Astrid, doch ihre Freundin fuhr ihr über den Mund: »Ich hab keine Kinder, okay. Aber stell dir vor, ich weiß trotzdem, dass man ihnen eigene Entscheidungen zugestehen soll. Besonders, wenn sie schon erwachsen sind.«

»Espresso?«, fragte Astrid versöhnlich, und schon einen Moment später umspielte die Andeutung eines Lächelns Kristinas Mundwinkel.

»Klar. Espresso.«

*

Lucie saß mit Matteo im Halbschatten einer Bar. Sie nippte an ihrem *Crodino,* und alle Schwermut schien wie weggeblasen. Es war Matteos angenehme unaufgeregte Art, die ihr guttat. Er interessierte sich für sie, wollte aber nichts von ihr – perfekt für einen faulen Nachmittag am Meer. Vielleicht war es auch einfach nur Balsam für die Seele, den Schmerz einer gescheiterten Amour fou zu teilen, den Liebeskummer in allen seinen Facetten. Lucie erfuhr, dass Matteo als Deutschlehrer in einem der Nachbarorte arbeitete und sein elf Jahre älterer Freund ihn wegen eines Jüngeren verlassen hatte. Schnöde abserviert. Das empörte ihn am meisten. Dass er, gerade mal 26, seinem 37-jährigen Freund zu alt gewesen war. Jetzt war sein Ex mit Silvio liiert, einem Römer aus reichem Haus, der sein Studium abgebrochen hatte, um in San Felice Circeo für einen Krimi zu recherchieren. Und Matteo fürchtete nichts mehr, als den beiden über den Weg zu laufen.

»Aber warum bist du dann überhaupt hier?«, wollte Lucie wissen.

Seine Schultern hoben und senkten sich. »Keine Ahnung. Bin wohl Masochist.«

»Jetzt noch mal für die Doofen. Du willst die Frischverliebten auf keinen Fall treffen, bist aber hergekommen, um sie womöglich sogar beim Händchenhalten zu erwischen?«

Matteo lachte bitter auf. »Ja, ich weiß, ich bin nicht ganz normal. Aber ich muss endlich mit der Sache abschließen. Du hattest ja immerhin ein T-Shirt, das du zerschneiden konntest.«

So absurd das auch war, Lucie konnte ihn verstehen.

Wenn man liebte, tat man oft Dinge, die für Außenstehende nicht nachvollziehbar waren.

Mit einer energischen Bewegung fegte Matteo Chipskrümel vom Tisch. »Jetzt haben wir aber genug von diesem Idioten geredet. Wie sieht es mit deinem aus?«

»Mit meinem Idioten?« Lucie gluckste leise. »Ich glaub, über den gibt es nicht viel zu sagen.«

Doch Matteo ließ nicht locker, er wollte alles ganz genau wissen. Wie es im Sprachkurs in Venedig mit Pawel angefangen habe, wie sie darauf gekommen seien, nach Indien zu fliegen, und warum sich ausgerechnet die große Reise, ein Highlight für jeden Normalsterblichen, als Stolperstein entpuppt habe. Lucie erzählte chaotisch und ohne jede Struktur. Immer wenn es um Pawel ging, hakte irgendwas in ihr aus, und ihre Emotionen brachen ungefiltert aus ihr hervor. Über Umwege kam sie auf die Österreicherin zu sprechen, die zwar eine gewisse Rolle gespielt habe, jedoch nicht der Auslöser gewesen sei.

»Sondern?«

Lucie überlegte nicht lange und sagte: »Es war der Sex.« Bisher hatte sie das niemandem anvertraut und auch geglaubt, dass dies so bleiben würde. Umso mehr wunderte sie sich darüber, dass bei Matteo alle bisher geltenden Vorbehalte außer Kraft gesetzt schienen. Er war Vertrauter und Fremder zugleich, was es leichter machte, über intime Dinge zu sprechen – selbst über Pawels absonderliche sexuelle Vorlieben.

»Man sollte nie etwas tun, bloß um anderen einen Gefallen zu tun«, sagte Matteo, nachdem sie zum Ende gekommen war. »Und das bezieht sich nicht nur aufs Bett.«

Das Gespräch versandete, und Lucie blickte aufs Meer. Am Horizont zog eine graue Wand auf. Ob es noch regnen würde? Sie mochte es, wenn das Meer in Aufruhr war, wenn Wellen gegen die Küste peitschten und Gischt aufspritzte. Dann suhlte es sich umso schöner im bittersüßen Weltschmerz.

Matteo hatte Lust auf Zitronentörtchen und Espresso und bestellte für sie beide.

»Was tust du sonst so?«, fragte er, als der Kellner wieder reingegangen war. »Ich meine, außer wegen Pawel leiden?«

»Pfff«, machte sie und hatte plötzlich einen üblen Geschmack im Mund. »Pharmazie. Zweites Semester.«

Matteo taxierte sie mitleidig. »So schlimm?«

»Schlimmer als schlimm.«

»Aber warum hast du damit angefangen?«

»Ach.« Eine kleine Pause trat ein. »Eigentlich habe ich es meiner Mutter zuliebe getan. Was ein Riesenfehler war.«

»Das tut mir leid.«

Der Kellner brachte den Espresso und den Kuchen, der so zitronig, cremig und einfach nur himmlisch schmeckte, dass der eklige Geschmack in ihrem Mund verschwand. Matteo beäugte das Törtchen zunächst kritisch von allen Seiten, bevor er einen Happen probierte. »Was hättest du denn gerne gemacht?«

»Keine Ahnung. Das ist ja das Problem.« Wütend über sich selbst stieß sie hervor: »Ich habe keine Leidenschaften! Nichts, was mich so brennend interessiert, dass ich es unbedingt zum Beruf machen möchte. Selbst das mit Indien … Ohne Pawel wäre ich garantiert nicht hingeflogen.«

Matteo schenkte ihr ein aufmunterndes Lächeln. »Das glaube ich dir nicht. Jeder hat was, wofür er brennt.«

»Da bin ich wohl die Ausnahme.«

»Ganz sicher nicht. Manchmal muss man es nur erst aus sich herauskitzeln.«

»Ist Lehrer denn dein Traumberuf?«

»Oh ja, auf jeden Fall!« Er erzählte, dass er als Sechzehnjähriger ein Jahr als Austauschschüler in Göttingen verbracht habe – daher also sein gutes Deutsch – und dort so unsterblich in seinen Lehrer verliebt gewesen sei, dass er ihm auch beruflich habe nacheifern wollen.

»Okay, dann kitzle mal schön was aus mir raus«, verlangte Lucie und verschränkte die Arme vor der Brust.

Matteo brach in schallendes Lachen aus. »Weißt du, wie du jetzt aussiehst? Wie ein trotziges kleines Mädchen.«

Ja, wahrscheinlich war sie das auch. Trotzig und manchmal auch ein wenig unbarmherzig sich selbst gegenüber.

»Was hat dir in diesem und im letzten Jahr am meisten Spaß gemacht?«, fuhr er mit ernster Miene fort.

»Keine Ahnung.«

»Na los! Irgendwas wird dir doch Freude gemacht haben.«

Lucies Gedanken schweiften unweigerlich nach Venedig. Sie dachte daran, wie sie mit ihrer Mutter, ihrem Großvater und all den Verrückten im Italienischkurs gesessen hatte und was für eine bizarre Konstellation das doch eigentlich gewesen war.

»Und?«

»Na ja, der Italienischkurs in Venedig. Vielleicht das.«

»Aha? Und warum?«

»Das Lernen ist mir leichtgefallen. Aber ich weiß nicht ...«
Sie brach ab.

»Was weißt du nicht?«

»Vielleicht war ich nur wegen Pawel so angefeuert.«

»Vielleicht aber auch nicht«, widersprach er. »Könnte ja sein, dass Sprachen dein Ding sind.«

»In der Schule war das ganz und gar nicht so.«

Matteo versenkte eine beträchtliche Menge Zucker in seinem Espresso. »Und wenn schon. Wichtig ist nur, was dir jetzt Spaß macht.« Er grinste sie über den Rand der kleinen Tasse hinweg an. »Oder ist es einfach nur Italien?«

Sie grinste zurück. »Das ganz bestimmt. Nenn mir einen Menschen, dem Italien nicht gefällt.«

Sie ließen das Thema fallen und redeten weiter über dies und das, doch gleichzeitig überschwemmte eine nicht zu bändigende Gedankenflut Lucies Hirn. Berlin ... Pharmaziestudium ... Venedig ... Italien ... Sprachen ... Auch wenn sie noch keine konkrete Idee hatte, erschienen ihr allein die letzten drei Wörter wie ein Silberstreif am Horizont.

Es war bereits später Nachmittag, als sie aufbrachen, nicht ohne vorher ihre Mailadressen und Handynummern auszutauschen.

»Vielleicht sieht man sich mal wieder«, sagte Matteo mit warmem Lächeln.

»Das wäre cool«, gab Lucie zurück. »Und danke.«

»Wofür?« Matteo sah ehrlich überrascht aus.

»Für den schönen Tag. Ohne dich hätte ich ihn heulend verbracht.«

»Ich wahrscheinlich auch.«

Die Verabschiedung fiel innig aus – Lucie hatte einen neuen Freund gewonnen, vielleicht nur für einen Tag, vielleicht auch für länger –, und beschwingt schlug sie den Weg Richtung Hotel ein.

Die Wolkenfront kam schneller heran, als sie vermutet hatte. Schon strich ihr eine kühle Brise über die nackten Arme, und sie beschleunigte ihren Schritt.

Sie musste es ihrer Mutter endlich sagen, das war ihr durch das Gespräch mit Matteo klargeworden. Ihre Entscheidung war sowieso längst getroffen, nur wusste noch niemand davon. Aber wie sollte sie diese ihren Eltern schonend beibringen, ohne dass Ausraster, Weinkrämpfe und dramatische Szenen die Folge waren?

Opa Johann. Opa Johann musste helfen. Er war alt. Sehr alt. Und doch hatte er mehr Durchblick als alle anderen in ihrer Familie.

*

Es hämmerte gegen die Tür, und Johann zuckte zusammen.

Herrje, was war denn jetzt schon wieder los? Und wo war er überhaupt? Benommen tastete er die Matratze ab, aber auch das brachte ihm keine Erleuchtung. Er schlug die Augen auf. An der Decke hing eine Kaskadenlampe, wie sie in den Siebzigerjahren modern gewesen war. Er stemmte sich ein paar Zentimeter hoch, und als er den massiven Holzschreibtisch erblickte, auf dem sein karierter Koffer lag, fiel bei ihm der Groschen. Er war am Meer in Italien, sein großer Onkel mit der schlimmen Blase puckerte wie verrückt, und die Dame vom Flughafen hatte er auch noch nicht gefunden. Abermals klopfte es.

»Johann?« Das klang ganz nach der feschen Kristina.

»Ja. Komm ja schon!«

Er schlüpfte in die weißen Hotelfrotteeschlappen und schlurfte, die Sommerhose auf halb acht, zur Tür. Gürtel zu, dann machte er auf.

»Es tut mir so leid, Johann, Astrid und ich haben völlig die Zeit vergessen.« Kristina hielt ein Päckchen Pflaster und eine kleine Flasche hoch. »Sind Sie bereit?«

Er nickte.

Knappe fünf Minuten später war er verarztet, das Desinfektionsmittel hatte abscheulich gebrannt, aber er fühlte sich wie ein Soldat, der keinen Mucks tat, wenn man ihm das Bein ohne Betäubung amputierte.

Kristina blickte auf die Uhr. »Wissen Sie was? Bis zum Abendessen ist es ja noch ein Weilchen hin.«

Er nickte seinem verbundenen Zeh zu, der wirklich zu schnuckelig aussah. Astrid hatte vorgeschlagen, gemeinsam in eine Pizzeria im Ort zu gehen – Lucie und wohl auch ihm zuliebe. In diesem Punkt waren er und seine Enkelin sich sehr ähnlich. Lieber hatten sie eine handfeste Pizza auf dem Teller als krabbeliges Fischzeug, das womöglich nicht mal richtig tot war.

»Wenn Sie mögen, setzen wir uns ins Auto und klappern noch ein paar Hotels ab«, schlug sie vor.

»Das würden Sie wirklich für mich tun?«

»Sehr gerne sogar.«

»Und was ist mit Astrid?«

»Sie wollte sich ausruhen, und ich hab ihr gesagt, dass ich einen Espresso trinken gehe.«

»Na, dann Abmarsch.«

Der Verband war fachmännisch angelegt, und Johann schaffte die paar Meter zum Auto, ohne dass ihm der Schmerz durch Mark und Bein ging. Die Qualen kamen erst später, allerdings waren sie eher seelischer als körperlicher Natur, denn seine Sirene war partout nicht aufzufinden, und auch später, als sie im Schritttempo durch die Einkaufsstraße mit ihren vielen Geschäften fuhren, konnte er sie nirgends entdecken.

»Wissen Sie was, Johann?« Kristinas mitfühlender Blick streifte ihn. »Ich suche jetzt einen Parkplatz, und dann gucken wir uns hier noch ein wenig um.«

Kaum ausgesprochen, flutschte sie schon in eine Parklücke. Das Mädel war wirklich eine ganz famose Person. Patent, nicht auf den Mund gefallen und so rührend um ihn besorgt, dass es ihn fast beschämte. Auf jeden Fall würde er sich mit einem großzügigen Pralinengeschenk bei ihr bedanken, das verstand sich von selbst. Nur im Moment wollte er nicht mehr; die Luft war raus.

»Das ist ausgesprochen reizend von Ihnen, Kristina.« Er massierte sich die Brust, da sein Herz nun doch ein bisschen weh tat. »Aber fahren wir weiter. Ich muss mich damit abfinden, dass ich sie nicht finde. Ich bin ein törichter alter Mann, der eine törichte Idee hatte, und jetzt ist der törichte alte Mann eben auf die Schnauze gefallen. Schnurz.«

Kristina versuchte, ihm das auszureden, doch es half alles nichts, den Sachverhalt zu beschönigen. Es war nun mal, wie es war.

Als sie den Wagen auf dem Parkplatz des Hotels geparkt hatten und Johann die Wagentür aufstieß, kam ein kleines, struppiges Hündchen auf ihn zugelaufen.

»Na, wer bist du denn?« Er beugte sich zu dem winseln-den Fellknäuel runter. Seine Gelenke knackten und knirschten, aber der Hund war so drollig, dass er dafür je-den Schmerz in Kauf nahm.

»Der hat wohl niemanden, der sich um ihn kümmert«, sagte Kristina. »Davon gibt's hier ja viele.«

»Was? Du hast kein Herrchen? Was bist du denn für ein armer Wicht!« Das Hündchen fiepte und wedelte mit dem Schwanz, als Johann es auf den Arm nahm und mit Kose-worten überschüttete. Einen Wimpernschlag später war er verliebt. Und zwar so unsterblich, dass selbst die Dame vom Flughafen für einen Moment dagegen verblasste.

23

Astrid warf einen letzten Blick aufs Meer, sog die salzige Luft tief in die Lungen, dann stieg sie zu den anderen ins Auto. *Arrivederci, San Felice Circeo!* Es war wundervoll gewesen, ein Glanzpunkt im Alltagsallerlei, und sie wusste, dass sie noch eine ganze Weile von der Fahrt mit der Vespa zehren würde. Vielleicht sogar mehr als von Rom, vom Palazzo in Frascati, von Sonne, Meer und Strand. Noch am Abend hatte sie mit Thomas telefoniert, der sich von ihrer Euphorie hatte anstecken lassen und sich für sie schlaumachen wollte. Über seine Kunden im Erotikshop hatte er Kontakte zu Auto- und Rollerhändlern, die ihm sicher einen guten Preis machen würden.

Sie fuhren los, ließen San Felice Circeo hinter sich und bogen einige Kilometer später auf die Schnellstraße ab. Das Wetter konnte kaum schöner sein – nachdem es gestern Abend geregnet hatte, schien nun wieder die Sonne –, doch die Stimmung war nicht die beste. Lucie klagte über Übelkeit. Sie hatte die viel zu käselastige Pizza nicht vertragen und zum Frühstück gerade mal ein halbes Croissant runtergebracht. Opa Johann döste neben seiner Enkelin auf der Rückbank. Zwischen ihnen lag eine prall gefüllte Plastiktüte mit Pralinen und Schokolade. Es war Astrid schleierhaft, warum er, der doch am liebsten Gummibärchen aß, so viel davon eingekauft hatte.

Auch Kristina war ungewöhnlich still. Womöglich hatte sich Pius nun doch bei ihr gemeldet und sich über Astrids Einmischung in ihre persönlichen Angelegenheiten beschwert. Und weil Kristina da wohl ganz seiner Meinung war, strafte sie Astrid nun mit Schweigen. Aber was hatte sie auch erwartet? Dass ihr Plan aufging und Pius sofort angereist kam, um seine Frau zurückzuerobern?

Ohne Zwischenstopp brausten sie über die Schnellstraße. Da auch von den beiden Halbtoten auf der Rückbank kein Gespräch zu erwarten war, blickte Astrid aus dem Fenster und überließ sich dem einschläfernden Brummen des Motors. Als Kristina viele Minuten später den Blinker setzte und Richtung Frascati abfuhr, kam ein fiependes Geräusch von hinten. Lucie? Astrid drehte sich um und sah ihre Tochter forschend an.

»Was denn, Mami?«, blaffte die.

»Alles gut, Spatz?«

»Ja, soweit alles gut sein kann.« Sie stöhnte genervt und schloss die Augen.

»Johann?«

Doch ihr Schwiegervater schaute bloß abwesend aus dem Fenster. Astrid wusste nicht, in welcher Welt er sich gerade befand, auf jeden Fall nicht in ihrer.

Wieder fiepte es, und Astrids Kopf flog abermals herum.

»Was zum Teufel ist das?«

»Hä?«, machte Lucie.

»Was für ein Geräusch ist das?«, wiederholte Astrid.

»Ich hör nix«, sagte Opa Johann.

Typisch. Er hörte wie ein Luchs, allerdings nur dann, wenn er es wollte.

»Entspann dich mal, Mami«, sagte Lucie. »Du kriegst sonst Falten.«

Astrid wollte ihre Tochter gerade darüber belehren, dass auch sie später mal Falten bekommen würde, als Kristina sich einschaltete: »Das hab ich jetzt aber auch gehört, Lucie.« Sie klang aufgeräumt. Offenbar hatte Astrid sich nur eingebildet, dass sie verstimmt war.

»Das Auto ist ja nicht mehr das jüngste«, meldete sich Opa Johann zu Wort. »Das muckt schon mal.«

Im nächsten Moment bellte ein Hund. Ja, unverkennbar ein Hund! Und augenscheinlich befand er sich in ihrem Wagen.

»Kristina, halt sofort an!«

»Sofort geht nicht. Siehst du doch.«

Sie schlichen hinter einem Dreiradauto her, rechts von ihnen befand sich die Leitplanke, hinter ihnen hupte ein BMW und blendete immer wieder auf, dann kam wie aus dem Nichts ein Sportwagen angerast, schoss pfeilschnell an ihnen vorbei und schaffte es gerade noch, wieder einzuscheren, bevor es einen Frontalcrash mit einem entgegenkommenden Fahrzeug gab.

»Himmel, Arsch und Zwirn!«, rief Opa Johann aus. »Das war knapp.«

Astrid knetete sich die schweißnassen Hände und war froh, als hundert Meter weiter eine Tankstelle in Sicht kam und Kristina den Wagen von der Straße lenkte. Der Hund, den entweder Lucie oder Johann auf der Rückbank versteckt hielt, hatte aufgehört zu kläffen. Diesen Part übernahm nun Astrid, als sie sich nach hinten drehte: »Wo ist das Vieh?«

»Reg dich erst mal ab, Mami. Sonst kriegst du zusätzlich zu den Falten noch einen Herzinfarkt.«

»Find ich aber auch«, sagte ihr Schwiegervater und grinste unpassenderweise.

»Wo ist der Hund?«

»Also ich bin unschuldig«, verteidigte sich Lucie und hob die Hände, als würde Astrid eine Pistole auf sie richten.

Opa Johann beugte sich vor. »Na, dann komm mal her, du kleiner Racker. Die gute Astrid möchte dich kennenlernen. Aber benimm dich, ja?«

Unter Ächzen faltete er sich hinter dem Rücksitz zusammen, und als er wieder hochkam, schaukelte er einen ausgebeulten Umweltbeutel wie einen Dummy im Arm. Der zugegebenermaßen putzige Kopf einer beige-weißen Promenadenmischung mit dunklen Knopfaugen wurde sichtbar. Der Hund freute sich so sehr, ans Tageslicht zu kommen, dass er fast einen Purzelbaum auf Opas Schoß schlug.

Kristina hatte den Kopf schief gelegt und sagte schmunzelnd: »Na, der kommt mir jetzt aber ziemlich bekannt vor.«

Opa Johann nickte, mehr stolz als schuldbewusst.

»Heißt das, du hast den Hund heute Nacht in deinem Zimmer versteckt?«, wollte Astrid wissen.

»Nicht versteckt. Er hat bei mir geschlafen. Wo soll er sonst auch hin? Er hat ja kein Herrchen.«

»Woher willst du das so genau wissen?«

»Weil …« Er blickte hilfesuchend zu Kristina.

»Moment, Johann«, entgegnete diese, »ich hab aber nicht gemeint, dass Sie ihn einfach mitnehmen sollen.«

Astrid sagte nichts mehr. Was auch? Vor ein paar Tagen war alles noch ein federleichter Spaß gewesen. Sie und ihre beste Freundin in Italien. Sie hatten das frühsommerliche Wetter genossen, intensiv miteinander geredet, und auch wenn ihre Gespräche bisweilen mehr als an die Substanz gegangen waren, hatten sie eine so schöne Zeit zusammen verbracht. Jetzt hockte sie hier mit ihrer von Liebeskummer gebeutelten Tochter, ihrem Schwiegervater, der mitten in seiner wohl allerletzten Pubertät steckte, und einem verlausten herrenlosen Hündchen, und die Erinnerung an ihre wilde Fahrt auf der Vespa verblasste mehr und mehr.

»Johann, du setzt jetzt sofort diesen Hund raus, dann fahren wir weiter, und bis zum Ende der Reise benimmst du dich bitte mal wie ein Mann.«

»Wieso bin ich denn kein Mann, nur weil ich einen Hund gerettet habe? Andere kriegen dafür einen Orden. Mindestens.«

»Darf ich mal, Opi?« Lucie hatte wieder Farbe bekommen.

»Natürlich, Kröte.«

Er reichte seiner Nichte den Hund, der sogleich an ihr herumzuschlecken begann und dabei so anrührend fiepte, dass auch Astrids Herz für die Dauer eines Atemzugs weich wurde.

»Ja, du bist ein ganz Feiner«, flüsterte Lucie, die Nase in sein Fell gepresst.

Wie fein der Hund tatsächlich war, stellte er gleich darauf unter Beweis, indem er das Bein hob und den Sitz anpinkelte.

»Fuck!« Lucie riss die Tür auf und schubste den armen Welpen, der ja am allerwenigsten etwas dafür konnte, dass Opa Johann ihn seit über einer Stunde in einem Umweltbeutel quälte, aus dem Wagen.

»Und jetzt? Was machen wir mit ihm?«, wollte sie wissen, als alle ausgestiegen waren.

»Nichts. Er bleibt hier«, entschied Astrid entnervt.

Doch Lucie und Johann empörten sich, dass das unmenschlich sei, und auch Kristina befürchtete, er könne auf die Autobahn laufen und überfahren werden.

»Also gut«, beschloss Astrid. »Dann nehmen wir ihn mit und erkundigen uns im Hotel nach einem Tierheim.«

Lucie tippte sich an die Stirn. »Tierheim. Mami, auf welchem Planeten lebst du eigentlich?«

»Macht doch, was ihr wollt, aber behelligt mich nicht weiter damit.«

Johann seufzte, Lucie wischte etwas Hundepipi von ihrem Shirt, und Kristina trank aus der Wasserflasche, als wäre sie am Verdursten. Dann fing Lucie die Promenadenmischung wieder ein, und sie fuhren weiter Richtung Frascati.

*

Lucie war schlecht. Die Übelkeit kam in Wellen, mal flaute sie ganz ab, doch kaum aß sie etwas, begann das elende Spiel von neuem. Schon seit einigen Tagen ging das so, und nach und nach beschlich sie ein übler Verdacht. Froh, dass der Wagen endlich die Einfahrt zum Hotel hochrollte und abbremste, stieß sie die Tür auf.

»Seid mir nicht böse, ich leg mich hin«, sagte sie und stapfte schon über den Kiesweg zur Rezeption.

Egal, wie süß das Hündchen war, sie brauchte jetzt ihr Bett. Decke über den Kopf und tot stellen. Zum Glück ließ ihre Mutter sie in Ruhe. Nur einmal schaute Opa Johann rein und brachte ihr einen Schokoriegel und ein Sandwich, was sie beides nicht anrührte. Ersatzweise vertrieb sie sich die Zeit damit, zu dösen, die Sommersprossen auf ihren Handrücken zu zählen oder einfach durch die offenstehende Terrassentür ins Grüne zu starren.

Erst am Nachmittag – sie war vor Erschöpfung, vor Langeweile, vor was auch immer eingeschlafen – ging es ihr wieder besser. Sie lief rüber ins Bad, und als das heiße Duschwasser auf sie niederprasselte, stellte sie sich endlich die alles entscheidende Frage: Wann hatte sie zuletzt ihre Tage gehabt? In Indien, klarer Fall, aber wann genau? Hatte sie zu Hause stets akribisch Buch über ihre Periode geführt, war sie während der Reise nachlässig geworden. Sie hatte ja nur ihren Rucksack dabeigehabt, und darin lag, auch wenn sie sich auf das Allernötigste beschränkt hatte, alles kreuz und quer durcheinander: Klamotten, Handtücher, Bücher, Papiere, Waschsachen.

Im Geiste hörte sie schon ihre Mutter predigen: »Spatz, habt ihr denn nicht verhütet?«

Doch, das hatten sie – aber wohl nicht immer. Lucie wusste selbst nicht genau, warum. Vielleicht hatte es an der Hitze gelegen, dass ihr Verstand zeitweise auf Stand-by-Modus geschaltet war. Und dann hatte Pawel sie auch immer so bedrängt. »Mach schon, *Kochanie*! Wird schon nichts passieren.«

Erneut klopfte es an der Tür. Bestimmt ihre Mutter, der sie ja wohl schlecht den Zutritt zum gemeinsamen Zimmer verwehren konnte.

»Einen Moment!« Lucie streifte sich eilig den Hotelbademantel über und öffnete. »Ach, du schon wieder.«

Opa Johann stand in den weißen Hotelschlappen im Flur. Er trug ein frisches Hemd, hatte sein spärliches Haar sorgsam gekämmt und roch kilometerweit nach Kölnischwasser.

»Wollte nur mal nach dir sehen. Geht's dir besser?«

Lucie nickte. »Wo sind Mami und Kristina?«

»Nach Frascati gefahren. Soll dir schöne Grüße ausrichten.«

»Und du?«

Ihr Großvater schlurfte ins Zimmer und setzte sich ungefragt aufs Bett. »Ich hab mich auch aufs Ohr gehauen. Und den lieben Gott einen guten Mann sein lassen.«

»Wo ist der Hund?« Lucie wickelte sich ein Handtuch um die nassen Haare, dann schlüpfte sie unter das Laken.

Opa Johann tat total unbeteiligt. »In meinem Zimmer, wieso?«

»Ich fass es nicht! Mami dreht durch, wenn sie das rauskriegt.«

»Muss sie ja nicht rauskriegen. Es sei denn, du petzt. Aber so was tust du ja nicht, oder?«

Lucie verneinte. Es war ein unausgesprochenes Abkommen zwischen ihr und ihrem Großvater, dass niemand den anderen in die Pfanne haute.

»Aber was soll das? Du kannst den Hund sowieso nicht mit nach Deutschland nehmen.«

Wortlos rupfte ihr Großvater Baumwollknötchen von der Decke und rollte sie zu einer kleinen Kugel. Er wollte doch etwas von ihr und traute sich bloß nicht, damit rauszurücken.

»Okay, Opi, sag schon. Was soll ich machen?«

Er blickte auf, und ein Lächeln zeigte sich auf seinem Gesicht. »Mal was für mich im Internet nachgucken. Du bist doch so auf Zack mit deinem Handy.«

»Und was?«

»Wie das ist, wenn man einen Hund aus dem Ausland mitnehmen will. Ich mein, im Prinzip stört der kleine Racker doch gar nicht im Flugzeug, so winzig, wie er ist. Und wenn ich ihm gut zurede, bellt er auch nicht.«

»Aber er pinkelt alles an, was nicht bei drei auf dem Baum ist.«

»Gibt's nicht auch Hundewindeln?«

»Opi!«

»Du sollst ja bloß mal nachschauen!«

Und nur, weil ihr Großvater so herzerweichend dreinblickte, versprach sie ihm, im Internet zu recherchieren.

»Danke. Du bist die Allerallerallerbeste.« Er gab ihr einen Kuss auf die Stirn, dann stand er auf. An der Tür drehte er sich noch mal um und musterte sie aus schmalen Augen. »Kröte, wieso ist dir eigentlich immerzu schlecht?«

Ein Ruck ging durch Lucies Magen. Ihr Großvater mochte alt sein, ganz doof war er nicht. »Wie meinst du das jetzt?«

»Ist dir der Liebeskummer auf den Magen geschlagen?«

»Sieht so aus«, sagte sie erleichtert. Eine andere Möglichkeit schien er gar nicht in Betracht zu ziehen.

»Na gut. Bei Liebeskummer darf einem schon mal schlecht sein.«

Wie aufs Stichwort traten Lucie Tränen in die Augen.

»He, jetzt wird hier aber nicht geflennt.« Im nächsten Moment war er wieder bei ihr.

»Tu ich ja gar nicht.« Mist. Brüchige Stimme. Und dann brachen auch schon alle Dämme.

»Kein Mann auf der Welt ist es wert, dass man sich seinetwegen die Augen aus dem Kopf heult. Abgesehen von meiner Wenigkeit. Also ich rede von damals, als ich noch ein schmucker Kerl war. Da hat sich die Damenwelt wegen mir ständig die Augen aus dem Kopf geheult.«

»Schon klar, Opi.« Und zwischen Lachen und Weinen stieß sie hervor: »Ich muss dir was sagen.«

»So? Was denn?«

Lucie richtete sich auf und stopfte sich ein Kissen in den Rücken. »Also eigentlich müsste ich es Mami und Paps sagen, aber du kennst die beiden ja. Die regen sich gleich immer tierisch auf.«

Opa Johann sah sie prüfend an. »Was hast du angestellt, mein Kind?«

»Noch nichts. Aber ich bin kurz davor, was anzustellen.«

»Aber du gehst nicht nach Indien zurück, oder?«

»Bescheuert?!«

»Na, hör mal, wie redest du denn mit mir?«

»Sorry, tut mir leid.« Sie straffte sich und erklärte: »Opi, ich schmeiß mein Studium.«

Ihr Großvater schwieg. Von draußen surrte eine Fliege

herein und umkreiste seinen Schädel, doch er scheuchte sie nicht mal weg.

»Opi?«

Das Insekt flog weg, und Opa Johann fand endlich seine Sprache wieder: »Ganz ehrlich, ich hab sowieso nicht mehr damit gerechnet, dass du es zu Ende bringst. Das war doch von Anfang an eine Totgeburt.«

Lucie hätte ihrem Großvater um den Hals fallen mögen. Manchmal war er so lässig, so cool, dass man es kaum glauben konnte. »Aber, Kröte«, er schwang seinen Zeigefinger wie einen Taktstock, »deiner Mutter musst du es schon selbst sagen. Ich kann da nichts für dich tun.«

Lucie nickte und ließ es sich gefallen, dass er sie in die Wange kniff.

»Aber ich sage ihr gerne meine Meinung zu dem Thema. Wenn dir das weiterhilft«, fügte er hinzu.

»Danke, Opi.«

»Und jetzt? Was willst du tun?«

»Keine Ahnung. Was anderes studieren.«

»Und was?«

Sie blickte an die Decke, als stünde dort die Antwort. »Vielleicht Sprachen oder so.«

Die Augen ihres Großvaters bekamen einen fiebrigen Glanz, als er schnarrte: »Italienisch, Herzchen! Du warst doch so gut im Italienischkurs. Du warst die Allerbeste.«

»Gar nicht wahr. Mami, Pawel und Marta waren ganz weit vorne.«

»Aber du warst auf jeden Fall besser als ich.«

Lucie gluckste in sich hinein und dachte, dass es dazu auch nicht viel gebraucht hatte.

Sprachen … Italien … Italienisch … War es bloß Zufall oder ein Wink des Schicksals, dass Opa Johann nach Matteo nun schon der Zweite war, der sie quasi mit der Nase darauf stieß?

Kaum war sie wieder allein, griff sie nach ihrem Handy und rief Matteo an. Sie musste ihn etwas fragen. Und das duldete keinen Aufschub.

24

Sie mussten ein eigentümliches Bild abgeben, wie sie durch Frascati spazierten. Lucie marschierte im Stechschritt vorneweg, es folgten Opa Johann und Kristina in gemäßigtem Tempo, Astrid trödelte als Schlusslicht hinterher. Es war ihr nur recht, mal nicht reden zu müssen. Das hatte sie den ganzen Nachmittag getan.

Kristina hatte sie in den Mietwagen geladen und nach Castel Gandolfo, den Sommersitz des Papstes, entführt. In dem beschaulichen Örtchen, hoch über dem Albaner See gelegen, hatten sie auf der Piazza della Libertà in einem Café gesessen, und Kristina hatte sich in einer nicht enden wollenden Litanei über Pius ausgelassen. Sie hatte gelästert, geschimpft und sich beschwert, aber allein die Tatsache, dass sie ohne Punkt und Komma über ihren Mann sprach, ihren One-Night-Stand jedoch mit keinem Wort mehr erwähnte, zeigte Astrid, dass Kristinas Interesse an Pius nicht ganz erloschen war. Immerhin hatte er Kristina, das hatte Astrid durch geschicktes Nachfragen herausbekommen, nicht angerufen, und sie überlegte, ob es Sinn hatte, noch eine Schippe draufzulegen. Oder ob sich die Fronten dadurch, ganz im Gegenteil, bloß noch mehr verhärten würden.

An einer Kreuzung beschleunigte Opa Johann urplötzlich seinen Schritt, packte Lucie am Schlafittchen und flüsterte ihr etwas ins Ohr. Dann hakte er sich bei Kristina ein, und Lucie wartete auf ihre Mutter.

»Was habt ihr denn da getuschelt?«, wollte Astrid wissen.

Ihre Tochter blieb vor einem Schuhgeschäft stehen und starrte in die Auslage. »Opi meint, wir sollten uns mal unterhalten.« Ihre Stimme klang gleichgültig.

»Aha? Jetzt machst du mich aber neugierig.«

»Wie findest du diese Sandaletten?« Lucie zeigte auf ein Paar silbrige Highheels, die ihr unmöglich gefallen konnten. Wahrscheinlich ein Ablenkungsmanöver.

»Lucie?«

»Hm?«

»Willst du mir irgendwas sagen?«

Die Andeutung eines Nickens.

»Dann sag es jetzt auch.«

»Okay, aber du regst dich nicht auf, versprochen?«

»Wie kann ich dir das versprechen?«

»Mami.« Es war ein offizielles *Mami*, das Astrid ziemlich nervös machte. »Ich hör mit dem Studium auf.«

»Wie bitte?«

»Ich schmeiß mein Studium, wenn du das besser verstehst.«

»Pharmazie?«, vergewisserte sich Astrid, und ihr Herz setzte für die Dauer eines Atemzugs aus.

»Ja, was denn sonst?«

Schlagartig waren sämtliche Schaltstellen in Astrids Hirn

blockiert, und sie begann, die Preisschilder der Schuhe zu studieren. 220 Euro für ein paar Sandalen, an denen kaum ein Riemchen dran war, ein Paar knallrote Pumps für 300, Stiefel mit Absätzen zum Töten für 550.

Endlos lange Sekunden verstrichen, dann wandte sie sich ihrer Tochter zu und sagte: »Ist okay, Spatz.« Es entsprach nicht ganz der Wahrheit, doch sie wusste, dass es rein gar nichts bringen würde, Lucie zu einem Studium zu zwingen, das sie eigentlich hasste. Später würde sie dann in einem Beruf arbeiten müssen, den sie hasste, und womöglich würde sie ihr ganzes Leben hassen und ihre Mutter sowieso.

»Du findest es okay?« Auf Lucies Oberlippe standen Schweißperlen.

»Offen gestanden breche ich nicht gerade in Jubel aus, aber du wirst selbst am besten wissen, was gut für dich ist.« Lucie musste entsetzliche Angst gehabt haben, damit rauszurücken, was ihr sehr leidtat. War sie denn wirklich so ein Schreckgespenst von Mutter?

»Sagst du's Paps?«

Astrid nickte. Thomas war hinsichtlich der Ausbildung seiner Kinder sowieso um einiges entspannter. Alles findet sich, lautete sein Credo. Nur bei ihm selbst hatte es jahrzehntelang nicht so recht hingehauen.

Kristina und Opa Johann waren bereits in der kleinen Passage verschwunden, die in die Altstadt führte, und Astrid und Lucie beeilten sich, sie einzuholen.

»Was willst du stattdessen machen?« Astrid bemühte sich um einen entspannten Tonfall.

»Weiß ich noch nicht.«

»Aber du gehst doch wieder an die Uni?«

»Ja, mal gucken. Hängt ja nicht nur von mir ab.«

Das war richtig. Viele Studienfächer hatten so hohe Zulassungsbeschränkungen, dass Lucie ganz bestimmt mit einer längeren Wartezeit rechnen musste. Sie hatten damals, nach dem Abitur, auch Alternativen erwogen. Ausbildungsberuf, freiwilliges soziales Jahr, aber Lucie hatte sich für nichts erwärmen können. Astrid konnte nur inständig hoffen, dass ihr bald die Erleuchtung kam. Die Jahre gingen ins Land, immer jüngere Abiturienten mit glänzenden Abschlüssen drängten an die Unis, und auch ihre Tochter war eine von denen, die in der harten Realität angekommen waren.

Astrid ließ das Thema fallen, als sie Kristina und Johann einholten. Lucie hatte etwas ausgesprochen, was ihr wohl schon länger im Magen gelegen hatte, und das war gut so.

»Ich hab Kohldampf«, sagte sie, einen Seufzer der Erleichterung ausstoßend. »Kommt ihr?«

*

Das Tal, von der milden Abendsonne in orangefarbenes Licht getaucht, sah so malerisch aus wie nachträglich mit Photoshop bearbeitet, als sie in eine der Trattorien an der Stadtmauer einkehrten.

»Draußen? Drinnen?«, fragte Astrid.

»Draußen!«, empörte sich Opa Johann, als sei es ein Verbrechen, überhaupt so eine Frage zu stellen. Wahrscheinlich war es das auch. Ein mildes Lüftchen wehte, und die Sonne bereitete sich auf ihr abendliches Spektakel vor. Erst stand der Feuerball noch wie eine übergroße Melone am

Himmel, doch schnell und schneller sank er hinab, bis er hinter den Hügeln verschwand und der Horizont sich in ein flammend rotes Farbenmeer verwandelte.

Kristina hob ihr Glas. »Johann, Lucie, Astrid – ich bin so froh, dass wir hier alle zusammensitzen.«

»Und ich erst«, sagte Astrid und meinte es in diesem Moment auch so. Selbst Opa Johann sah so glücklich aus, dass sie sich einfach für ihn freute. Vielleicht hatte es doch sein Gutes, dass er sich in seinem senilen Egoismus Lucie geschnappt hatte und hergekommen war.

Als die Vorspeisen serviert wurden, schälte sich ein junger Mann aus der Dämmerung und blieb in sicherer Entfernung stehen.

Astrid stieß Kristina unauffällig in die Seite. »Das ist er doch, oder?«

»Ich fürchte, ja.« Mit gesenktem Kopf kramte sie in ihrer Tasche, als könnte sie sich so unsichtbar machen.

»*Buonasera!*« Die Stimme klang tief und bestimmend.

»*Buonasera*«, gab Kristina verhalten zurück.

Der Mann entschuldigte sich auf Italienisch für die Störung und fragte Kristina, ob er sie kurz sprechen dürfe.

»*Stiamo mangiando*«, entgegnete diese, was so viel wie »Wir sind beim Essen« hieß.

»*Soltanto un minuto.*«

Kristina ächzte leise, was aber wohl nur Astrid mitbekommen hatte, und erhob sich. »Ihr entschuldigt mich kurz?«

»Ruf mich an, wenn du mich brauchst.«

Kristina nickte ihr zu und entfernte sich an der Seite des Mannes.

»Momentchen, den kenn ich doch«, schaltete sich Opa Johann ein. »Das ist doch dieser Kellner. Der macht ihr also tatsächlich den Hof?«

»Sieht ganz so aus«, sagte Lucie und lud sich wieselflink mariniertes Gemüse, Mozzarella und Scamorza auf den Teller. »Darf ich schon mal anfangen?«

»Natürlich, Spatz.« Astrid freute sich, dass ihre Tochter wieder Appetit hatte. Augenscheinlich hatte sie ihren Magen-Darm-Infekt, was auch immer es gewesen sein mochte, überwunden.

Sie aßen, doch Astrid blieb die ganze Zeit über unruhig. Wieso kam Kristina nicht gleich wieder zurück?

Nachdem sie das letzte bisschen Öl mit einem Stück Weißbrot aufgetunkt hatte, erhob sie sich und sagte: »Ich seh mal nach ihr.«

»Wo willst du sie denn suchen?«, wollte Lucie wissen. »Die können doch überall und nirgends sein.«

Das war Astrid auch klar, aber sie hatte nun mal ein ungutes Gefühl. Was, wenn der Kerl ihrer Freundin wieder an die Wäsche wollte und sie sich nicht zu wehren wusste?

Die Dunkelheit spannte sich wie ein gewaltiges Zelt über die Landschaft, allein die Straßenlaternen entlang der Stadtmauer spendeten ein spärliches Licht. Bereits nach ein paar Metern kam ihr Kristina entgegen.

»So ein Scheißkerl!« Sie fuchtelte erregt mit den Armen.

»Was ist passiert?«

»Er meint, er habe ein Recht darauf, weiter mit mir ins Bett zu steigen. Dabei hab ich ihm von Anfang an klargemacht, dass es eine einmalige Sache bleiben wird.« Sie lachte höhnisch auf. »Stell dir vor. Er hat versucht, mich zu erpressen. Wenn ich mich nicht noch mal mit ihm treffe, will er Pius mal einen netten Tipp geben.« Ihr Lachen kippte ins Hysterische. »Pech für ihn, dass wir sowieso getrennt sind.«

»Kennt er denn deinen vollständigen Namen?«

Kristina nickte schuldbewusst. »Er hat mir was von einer kranken Tante gesagt, die sich wohl auch im Ausland behandeln lassen würde, da habe ich ihm anstandshalber meine Visitenkarte gegeben. Ich konnte ja nicht ahnen, dass er so ein Schwein ist.«

»Nein, das konntest du nicht.« Astrid legte tröstend den Arm um ihre Schulter. »Vergiss ihn einfach. Es ist passiert und nicht mehr zu ändern, aber jetzt …«

Kristinas erwartungsvoller Blick ruhte auf ihr.

»Jetzt isst du erst mal was.«

Lucie und Opa Johann stellten zum Glück keine neugierigen Fragen, als die beiden an den Tisch zurückkehrten. Im Gegenteil, sie taten, als sei Kristina nur mal kurz zur Toilette gegangen.

Der Hauptgang kam, und mit jedem Bissen, mit jedem Schluck Wein wurde die Stimmung lockerer. Opa Johann gab Anekdoten aus seiner Jugend zum Besten, Kristina imitierte Passanten, und selbst Lucie lachte sich über so ziemlich jeden Blödsinn scheckig. Astrid blieb eher schweigsam, freute sich aber darüber, dass endlich wieder die Leichtigkeit Einzug gehalten hatte, die sie die letzten Tage vermisst hatte. Nur ab und zu sickerte die Enttäuschung über Lucies abgebrochenes Studium in ihr Bewusstsein. Ein schales Gefühl, über das sie tapfer hinweglächelte.

Zu vorgerückter Stunde – Astrid wollte soeben nach der

Rechnung verlangen – schrillte Kristinas Handy. Es war ein unangenehmer, sirenenartiger Ton, der in den Ohren weh tat. Kristina fischte ihr Smartphone aus der Tasche, doch statt das Gespräch anzunehmen, starrte sie aufs Display.

»Wieso gehst du nicht ran?«

»Es ist Pius«, sagte sie, als sei das eine passende Antwort.

»Ja und?«

Das Klingeln verstummte. Kristina wurde fahrig, sie stieß ihr Wasserglas um, woraufhin ihr die Tasche vom Schoß rutschte und ein paar Dinge herauspurzelten. Astrid bückte sich, um ihr beim Aufsammeln zu helfen.

»Wie blöd von mir. Ich hätte ans Telefon gehen sollen«, murmelte Kristina, den Blick auf den Asphalt geheftet.

»Okay. Ich mach das mit der Rechnung, und du rufst ihn zurück.«

Kristina ging steifbeinig ein paar Schritte und blieb im Schein einer Laterne stehen. Sie gestikulierte wild beim Telefonieren, so viel konnte Astrid erkennen, nicht aber ihre Mimik. Wohlweislich hatte sie ihnen den Rücken zugekehrt.

»Hat sie Stress mit ihrem Mann?«, wollte Lucie wissen.

»Kann man so sagen«, erwiderte Astrid vage.

»Ich fand ihn ja eigentlich ziemlich nett.«

Astrid musste schmunzeln. »Pawel war auf den ersten Blick auch ziemlich nett.«

»Nett. Ein netter Arsch. Meinst du das?«

»Lucie«, mahnte Opa Johann. »Bitte nicht solche Kraftausdrücke.«

»Wieso, hier versteht mich doch sowieso keiner.«

»Ich dich aber. Sehr gut sogar. Und ein Arsch ist das hier.«

Er hob sein Hinterteil ein paar Zentimeter an und klopfte sich auf die Hose.

Lucie gluckste los, und Astrid beglich mit stoischer Miene die Rechnung. Kurz darauf kam Kristina federnden Schrittes auf sie zu.

»Astrid?«

»Ja?«

»Kommst du mal eben?«

Astrid stand auf. Das Herz schlug ihr bis zum Hals. »Wir gehen schon mal Richtung Auto. Lasst euch ruhig Zeit.«

Opa Johann schien verstanden zu haben, dass sie unter sich sein wollten, und sagte: »Ja, ja. Lucie und ich bummeln noch gemütlich durch die Altstadt.«

Kristina hingegen tat das Gegenteil von gemütlich bummeln. Sie raste Astrid fast davon. Doch kaum waren sie um die nächste Ecke gebogen, blieb sie jäh stehen.

»Also gut«, begann Astrid. »Du kannst mich jetzt von mir aus beschimpfen und niedermachen. Ich mische mich sonst nicht in das Beziehungsleben meiner Freundinnen ein, das musst du mir glauben, aber ich dachte ...«

»Was dachtest du?«, fiel Kristina ihr ins Wort.

»Du hast so viel über Pius geredet, gelästert und geschimpft. Eigentlich hast du die ganze Zeit nichts anderes getan. Da kannst du mir nicht weismachen, dass dir nichts mehr an ihm liegt.«

Kristina schwieg. Das Donnerwetter ließ auf sich warten.

Astrid legte den Kopf in den Nacken und blickte in den Nachthimmel. Sterne, überall Sterne, und sie leuchteten so hell, wie sie es in Großstädten wie Berlin nie taten.

»Kristina!« Sie streckte ihre Hand aus, traute sich jedoch

nicht, ihre Freundin am Arm zu berühren. »Ihr solltet es noch mal miteinander versuchen. Euch eine zweite Chance geben, wenigstens das.«

In Erwartung der Schelte, die gleich kommen würde, zog Astrid die Schultern hoch, doch Kristina trat näher an sie heran und lehnte sich für die Dauer eines Atemzugs an sie. »Pius fand es ziemlich unmöglich, dass du ihn angerufen hast.«

Astrid nickte. Das war ihr auch nicht entgangen.

»Und du?«, fragte sie bange.

Kristina zuckte mit den Achseln. »Wie soll ich sagen. Ich finde es rührend und anmaßend und übergriffig, alles gleichzeitig. Aber wahrscheinlich …« Sie schaute zu Boden. »Wahrscheinlich hätte ich es umgekehrt genauso gemacht.«

»Dann bist du nicht sauer?«

»Nicht wirklich.«

Die zwei Wörter wirkten wie ein Signal, und Astrid lachte befreit auf. »Ich dachte schon, ich hätte es verbockt.«

»Nein, hast du nicht. Aber es hat auch nichts gebracht. Pius will nicht mal mehr mit mir reden.«

»Würdest du das denn wollen?«

Statt einer Antwort massierte sich Kristina die Schläfen.

»Kopfweh?«

»Nur ein bisschen.«

»Und meine Frage willst du nicht beantworten?«

Sie lächelte müde. »Ich würde schon mit ihm reden. Mit etwas Abstand stellen sich die Dinge ja oft ganz anders dar.«

»Aber Pius sieht das nicht so?«

»Er meint, es gäbe nichts weiter zu sagen.«

Sie näherten sich dem Verkehrsknotenpunkt von Frascati, wo selbst um diese Uhrzeit noch reger Verkehr herrschte, Busse an- und abfuhren und sich die Jugendlichen auf ein Schwätzchen trafen. Astrid blieb an einer Ampel stehen und scannte die Menschen, die aus der Altstadt strömten. Erst nach einer ganzen Weile entdeckte sie Lucie und Opa Johann im Gewühl und fuchtelte mit den Armen. Doch die beiden trotteten gemächlich weiter und blieben vor einem Geschäft stehen.

»Für mich klingt das so, als sei Pius in seiner männlichen Ehre gekränkt«, nutzte Astrid den Moment, den sie noch allein waren. »Erst klappt es nicht mit dem Kinderkriegen, und dann verlässt du ihn auch noch.«

»Wieso, er hat mich doch auch verlassen.«

»Also gut, ihr habt euch gegenseitig verlassen. Aber anscheinend ist das nicht weniger schmerzlich, als wenn nur einer diesen Schritt tut.«

»Möglich.« Kristina kickte gedankenverloren eine zerknüllte Papiertüte von sich.

Vielleicht, so dachte Astrid, wusste sie ja selbst nicht, ob ihr Mann ihr noch etwas bedeutete. Weil sie es sich bisher nicht gestattet hatte, den Gedanken auch nur ansatzweise zu denken.

»Astrid«, begann sie, und in ihren Augen lag etwas Flehendes.

»Hallihallo!« Das war Opa Johann, der mit langen Schritten auf sie zukam, dicht hinter ihm folgte Lucie, und der Augenblick, in dem Kristina vielleicht etwas offenbart hätte, war vorbei.

25

Johann schreckte aus dem Schlaf hoch. Zu seinen Füßen bewegte sich etwas und machte Geräusche, die er nicht einzuordnen wusste. Was war das? Angst stieg in ihm auf und kroch ihm bis in die Haarspitzen. Er hob den Kopf ein paar Zentimeter an. Tageslicht drang durch die Ritzen der Fensterläden, und dann erkannte er Waldi – so hatte er das kleine Hündchen noch vorm Zubettgehen getauft. Es stand am Fußende und blickte ihn vorwurfsvoll an. Zum Donnerwetter noch mal, wie hatte er den kleinen Wicht auch nur eine Sekunde vergessen können!

Er sah auf die Uhr. Es war gerade erst fünf durch, eine wirklich unchristliche Zeit. Doch davon wusste der Hund natürlich nichts. Er wollte, dass das Abenteuer Tag losging. Vielleicht musste er auch Pipi, aber das war Johann gerade mal schnurz.

»Waldi, Platz«, krächzte er und sank müde in die Kissen. Er schloss die Augen, was das Hündchen jedoch kein bisschen zu beeindrucken schien. Ganz im Gegenteil, es tapste putzmunter auf der Decke herum, und als Johann sich weiter schlafend stellte, fing es auch noch an zu bellen.

»Pst, Waldi!« Ein stechender Schmerz fuhr Johann wie ein Messer in den Rücken, als er sich hochrappelte. »Du weckst noch das ganze Hotel auf.«

Der Hund sah ihn mit schief gelegtem Kopf an. Knopfaugen zum Dahinschmelzen.

»Ja, tut mir leid, dass ich kein Italienisch kann. Du verstehst mich aber auch so.«

Waldi winselte, dann sprang er vom Bett und hoppelte zur Tür.

»Du musst jetzt nicht wirklich Pipi, oder?«

Doch!, schienen die Hundeaugen zu sagen, *und zwar dringend.* Eilig schlüpfte Johann in die Sachen vom Vortag, setzte den Welpen in den Umweltbeutel und schnappte sich die Schlüsselkarte. Eine Katastrophe, wenn der kleine Racker auf den Teppich pinkeln würde.

Er schloss leise die Tür und huschte durch menschenleere Gänge zum Fahrstuhl. Als er die Lobby betrat, hörte er es klappern. Schnell weiter. Bestimmt waren bereits Leute vom Personal da, um das Frühstück vorzubereiten. Johann hatte fast schon die Tür erreicht, als ihm ein Mann mit indischem Einschlag, einen Metallbottich schleppend, entgegenkam.

»Buongiorno«, grüßte dieser freundlich.

»Buongiorno!«, schmetterte Johann. Ging doch schon ganz gut mit seinem Italienisch.

Der Mann sagte etwas, das Johann nicht verstand, und achselzuckend trat er ins Freie. Einmal tief durchatmen. Zum Glück hatte Waldi mitgespielt und keinen Mucks von sich gegeben. Die frische Morgenbrise, die ihn umwehte, und das Vogelgezwitscher waren so wundervoll, dass er dem Hund fast dankbar war, dass er ihn geweckt hatte.

Ein paar Meter weiter, im Schutz üppig wachsender Büsche, setzte er den Beutel auf den Boden. Waldi sprang heraus, hockte sich augenblicklich hin und verrichtete mit zitternden Schenkeln sein Geschäft. Mitten ins schöne Gras, wo sonst Kinder tobten oder feine Damen edlen Champagner schlürften.

»Ich kann jetzt nicht mit dir spazieren gehen«, erklärte Johann, weil der Hund ihn schon wieder so auffordernd anblickte. »Und deinen Haufen muss ich wohl auch wegmachen.«

Er fischte in seinen Hosentaschen herum, hatte aber nicht mal seine heilige Rotzfahne dabei. In Ermangelung einer Alternative rupfte er ein paar Blätter von einem hochgewachsenen Oleander und schubste den Kot damit unter einen Busch. Musste auch so gehen. Waldi kannte indes kein Halten mehr. Er rannte los, schoss kreuz und quer über den akkurat geschnittenen Rasen, hob mal an diesem, mal an jenem Baum das Bein.

In Johann arbeitete es fieberhaft. Nicht mehr lange, und der Hotelbetrieb würde losgehen. Und dann? Er konnte den Hund schlecht auf dem Zimmer lassen und schon gar nicht zur Aufbewahrung an der Rezeption abgeben. Eigentlich konnte er nur eins tun: ihn hier draußen sich selbst überlassen und hoffen, dass er am Abend noch da sein würde. Und dass sich irgendjemand seiner erbarmt und ihm etwas zu fressen gegeben hätte.

»*Arrivederci*, Waldi.« Er warf einen letzten wehmütigen Blick auf den kleinen Kerl, dann wandte er sich schweren

Herzens ab und trottete zurück. Das Winseln des Hundes war erst noch deutlich zu vernehmen, doch mit jedem Schritt wurde es leiser, bis es gar nicht mehr zu hören war. Vielleicht war Waldi auch einfach verstummt. Zum Glück kam er ihm nicht nachgelaufen; Johann wäre sicherlich wieder weich geworden und hätte ihn mit aufs Zimmer genommen. Als er die Eingangstür zum Hotel aufstieß, konnte er es dennoch nicht lassen, einen raschen Blick über die Schulter zu werfen. Der Hund stand verloren im Parkgelände und blickte in seine Richtung. Was Johann jetzt doch fast das Herz brach.

In der festen Absicht, sich noch eine Mütze Schlaf zu gönnen, legte er sich aufs Bett, aber es half alles nichts. Er war so ausgeschlafen wie die Vögel, die draußen tirilierten, so putzmunter wie Waldi, der inzwischen hoffentlich ausgelassen durch die Büsche tollte, so wach wie der Inder, der sicher schon seit Stunden seiner Arbeit nachging.

Gerade mal fünf Minuten hielt er es auf dem Bett aus, dann stand er wieder auf und machte sich für den Tag fertig. Duschen, Haare kämmen, ein frisches Hemd anziehen, Kölnischwasser auftragen. So wie jeden Morgen. Er ließ sich dabei alle Zeit der Welt, bis sieben Uhr war es immer noch gut eine Stunde. Um sieben gab es Frühstück, da konnte er sich in den schmucken Saal im Souterrain des Hotels setzen, Kaffee trinken, heimlich Schinken für Waldi bunkern und auf die Damen warten.

Was er dann auch beizeiten tat. Ein bescheidenes Brötchen mit Salami und eine Tasse Kaffee vor der Nase, saß er da und wartete. Und wartete. Und als sich der Saal langsam mit Urlaubern füllte, wartete er immer noch. Nach und nach kroch Unmut in ihm hoch. Wer trinken kann, muss auch am nächsten Morgen aufstehen können, lautete seine Devise. Nur schienen Astrid, Lucie und die fesche Kristina das ein wenig anders zu sehen. Zumindest ließ sich keine der drei Grazien blicken.

Es war bereits halb neun – Johann hatte den Schinken längst an Waldi verfüttert und sich auf eine zweite Runde in den Frühstückssaal gehockt –, als Astrid endlich, noch etwas blass um die Nase und mit vom Duschen feuchten Haaren, auftauchte. Sie nahm sich vom Büfett, bestellte bei der Bedienung einen Cappuccino, dann setzte sie sich zu ihm an den Tisch.

»Verkatert?«, sagte Johann statt einer Begrüßung.

»Bisschen.« Sie massierte sich die Stirn in kreisenden Bewegungen.

»Und wo ist der Rest der Bagage?«

»Die sind auch verkatert. Aber so richtig.« Sie nahm ein Aspirin aus der Handtasche und spülte die Tablette mit einem halben Glas Orangensaft runter. »Ich fürchte, wir müssen allein was unternehmen, Johann.«

»Wir beiden Hübschen?«

»Ja, wir beiden Hübschen.«

Astrid hatte sich drei kleine Kuchenstücke auf den Teller geladen, die sie nun doch mit Appetit verspeiste. Er selbst hatte es ja nicht so mit dem süßen italienischen Frühstück und aß lieber Rühreier, Speck und Schinken. In diesem Punkt waren Waldi und er aus dem gleichen Holz geschnitzt.

»Worauf hättest du denn Lust, Johann?«

Er überlegte nicht lange und sagte: »Astrid-Schatz, ich

würde ja so schrecklich gerne noch mal nach Rom fahren. Also so richtig nach Rom, du weißt schon, nicht nur die grässliche U-Bahn und die noch grässlichere Polizeistation besichtigen.«

Seine Schwiegertochter sagte nichts. Aber eine Gedankenblase schien über ihrem Kopf zu schweben, und in der stand: »Bitte alles, nur das nicht.«

»Ich nehm auch keine Wertsachen mit, versprochen! Nur so viel Geld, wie wir brauchen, um nicht zu verhungern.«

»Johann.« Astrid sprach seinen Namen mit tadelndem Unterton aus. Ähnlich wie einst seine Lateinlehrerin Frau Scharnowski – Jahrzehnte war es her –, mit diesem langgezogenen O. Und dabei runzelte sie auch noch missbilligend die Stirn.

»Ich seh schon, du hast keine Lust.«

»Doch, natürlich hab ich Lust. Ich würde sehr gerne noch mal nach Rom, und ich möchte dir die Stadt auch gar nicht vorenthalten, aber es soll heute ziemlich warm werden. Bist du dir sicher, dass dein Kreislauf da nicht schlappmacht?«

»Du hältst mich für einen alten Mann, ja?«

»Johann, du bist ein alter Mann«, säuselte Astrid, was zwar der Wahrheit entsprach, aber musste sie ihm das so schonungslos auf den Kopf zusagen?

»Aber wart mal.« Ein Lächeln erhellte ihre Miene. So gefiel sie ihm schon weitaus besser. »Was hältst du von einer Stadtrundfahrt? Wir könnten ganz entspannt in einem Doppeldeckerbus sitzen und uns von oben all die schönen Sehenswürdigkeiten angucken.«

»Hast du nicht immer behauptet, du hasst Stadtrund-fahrten?« Johann wollte seine Schwiegertochter zu nichts drängen, was sie eigentlich nicht mochte.

»Ganz und gar nicht.« Schalk blitzte in ihren Augen auf. »Stadtrundfahrten sind das Allergrößte. Mit den vielen sonnenverbrannten Touristen, die wahrscheinlich Bier ohne Ende tanken. Das wird sicher spaßig.«

»Astrid, wir müssen wirklich nicht …«

»Doch, Johann, wir müssen. Aber wehe, du büxt wieder aus.«

*

Es war fast zwölf, als Lucie aufwachte und angewidert die Wolldecke von sich strampelte. Im Schlaf musste sie sich das Laken weggerissen und die Decke, unter der schon Millionen von Leuten gelegen hatten, bis zum Kinn gezogen haben. Wie eklig war das denn! In diesem Punkt hatte sie Indien kein bisschen abgehärtet.

Sie setzte sich in Zeitlupe auf und gab ihrem Kreislauf die Chance, hinterherzukommen, erst dann schwang sie sich aus dem Bett. Im Hotel würde sie vermutlich kein Frühstück mehr bekommen, und auch sonst wusste sie nicht, was sie mit dem Tag anfangen sollte.

Auf dem Weg zum Frühstückssaal traf sie Kristina. Sie stand auf dem Kiesweg, hatte die Augen geschlossen und das Gesicht gen Sonne gereckt, was eine merkwürdige Art war, sich zu sonnen.

»Ähm«, sagte Lucie, und Kristina öffnete die Augen.

»Morgen, Lucie.«

»Was tust du hier?«

»Offen gestanden habe ich auf dich gewartet. Ich dachte mir, du hast bestimmt noch nicht gefrühstückt.«

»Gibt's denn noch was zu futtern?«

»Eben nicht. Wir könnten das Auto nehmen und nach Frascati fahren. Was hältst du davon?«

Lucie zögerte. Ihr war ein wenig flau, und was, wenn ihr Kreislauf unterwegs erst richtig schlappmachte?

»Keine Lust?«

»Lust schon …«

»Aber?«

Stockend gestand sie, dass ihr wieder übel sei und sie sich vielleicht besser noch mal hinlegen sollte.

»Das glaube ich kaum. Und ich sage dir jetzt als Ärztin: Du brauchst was in den Magen.«

Sie gab Lucie einen Stups, die daraufhin schicksalsergeben hinter ihr her zum Leihwagen trottete. Im Grunde hatte Lucie auch keine Lust, den Tag im Bett zu vergammeln. Weder hob das ihre Stimmung, noch verflüchtigte sich dadurch ihr Liebeskummer.

In Frascati gingen sie ins Gran Caffè Roma, das unweit vom Parkplatz lag. Lucie verschlang ihr Hörnchen heißhungrig und spülte mit einem Schluck Cappuccino nach. Es verunsicherte sie nur, dass Kristina sie die ganze Zeit lauernd ansah.

»Was ist denn? Was guckst du so?«

»Ich freue mich, dass es dir schmeckt.« Sie warf ein Aspirin in ihr Mineralwasser. »Auch eins? Ich hab gestern ganz schön tief ins Glas geschaut.«

Lucie schüttelte den Kopf. Sie hatte kaum etwas getrunken. Am meisten hatten ihre Mutter und Kristina gebechert.

»Bereust du es, dass du nicht mit nach Rom gefahren bist?«

»Irgendwie schon. Ich hab ja noch gar nichts von der Stadt gesehen. Und übermorgen fliegen wir schon wieder nach Hause.«

»Dann nutz doch den Tag morgen! Du kannst ja auch allein hinfahren.«

Lucie ließ Zucker in ihren Cappuccino rieseln. Langsam sickerte er in der Milchhaube abwärts und wurde schließlich ganz verschluckt. Die Vorstellung, ohne Anhang Rom unsicher zu machen, reizte sie. Eigentlich. Uneigentlich war ihr schon wieder schlecht, und sie fragte sich, ob sie die Stadt überhaupt genießen könnte, wenn diese Anfälle jetzt immer häufiger kamen.

»Kommst du morgen Abend mit ins Konzert?«, fragte Kristina, nachdem sie ihr Glas in einem Zug geleert hatte.

»Weiß nicht. Muss ich?«

»Gar nichts musst du. Aber vielleicht willst du ja mal den Schwarm meiner Jugend sehen.«

»Sieht er wenigstens gut aus?«

»Sagen wir … der Lack ist schon ein bisschen ab. Aber ich liebe ihn immer noch heiß und innig.«

Lucie hatte nie für irgendeinen Star geschwärmt – die Männer, auf die sie stand, waren immer ganz real gewesen –, und irgendwie bedauerte sie das ein wenig. Es musste cool sein, sich im Alter von Kristina oder ihrer Mutter immer noch für den Popstar von damals erwärmen zu können. »Mal sehen«, sagte sie. »Könnte ja vielleicht ganz lustig werden.« Sie griff nach ihrer Kaffeetasse, doch beim Anblick des Kraters, den der Zucker in den Milchschaum gerissen hatte, wurde ihr schlagartig so übel, dass sie aufsprang und wie von Dämonen verfolgt ins Lokal rannte. Sie schaffte es gerade noch aufs Klo, dann hing sie auch schon über der Schüssel.

Kaum war sie fertig und spülte sich angewidert den Mund aus, als es an die Kabinentür klopfte. »Lucie? Alles in Ordnung?«

»Mhm, ich komm gleich.«

Weil sie nicht wollte, dass die Freundin ihrer Mutter sie in diesem desolaten Zustand sah, vertrieb sie sich noch eine Weile die Zeit vorm Spiegel. Ordnete ihr Haar, spülte ein zweites Mal den Mund aus und kniff sich in die Wangen, damit sie wieder etwas Farbe bekamen. Erst dann trat sie aus der Toilette.

Kristina stand gegen den Türrahmen gelehnt, die Arme vor der Brust verschränkt. »Lucie, ich glaub, wir sollten uns mal unterhalten«, erklärte sie mit einer bisher unbekannten Strenge.

»Muss das hier sein?«

»Dann komm mit.« Kristina nahm sie am Arm und führte sie durch den Barbereich.

»Bulimie hast du nicht, oder?«

»Igitt, nein!«, stieß Lucie empört hervor. »Wer bin ich denn, dass ich mir freiwillig den Finger in den Hals stecke!«

Sie traten ins Freie, und vom Sonnenlicht geblendet, rettete sich Lucie auf ihren alten Sitzplatz.

Kristina musterte sie forschend. »Magen-Darm-Infekt?«

Lucie hob die Schultern. »Eher Liebeskummer. Ist ja auch so was wie ein Infekt.«

»Ich will dir nicht zu nahe treten, aber schon mal daran gedacht, dass du schwanger sein könntest?«

Die Frage lag auf der Hand, und obwohl sie seit Tagen durch Lucies Gehirnwindungen geisterte, kam sie so überraschend, dass sie ihre Bedeutung zunächst nicht in ihrer ganzen Tragweite begriff.

»Schwanger?«, wiederholte Lucie.

»Ja, schwanger. Ich geh mal davon aus, dass du mit dem jungen Mann, mit dem du in Indien warst, auch Sex hattest.«

Lucie nickte wie betäubt. Sex. Ja, sie hatten auch Sex miteinander gehabt.

»Und dabei kann, so gut man sich auch schützt, immer was passieren. Das muss ich dir ja nicht erklären. Zum Beispiel, wenn du die Pille nimmst und eine Durchfallerkrankung hattest …« Ihre Worte wurden in Lucies Kopf von einem großen, alles verschlingenden Rauschen aufgesogen.

»Lucie?« Kristina reichte ihr ein Glas Wasser. »Trink mal was. Dein Kreislauf ist ja völlig im Eimer.«

Lucie nippte am Glas, ihre Schlucke wurden gieriger, und im Nu kehrten ihre Lebensgeister wieder zurück.

»Darf ich dich mal was fragen?«

»Klar.«

»Wann hattest du das letzte Mal deine Tage?«

Lucie sah ein Pärchen Hand in Hand vorbeischlendern, und Tränen schossen ihr in die Augen. »Das ist es ja!«, brach es aus ihr hervor. »Ich hab keine Ahnung. Wahrscheinlich bin ich mindestens zwei oder drei Wochen überfällig.«

Kristina nickte nur. Kein Theater, keine Vorhaltungen, nichts.

»Hast du mit Astrid darüber geredet?«

»Um Gottes willen!«

»Verstehe. So was hätte ich früher auch nicht gerne mit meiner Mutter besprochen.« Sie hielt inne. »Ich mach dir einen Vorschlag. Wir gehen jetzt in die Apotheke da drüben, holen einen Schwangerschaftstest, und dann erledigst du die Sache.«

Lucie spürte, wie sich ihr Herzschlag beschleunigte.

Schwangerschaftstest. Natürlich hatte sie auch schon daran gedacht, sich einen zu besorgen, aber abgesehen von ihren mangelnden Italienischkenntnissen hatte sie sich nicht getraut.

»Und wo?«, fragte sie, als sei dies das größte Problem an der Sache.

»Zum Beispiel hier. Auf der Toilette. Oder in einer anderen Bar, wenn du da nicht noch mal reinwillst.«

»Warum fahren wir nicht erst ins Hotel?«

»Weil deine Angst mit jeder Minute umso größer wird. Komm.«

Lucies Zähne fingen an zu klappern, als Kristina sie unterhakte und über die Straße zog. Als würde ihre Hinrichtung bevorstehen, mindestens aber eine lebenslängliche Haftstrafe. Sie stieg die paar Stufen zur Apotheke hoch und hatte schon den Türgriff in der Hand.

»Wäre es denn so ein Drama, wenn du schwanger wärst?«

»Ein Drama?« Lucie spürte, wie ihr Magen wieder rebellierte. »Eine Katastrophe. *The worst case.*«

»Weil der Erzeuger nicht als Vater zur Verfügung steht?«

»Weil ich etwas aus meinem Leben machen will!« Lucie

schrie es heraus. Ganz Frascati sollte es mitbekommen. Wer wollte schon mit Anfang zwanzig Mutter werden? Ohne Ausbildung, ohne Studium, ohne alles?

»Verstehe«, sagte Kristina. »Aber auch dafür gibt es eine Lösung.« Sie stieß die Tür zur *Farmacia* auf. »Wartest du eben?«

*

Die Ewige Stadt. Endlich war er da! Und sie erstrahlte im frühsommerlichen Glanz, als hätte sie sich nur für ihn aufgerüscht. Vergessen waren die düsteren Katakomben der Metro und die Polizeistation auf Gleis dreizehn.

Johann genoss die Fahrt im Doppeldeckerbus durch die Straßen Roms, seine Schwiegertochter an seiner Seite, und er konnte es kaum fassen, dass an nahezu jeder Straßenecke irgendeine Sehenswürdigkeit herumstand. Einfach so, als wäre es bloß eine Attrappe. Die Sonne brannte ihm aufs Haupt, es stank mächtig nach Abgasen, aber er schwebte im siebten Himmel. Nur manchmal, wenn Astrids Duftwasser ihn anwehte, bekam sein Hochgefühl einen kleinen Dämpfer. Seine Sirene, nun ja … Es hatte nicht sollen sein.

Sie waren bereits am Kolosseum und am Forum Romanum vorbeigefahren, danach hatte der Bus Kurs auf die Vatikanstadt genommen, und der prächtige Petersdom war wie eine Fata Morgana in der Ferne aufgetaucht. Nach gefühlten Stunden im Stau – selbst das konnte Johann nicht die Laune verhageln – hielt der Bus unweit der Piazza Navona. Die Reiseleiterin, eine blondierte Person jenseits der fünfzig, verkündete übers Mikrofon, dass ihnen nun eine Dreiviertelstunde Zeit bliebe, um sich auf eigene Faust auf dem barocken Platz umzusehen. Alle Mann aussteigen. Beine vertreten. Auf ins Getümmel.

»Johann, soll ich lieber dein Geld einstecken?«, fragte Astrid, als er schon wieselflink dem Platz zustrebte.

»Nicht nötig, mein Herz.«

Noch vor der Abfahrt hatte er eine bombensichere Methode ausbaldowert, um die Scheinchen gefahrlos durch Rom zu transportieren. Zwei Zwanziger steckten in der linken Socke, zwei Zwanziger in der rechten; seine Blase am großen Zeh war gut durch ein Pflaster geschützt. Da musste der Dieb ihn schon zu Boden stoßen und ihm Schuhe und Socken von den Füßen reißen, um ihn auszurauben.

»Wirklich nicht?«

Er schüttelte den Kopf.

»Wo hast du denn dein Geld?«

»Das verrat ich dir doch nicht«, erklärte er und hakte sich bei seiner Schwiegertochter unter. Nun, da ihn die Schönheit der Piazza Navona in den Bann schlug, wollte er ganz sicher nicht über Lappalien wie Geld in Stinkesocken reden.

Sie streiften von Brunnen zu Brunnen, und Johann konnte sich an den in Marmor gemeißelten Göttern, Tieren und Pflanzen kaum sattsehen. Am meisten entzückte ihn der letzte Brunnen, die *Fontana del Nettuno,* mit dem gegen ein Seeungeheuer kämpfenden Meeresgott Neptun, den dekorativen Nymphen und Putten.

»Wäre doch ein Jammer gewesen, wenn wir das hier verpasst hätten.« Johann ließ sich am Brunnenrand nieder und tauchte die Hände ins kühle Nass. »Und dass wir beiden Hübschen auf unsere alten Tage …«

»Moment, Opa, jeder spricht für sich«, fiel ihm Astrid ins Wort.

Sie sagte nie Opa zu ihm, was recht so war. Die Anreden Opi oder Opa waren allein seinen Enkelinnen und seinem Enkel vorbehalten.

»Ich find's jedenfalls richtig prima, dass wir hier sind. Also nur du und ich … Ich und du … Also wir beide.«

»Ist das jetzt aus irgendeinem Schlager?«, neckte sie ihn, aber Johann wusste in diesem Moment, dass sie genauso empfand wie er. Sie hatten es in der Vergangenheit nicht immer ganz leicht miteinander gehabt. Und Augenblicke wie diese, in denen sie zu zweit etwas Schönes erlebten, waren schon gar nicht vorgekommen.

»Astrid, ich lade dich jetzt zu einer gepflegten Tasse Kaffee ein. Hm, was meinst du?«

»Haben wir denn noch genug Zeit?« Sie lugte unter der Sonnenbrille hinweg auf ihre Armbanduhr.

»16 Minuten«, sagte er. »Muss reichen.«

Sie setzten sich in das erstbeste Café, das auf dem Weg lag, bestellten Kaffee und Hörnchen – und dann tat sich erst mal nichts. »Was machen die denn so lange? Sind die erst nach Brasilien, um die Kaffeebohnen zu ernten, oder was?«

Als das Bestellte eine Viertelstunde später immer noch nicht da war, standen sie wie auf ein geheimes Zeichen auf, nahmen die Beine in die Hand und flitzten los. Das heißt, Astrid flitzte. Johann stolperte hinter ihr her, sein Herz pumpte wie verrückt, es schlug Purzelbäume, aber er schaffte es nun mal nicht schneller.

»Wenn du willst, dass ich gleich tot umfalle, nur zu!«, schnaufte er.

Astrid blieb stehen, ihre Wimpern flatterten wie Insektenflügel, dann hakte sie ihn unter. »Komm, ganz langsam. Alles gut?«

Er nickte und verschwieg seiner Schwiegertochter den stechenden Schmerz im Brustraum. War ja auch nur für den Moment. Wenn er erst im Bus saß, würde sich das ganz schnell wieder geben. Kaum hatte er das gedacht, fuhr ein Doppeldeckerbus im Schritttempo an ihnen vorbei.

»Das ist doch … Ist das nicht?«, stammelte Astrid.

Doch, das *war*. Exakt in diesem Bus waren sie eben noch gemütlich durch die Stadt gejuckelt. Johann erinnerte sich nur zu gut an die dicke Frau, die mit ihren schwabbeligen Oberarmen vor ihnen gesessen hatte.

»Anhalten!« Er fuchtelte mit den Armen, aber tja, der Bus rollte einfach weiter.

»Das gibt's ja wohl nicht!« Astrid war wirklich auf 180. »Da zahlen wir so viel Geld, und die zählen nicht mal nach, ob alle eingestiegen sind?«

Auch Johann fand das frech, geradezu rüpelhaft, aber schnurz. Sie waren in Rom, und der Tag war zu schön, um sich gelb und grün zu ärgern. Lieber wollte er endlich Kaffee trinken gehen, in der Ewigen Stadt noch ein wenig auf Dandy machen und später Astrid zu einer Taxifahrt zum Bahnhof einladen. Er fasste sich an die Brust, in der es nur noch schwach ziepte, und sagte: »Astrid. Jetzt oder nie. Der Tag gehört uns.«

*

Lucie saß auf dem Klo im Hotelzimmer und konnte nicht pinkeln. Nicht mal der kleinste Tropfen wollte kommen.

»Bist du fertig?« Kristina pochte bereits zum zweiten Mal an die Tür.

»Brauch noch ein bisschen.«

»Okay, dann sag Bescheid. Ich geh auf die Terrasse, eine rauchen.«

Lucie nickte ihren Knien zu. Wie peinlich war das denn! Schon in Frascati hatte sie ewig lang in einer Eisdiele auf der Toilette gehockt. Ihre Pinkelhemmung und sie hatten sich ein Duell geliefert, aus dem die Pinkelhemmung gefühlte Stunden später als Siegerin hervorgegangen war. Mit einer Literflasche Wasser bewaffnet, waren sie daraufhin ins Hotel gefahren. Bestimmt ein gutes Drittel hatte Lucie getrunken, also würde ihre Blase aller Wahrscheinlichkeit nach demnächst wieder etwas hergeben.

Es dauerte noch ein paar Minuten, dann kam der erlösende Strahl. Endlich! Ihre Knie zitterten, als sie sich die Shorts wieder hochzog. Sie machte sich nicht mal mehr die Mühe, sich die Hände zu waschen, sondern rief gleich nach Kristina.

»Gut. Sehr gut«, sagte diese mit relaxtem Gesichtsausdruck, und Lucie musste beinahe lachen, weil sie noch nie jemand fürs Pipimachen gelobt hatte.

Wie schon beim Gang in die Apotheke übernahm Kristina auch den Rest. Lucie floh derweil auf die Terrasse, sie wollte nicht dabei sein, wenn sich der Teststreifen verfärbte oder implodierte oder was auch immer. Lieber stand sie gegen die Brüstung gelehnt da und hörte dem Hämmern ihres Herzens zu. Sie dachte an Pawel, an ein bestimmtes Mal im Bett. Damals war es wunderschön gewesen – nur, wieso kam ausgerechnet jetzt die Erinnerung daran?

»Lucie?«

Sie fuhr herum. Kristina trat auf die Terrasse, ein schmales Lächeln auf den Lippen. Und dann schüttelte sie – ja, sie schüttelte tatsächlich den Kopf.

»Entwarnung?«

»Entwarnung.«

»Heißt das, ich bin nicht schwanger?«

»Nein, du bist nicht schwanger.«

Ein Tohuwabohu an Gefühlen überwältigte Lucie mit einer Wucht, dass sie die Freundin ihrer Mutter stürmisch umarmte und sie wie ein tanzendes Paar über die Terrasse taumelten. Nicht schwanger! Nicht schwanger! Nicht schwanger! Die Last vieler quälender Tage fiel mit einem Schlag von ihr ab. Sie war endlich wieder frei; das Pawel-Dokument auf ihrer internen Festplatte konnte gelöscht werden.

»Und jetzt?«, fragte Kristina.

»Jetzt lade ich dich auf einen Irgendwas-Drink am Pool ein. Möglichst mit Alkohol.«

Fältchen kräuselten sich in Kristinas Augenwinkeln. »Ich meinte eigentlich, was du mit deinem Leben anfangen willst.«

»Mal sehen. Irgendwas. Jedenfalls nicht so schnell Mutter werden.«

»Gute Idee.« Kristina lachte heiser. »Astrid und Oma – das geht irgendwie nicht zusammen, finde ich.«

»Nein? Oma Astrid klingt doch nicht schlecht.«

»Komm, Lucie. Alkohol. Den brauch ich jetzt auch.«

Sie zogen los, und als sie ihr erstes Glas geleert hatten, sagte Lucie: »Du kennst dich ja bestens mit diesen Tests aus. Erfahrung?«

Es war keine ernstgemeinte Frage, schließlich ging sie

Kristinas Sexualleben nichts an, aber die sagte schlicht: »Ja.« Und dann rückte sie mit ihrer Geschichte raus. Dass sie in den letzten beiden Jahren mehr als einmal auf einen Teststreifen gepinkelt habe und – ganz im Gegensatz zu Lucie – jedes Mal gehofft hatte, schwanger zu sein.

Ups. Fettnäpfchen! Wieso hatte Lucie bloß davon angefangen? Und wollte sie das eigentlich hören? Von einer nahezu fremden Frau, die auch noch in dem Alter ihrer Mutter war? Doch als sie sich klarmachte, dass ihr diese nahezu fremde Frau heute bedingungslos zur Seite gestanden hatte, sagte sie beschämt: »Das wusste ich nicht, tut mir leid.«

Kristina atmete schwer aus. »Du kannst ja nichts dafür. Niemand kann etwas dafür. Nur bin ich heute natürlich wieder daran erinnert worden. Das ist alles.«

»Shit, wenn ich das geahnt hätte …«

»Was dann?«

»Dann hätte ich den Test eben nicht gemacht.«

»Du spinnst ja wohl! Es ist nur gut, dass du es jetzt hinter dir hast.«

Nicht in ihren kühnsten Träumen wäre Lucie auf die Idee gekommen, dass diese toughe Chirurgin überhaupt ein Kind wollte. Und ihre Mutter hatte auch keinen Ton gesagt.

»He, mach dir bitte keinen Kopf. Das Leben wird mich garantiert noch öfter mit der Nase auf dieses Thema stoßen.«

Eine Weile hing Schweigen in der Luft, dann fasste Lucie Mut und sagte: »Kristina, wenn meine Mutter fragt, was wir heute unternommen haben …«

»Dann sage ich ihr, dass wir uns in den Geschäften herumgetrieben, nett in Cafés gesessen und über andere Leute gelästert haben, okay?«

»Danke, Kristina.«

Ein flüchtiges Grinsen huschte ihr übers Gesicht. Wow, was hatte ihre Mutter nur für eine großartige Freundin. Von der konnte sich so ziemlich jede Person auf diesem Erdball noch eine Scheibe abschneiden.

*

Der Shuttlebus fuhr ruckelnd über den Schotterweg, der zwischen dichtgewachsenen Pinien zum Hotel führte. Astrid wandte den Kopf zur Seite und sah, dass Opa Johann selig in sich hineinlächelte. Sie hatte ihm einen einmalig schönen Tag beschert und er ihr, und sie wusste, dass ihr dies auch später einmal, wenn er nicht mehr da wäre, ein gutes Gefühl geben würde.

Der Bus bremste vor dem Haupthaus, und als sie ausstiegen, kam der kleine Hund angeschossen. Schwanzwedelnd sprang er um die eigene Achse, er fiepte und bellte und wollte immer wieder Johanns Hand abschlecken.

»Ist ja gut, Waldi«, sagte er und nahm das kleine Fellknäuel auf den Arm.

»Waldi?«

»Ja, so heißt er seit heute Morgen.«

»Lustiger Name.«

»Nein, ein würdiger Name.«

»Der mag dich aber ziemlich«, stellte Astrid fest.

»Natürlich. Wir sind ja auch beste Freunde.« Völlig hingerissen steckte er seine Nase ins Hundefell.

»Wie gut, dass er nicht …« Sie verstummte, als sie Johanns entzürnten Blick auf sich ruhen fühlte.

»Dass er noch nicht überfahren worden und im Hundehimmel gelandet ist? Wolltest du das sagen?«

»Johann.« Astrid legte ihm beschwichtigend die Hand auf den Arm. »Waldi ist wirklich süß, aber du kannst ihn nicht mitnehmen. Du musst dich damit abfinden. Aber wenn du willst …«

Es schien ihn nicht zu interessieren, was sie zu sagen hatte, denn er rief winkend: »Lucie! Kristina! Hier!«

Jetzt erblickte Astrid die beiden auch. Seite an Seite schlenderten sie durch die Parklandschaft und hatten nahezu identische Neckholderkleider an.

»Aha? Seid ihr jetzt beste Freundinnen?«, begrüßte sie sie schmunzelnd.

»Kein Grund zur Eifersucht.« Kristina drückte Astrid an sich. »Deine Tochter und ich …«

Im Bruchteil einer Sekunde wurde Lucies Blick angespannt, und sie wechselte einen raschen Blick mit Kristina.

»Wir haben Frascati unsicher gemacht. Es war ein richtig schöner Tag. Ohne Lucie hätte ich mich wahrscheinlich zu Tode gelangweilt. Und ihr?«

»Oh, wir hatten es auch sehr schön«, sagte Astrid. »Sehr, sehr schön sogar, nicht wahr, Johann?«

Ihr Schwiegervater schien gar nicht zugehört zu haben. Stattdessen nahm er Lucie beiseite.

»Sag mal, was war das denn eben?«, wollte Astrid wissen.

»Was meinst du?«

»Lucie hat dich so verschwörerisch angeguckt. Habt ihr was ausgeheckt?«

Kristina lachte übers ganze Gesicht. »Nein, Quatsch! Deine Tochter ist wirklich eine tolle junge Frau. Eigentlich habe ich sie erst heute so richtig kennengelernt.«

»Geht's ihr besser?«

Kristina nickte. »Ich bin mir ziemlich sicher, dass es nur eine kleine Magenverstimmung war. Trotzdem sollte sie sich, wenn sie wieder in Deutschland ist, mal durchchecken lassen. Vielleicht hat sie sich ja auch was in Indien eingefangen.«

Ein entnervtes Stöhnen durchschnitt die Stille, und als Astrid sich umwandte, sah sie, dass Opa Johann schneller, als er eigentlich laufen konnte, das Haupthaus ansteuerte.

»Was ist denn mit Opa los?«

Lucie ließ ihr Smartphone sinken. »Er kann den Hund nicht mitnehmen. Hab ich eben gegoogelt. Dafür bräuchte er tausend Impfungen, einen Mikrochip, einen Reisepass, weiß der Teufel was noch.«

Astrid nickte. Das war ihr ohnehin klar gewesen.

»Armer Johann«, seufzte Kristina.

Armer Opa, fügte Astrid in Gedanken hinzu. Und mehr und mehr reifte in ihr der Wunsch, ihrem Schwiegervater nach ihrer Rückkehr einen Hund zu schenken. Selbst auf die Gefahr hin, dass am Ende möglicherweise sie die Leidtragende sein würde und Tag für Tag mit ihm Gassi gehen müsste.

26

»Matteo!«, rief Lucie.

Sie hatten sich auf dem *Campo de' fiori* verabredet, aber es war nicht einfach gewesen, ihn im Gewühl ausfindig zu machen. Eine Weile war sie umhergeschlendert und hatte nach einem Typen mit einer Retro-Ray-Ban-Sonnenbrille Ausschau gehalten. Von der Sorte gab es hier unzählige, doch nur einer hatte gewelltes braunes Haar, trug ein gebügeltes T-Shirt zur Jeans und hatte einen Seesack geschultert.

»Matteo!«, rief sie ein zweites Mal und gestikulierte wild. »Hier!«

Er drehte sich um, winkte, dann zwängte er sich zwischen aufgetürmten Obstkisten hindurch und kam federnden Schrittes auf sie zu.

Es war, als würde sie einen alten Schulfreund treffen, den sie seit dem Abi nicht mehr gesehen hatte, und schwatzend brachen sie auf. Weg vom Touristentrubel. Matteo wollte ihr *sein* Rom zeigen. Die Straßen und Gassen, in die die Touristen nicht in Scharen einfielen. Jenseits des *Campo de' fiori* steuerten sie das Ghetto an, wo es etwas beschaulicher zu-

299

ging. Sie setzten sich in eine Bar, bestellten Espresso und getoastete Panini.

»Nur damit das klar ist«, sagte Lucie, »ich lade dich ein.«

»Wieso?«

»Weil du extra meinetwegen die lange Fahrt nach Rom auf dich genommen hast.«

Matteo winkte gelassen ab. »Mit Bus und Bahn wärst du zu mir Stunden unterwegs gewesen. Außerdem treffe ich später noch ein paar Freunde.« Er lächelte verlegen. »Einen Exlover und einen … na ja, vielleicht künftigen Lover.«

Die Verabredung hatten sie und Matteo in der vergangenen Nacht per Handy getroffen. Dabei war Lucie die treibende Kraft gewesen. Es ging um mehr als bloß um einen netten Vormittag. Es ging um ihre Zukunft.

Matteo schnürte den Seesack auf und legte einen Packen Unterlagen auf den Tisch. *Italiana per stranieri,* stand in einem grün umrandeten Emblem.

»Bereit für einen kleinen Einstufungstest? Dann sehen wir mal, ob du noch in einen der laufenden Intensivkurse einsteigen kannst.«

Lucie war bereit. Und wie sie bereit war! Ihr Leben sollte hier und jetzt losgehen. Egal, was ihre Mutter dazu sagte. Egal, wie ihr Vater das fand. Allein der finanzielle Aspekt bereitete ihr noch Kopfzerbrechen. Indien hatte ihre kompletten Ersparnisse verschlungen, und sie wusste nicht, ob ihre Mutter sie bei ihrem neuen Projekt unterstützen würde. Opa Johann? Notfalls würde sie ihn anpumpen müssen, um den Intensivkurs in Sperlonga zu bezahlen. Ihr Plan: Den Sommer über würde sie lernen und pauken, um im Herbst, sei es in Deutschland oder in Italien, mit dem Italienischstudium anzufangen. Diese Idee mochte aus einer Meer-Matteo-Ferienlaune heraus geboren sein, aber sie fühlte sich ganz und gar richtig an.

Der Test war im Nu gemacht, und nach einer kurzen Auswertung offenbarte ihr Matteo, dass sie problemlos in Level 2 einsteigen könne. »Am Montag würde es für dich losgehen.«

Sie nickte ihrem Teller zu, auf dem bloß noch ein paar Krümel lagen.

»Was ist? Kriegst du kalte Füße?«

»Bisschen.«

»Wo liegt das Problem?«

»Ich muss meinen Opa anpumpen, damit er mir den Kurs bezahlt, ich brauche eine Wohnung und einen Job.«

Aber auch in diesem Punkt hatte Matteo eine Lösung parat. Er würde bei seinen Freunden im Ort herumfragen; bestimmt könne sie vorerst bei dem einen oder anderen unterschlüpfen.

»Und was den Job angeht.« Ein Lächeln erhellte sein Gesicht. »Könntest du dir vorstellen, in einer Bar zu arbeiten?«

»Du meinst, Espresso machen, Sandwichs toasten und so?«

»Ganz genau.«

»Denke schon.«

Matteo schob sich die Sonnenbrille ins Haar, und zwischen seinen Augenbrauen tauchte eine Falte auf. »Zu Stoßzeiten kann das ziemlich stressig werden. Das hast du ja bestimmt schon mal miterlebt.«

Lucie nickte. Wenn's drauf ankam, war sie jedoch nicht zimperlich und krempelte die Ärmel hoch. Das hatte sie in Indien zur Genüge unter Beweis gestellt.

»Zwischendrin hast du aber immer Zeit, es ruhiger angehen zu lassen.«

»Wieso bist du dir so sicher, dass ich den Job kriege?«

Aus dem Lächeln wurde ein herablassendes Grinsen, als er erzählte, dass ihm Francesco, der sich von dem Voraberbe seines Vaters eine Bar in Sperlonga gekauft hatte, noch etwas schuldig sei.

»Weil der dich verlassen hat?«

»Nein, weil ich ihm vor Jahren mal aus der Patsche geholfen habe.«

Lucie sah ihn fragend an, aber Matteo machte nur eine abwinkende Geste.

»Ist das nicht längst verjährt?«

»Das werden wir dann ja sehen. Und wegen der Wohnung mach dir keine Gedanken. Notfalls lege ich eine Matratze in meine Einzimmerwohnung, und du schläfst erst mal bei mir.«

Das wollte Lucie keinesfalls annehmen, lieber leierte sie Opa Johann noch ein paar Euro mehr aus den Rippen und stieg die ersten Tage in einer Pension ab. Irgendwie würde es schon gehen. Alles ging immer irgendwie, wenn man seine Ansprüche nur weit genug herunterschraubte.

Lucie zahlte, dann brachen sie auf. Matteos Lieblingsgalerie mit schwuler Kunst lag gleich um die Ecke. Die zeigte er ihr voller Stolz, danach führte er sie zu seinem orangefarbenen Fiat 500, einem Modell aus den Sechzigerjahren, den er zwei Straßen weiter geparkt hatte.

»Das ist ja mal ein goldiges Auto!«, rief sie entzückt und schoss ein paar Fotos mit dem Handy.

»Kleine Stadtrundfahrt gefällig?« Matteo öffnete galant die Beifahrertür, als wäre es eine Luxuslimousine, und Lucie stieg ein. Wenn sie schon mal in Rom sei, so sein Standpunkt, müsse sie sich auch ein paar Touristenattraktionen ansehen.

»Anschnallen. Geht los. Und keine Angst, wenn der Wagen ab und zu merkwürdige Geräusche macht.«

»Solange er uns nicht im Stich lässt.«

»Hat er noch nie getan. Ich war mit ihm sogar schon in München.«

Er tuckerte mit 30 Sachen los, steigerte sein Tempo auf rasante 40, und Lucie fühlte sich wie mit einer Zeitmaschine in Opa Johanns Jugend zurückversetzt.

Sie kurbelte das altmodische Autofenster runter, hielt den Kopf in den Wind und genoss die frühlingshafte Stadt mit all ihren geschichtsträchtigen Plätzen und Monumenten. Was sie alles sah: das Kolosseum und das Forum Romanum, das Pantheon und die Piazza Venezia, die Kirche Santa Maria Maggiore und die Peterskuppel, Antike, Renaissance, Barock und ganz viel Jetztzeit. Es war einer der schönsten Tage seit langem. Vielleicht sogar der schönste. Und das hatte sie Matteo zu verdanken, der ihrem Leben – ob er sich nun dessen bewusst war oder nicht – eine neue Richtung gegeben hatte.

*

Kristina sah phantastisch aus. Sie trug eine luftige weiße Tunika zu schmalen eierschalenfarbenen Hosen, und ein silberner Jugendstilanhänger zierte die Mulde an ihrem Hals. Ein Geschenk von Pius zu ihrem vierzigsten Geburtstag, wie sie Astrid anvertraute, während sie vor dem Hotel auf Lucie warteten.

Diese kehrte erst auf den allerletzten Drücker aus Rom zurück. Ihre Wangen waren erhitzt, und die Augen glänzten, als sie knirschenden Schrittes den Kiesweg entlangkam.

»Nun mal dalli«, trieb Astrid sie an. »Oder willst du nicht mit?«

»Doch. Kann ich mir noch kurz was anderes anziehen? Bin total verschwitzt.«

»Aber mach schnell«, sagte Kristina, die eine fiebrige Unruhe ergriffen hatte. Keine Frage, sie wollte ganz vorne an den Bühnenrand. Wie ein Teenager, der seinen Schwarm zum ersten Mal live sehen würde.

»Fünf Minuten.«

Lucie hielt Wort und war bereits viereinhalb Minuten später zurück. Sie steckte in Jeans und T-Shirt und hatte ihre Armeejacke mit dem Peace-Zeichen unter den Arm geklemmt.

»Kommt Opa nicht mit?«

»Das ist doch nichts für ihn, Spatz.«

Dass Lucie so etwas überhaupt in Erwägung zog! Johann war noch nie in seinem Leben auf einem Konzert gewesen, vom Weihnachtsoratorium in der Philharmonie mal abgesehen.

In Frascati herrschte Rushhour, und der Shuttlebus setzte sie nicht am Bahnhof, sondern ausnahmsweise am Parkplatz ab. So mussten sie nur die Straße überqueren, was bei den chaotischen Verkehrsverhältnissen schwierig genug war. Autos hupten, Vespas fuhren Slalom, und Astrid war froh, als die Türme von San Pietro Apostolo vor ihnen aufragten. Die Bühne war bereits auf dem Platz vor der Kathedrale aufgebaut – hier sollte das Konzert stattfinden –, und Einheimische jeden Alters strömten von allen Seiten herbei. Beim Anblick der vielen Menschen beschleunigte Kristina ihren Schritt. Wider Erwarten stellte sie sich aber nicht an den Bühnenrand, sondern besetzte einen Tisch in einer Bar, die sich bloß wenige Schritte von der Bühne, in unmittelbarer Entfernung der Lautsprecher, befand.

»Hier können wir doch bestimmt nicht sitzen bleiben«, meinte Astrid.

»Können schon.« Lucie hielt sich die Ohren zu und verzog schmerzhaft das Gesicht. »Wenn ihr scharf auf einen Tinnitus seid ... Ich bin dann nachher weg.«

Kristina bestellte eine Flasche Prosecco. Wenn schon, denn schon, lautete ihr Motto. Bis zum Konzertbeginn war es noch weit über eine Stunde hin, und wer wusste schon, ob Luca Rizzoli überhaupt pünktlich anfing.

Der Alkohol lockerte Astrids Zunge, und sie fragte Lucie, was passiert sei, dass sie so glücklich aussehe. »Neue Liebe?«

»Quatsch.« Lucie schob sich eine Handvoll Chips in den Mund.

»Dafür grinst du aber verdächtig viel.«

»Darf es einem nicht einfach mal nur so gutgehen?«

»Klar. Ich hab dich aber in San Felice Circeo zufällig mit diesem jungen Mann gesehen.«

»Oh no!« Ihre Tochter schaute provozierend, fast ein bisschen trotzig.

»Da könnte man doch glatt auf die Idee kommen ...«

»Matteo ist schwul, zufrieden? Aber wir verstehen uns super und ...«

Sie brach ab.

»Und was?«

»Ich geh mal kurz rein«, sagte Kristina. »Haltet ihr mir den Platz frei?«

Astrid nickte ihr knapp zu. Weg war sie, aber Lucie hüllte sich weiter in Schweigen.

»Was ist los?«

»Nichts.« Sie taxierte ihre Fingernägel, als gäbe es dort irgendetwas Spannendes zu entdecken.

»Bist du wieder mit Pawel zusammen?«

»Um Himmels willen, nein! Der soll mir bloß vom Leib bleiben!« Lucie war richtiggehend empört. »Ich hab Matteo ... wir haben uns heute in Rom getroffen.«

»Woher kennst du ihn eigentlich?«

»Ist doch jetzt schnuppe. Jedenfalls ist er supernett. Er hat so einen süßen alten Fiat ... weißt du, diese winzigen bunten Autos ... mit dem hat er mich durch die halbe Stadt gefahren und ...« Gerade mal eine Nanosekunde lang blickte sie Astrid an. »Er hat mir von der Sprachenschule erzählt, in der er unterrichtet.«

»Aha? Was unterrichtet er denn?«

»Italienisch.«

»Und wo ist diese Schule?«

»In Sperlonga. Liegt östlich von San Felice Circeo.«

Astrids Gedanken nahmen Fahrt auf. Fuhren Karussell. Und ein Verdacht keimte in ihr auf.

»Und weiter?«

306

»Die Sache ist die …«

»Du würdest dort gerne einen Sprachkurs belegen?«

Lucie riss die Augen auf, dann legte sie den Kopf schräg und gestand: »Ja, schon.«

»Warum nicht? Nächstes Jahr oder so.«

»Ich dachte eher an dieses Jahr.«

»Sag mal, bist du dieses Jahr nicht schon genug verreist?«

»Mami!« In dem einen Wort schwangen Vorwurf, Anklage und Kampfansage mit. »Ich will den Kurs aber jetzt machen. Ich könnte sogar noch in einen Intensivkurs einsteigen.«

»Wann?«

»Montag.«

Astrid starrte ihre Tochter entgeistert an. »Ich glaub, ich versteh nicht. Dann würdest du nicht mit zurück nach Deutschland kommen?«

Lucie vergrub ihr Gesicht in den Händen und schüttelte den Kopf.

Das Gemurmel auf dem gutbesuchten Platz schwoll an, als ein paar Männer die Bühne erklommen. Vielleicht waren es Techniker, vielleicht aber auch Bandmitglieder. Kristina hätte es sicher gewusst, doch sie war noch nicht wieder aufgetaucht.

»Wie stellst du dir das vor?«, fuhr Astrid fort. »Rückflug, Hotel, das kostet doch alles.«

»Mach dir keine Sorgen, Mami. Hab schon alles geregelt.«

Geregelt? Da war sie aber mal gespannt! Ihre Tochter war in vielen Dingen gut; perfekte Organisation gehörte allerdings nicht gerade dazu.

»Matteo besorgt mir eine Wohnung und einen Job, und vielleicht legt Opi ja was zum Sprachkurs dazu. Ist ja schließlich für einen guten Zweck.«

»Tut mir leid, Lucie, aber der gute Zweck erschließt sich mir im Moment noch nicht. Wenn du schon dein Studium schmeißt, wofür ich ja durchaus Verständnis habe, solltest du vielleicht erst mal dein Leben in Ordnung bringen.«

Ein Bass jaulte auf, und fast zerriss es Astrid das Trommelfell.

»Was denkst du, was ich die ganze Zeit tue?«, blaffte Lucie. Im nächsten Moment kamen ihre schwitzigen Finger angekrabbelt. Es war immer noch die so vertraute Kinderhand, bloß mit dem Unterschied, dass sie nicht mehr ständig den Nagellack mit den Zähnen von den Fingernägeln abschabte.

»Also«, fuhr sie in gemäßigtem Tonfall fort. »Ich würde jetzt gerne den Sprachkurs machen, der dauert, keine Ahnung, ich glaub, drei Wochen. Auf jeden Fall suche ich mir einen Job, damit ich euch entlaste. Danach komme ich nach Hause, jobbe den Sommer über in Berlin und guck mal, wo ich im Herbst …« Ihr Augenlid fing an zu zucken, und sie blinzelte einige Male. »Wo ich im Herbst mit dem Italienischstudium anfangen kann.«

»Italienisch?«, wiederholte Astrid ungläubig. Wie kam ihre Tochter jetzt darauf?

»Wieso nicht Italienisch? Ist doch ein super Studiengang.«

Und dann sagte Astrid diesen einen Satz, den sie sich eigentlich lieber verkniffen hätte. »Mag sein, aber was kann man später damit anfangen?«

»Nun sei doch nicht gleich wieder so ... so negativ! Mit Italienisch kann man Spritz und Panini bestellen, die römische U-Bahn unsicher machen, Polizisten beschwichtigen und jede Menge Italiener aufreißen.«

Astrid musste unwillkürlich lachen und sagte versöhnlich: »Oh, das klingt gut. Dann will ich das aber auch studieren. Tut mir leid, aber ich ... ich bin nun mal deine Mutter.«

»Ach was.«

»Ja, und Mütter machen sich Sorgen. Das liegt in der Natur der Dinge.«

»Deswegen will ich auch nie Mutter werden.«

»Wart's ab. Das kann sich noch alles ändern.«

»Ganz bestimmt nicht. Kinder sind schrecklich.« Lucie heftete ihren Blick auf die Kirchtürme. »Ich bin ja auch eine schreckliche Tochter.«

»Jetzt hör aber auf, das stimmt doch nicht.«

»Na, doch. Du hast immer nur Ärger und Kummer mit mir. Und jetzt will ich auch noch Italienisch studieren.«

»Ich glaub, es gibt Schlimmeres.«

Astrid war längst klar, dass sie nur eine Chance hatte: Sie musste Lucie zutrauen, dass sie ihren eigenen Weg ging. Irgendwann, irgendwie. Und die Sache mit dem Italienischstudium war vielleicht der Anfang.

Abermals jaulten die Bässe auf, Lucie zuckte zurück, und dann kam Kristina angelaufen, um den Schwarm ihrer Jugend mit backfischhaftem Gekreische zu begrüßen.

*

Johann lag inmitten von Schokoladentafeln und Pralinen auf seinem Hotelbett. Das Fenster stand sperrangelweit offen, und mit der würzigen Abendluft, die aus den umliegenden Wäldern aufstieg, wehten auch Essensgerüche aus dem Nobelrestaurant herein. Soeben hatte er sich einen Traum von Haselnussnougat in den Mund geschoben und ließ die Praline auf der Zunge zergehen. Köstlich! Nicht mal Gummibärchen konnten da mithalten, das musste er zugeben. Der karierte Koffer war gepackt, der Fernseher dudelte – irgendeine Spielshow lief –, aber Johann blickte lieber nach draußen, wo sich die Nacht über die Landschaft senkte. Er verstand ohnehin nichts von dem italienischen Gequake. Und die ausnahmslos blondierten Damen, die an der Seite eines alternden Moderators ihre meterlangen Beine vorzeigen durften, gingen ihm gehörig auf die Nerven. Weil sie so natürlich wie Sprühsahne aus der Dose waren. Unwillkürlich musste er an seine Sirene denken, ja, die Frau hatte Stil! Trug ihr Alter mit Würde und war doch mit jeder Faser Frau.

Hundegebell riss ihn aus seinen Gedanken. Johann leckte sich eilig Zeigefinger und Daumen ab, rappelte sich hoch – autsch, sein Kreuz – und schlich gebückt zum Fenster. Erst mal tief durchatmen, irgendwie schien der Sauerstoff gar nicht richtig in seine Lungen zu strömen. Als hätte ihn jemand in ein Korsett geschnürt.

Eine Woge der Rührung stieg in ihm auf, als er Waldi unten stehen sah. Sein kleiner Racker! Er wirkte so verloren, von der ganzen Welt verlassen.

»Waldi!«, rief er. »Hier bin ich! Hier ist dein alter Freund Johann!«

Der Hund sah zu ihm hoch, fing wild an zu kläffen, und sein kleiner Stummelschwanz wedelte wie ein defektes Metronom hin und her.

»Warte, ich komm runter!«

Er steckte seine Geldbörse ein und legte die Windjacke über den Arm – wer wusste schon, was der Abend noch bringen würde –, dann zog er die Tür hinter sich zu.

Unten auf dem Hof begrüßte ihn der Hund mit einer Hingabe und Zuneigung, dass Johann ganz weh ums Herz wurde. Schon morgen ging es nach Deutschland zurück, nur wie sollte er dem kleinen Kerl beibringen, dass er nicht mitdurfte? Und je länger Waldi an ihm hochsprang, kläffte und winselte, desto mehr brach sich das schlechte Gewissen in ihm Bahn. Egoistisch, wie er war, hatte er den Hund aus seinem Umfeld herausgerissen, hatte ihn von seinen Kollegen am Strand getrennt, und jetzt wusste nur der Herrgott, was aus ihm werden würde. Er nahm ihn hoch, presste seine Nase in das weiche Fell und wisperte: »Es tut mir so leid, Waldi, so schrecklich leid. Aber ich kann nichts machen. Du musst leider hierbleiben.«

»Cèsare!«, gellte eine Stimme in der Dunkelheit.

Wie auf ein Stichwort begann sich der Hund auf seinem Arm zu winden, und sein wedelnder Schwanz fegte über die Windjacke. Er wollte runter, und Johann ließ ihn frei.

Einer der jungen Männer, die den Hotelbus fuhren, kam mit langen Schritten auf sie zu.

»*Ecco, ci sei, piccolo mio. Cèsare!*«

»Cèsare?«, wunderte sich Johann. »Das ist doch Waldi.«

Der Italiener sagte etwas, lachte aus vollem Hals, doch Johann verstand ihn nicht.

»English?«, fragte er nach.

»Little English«, erwiderte Johann und verschwieg, dass sein Englisch wirklich äußerst *little* war, wie der Wirkstoff in einer homöopathischen Tablette vermutlich nicht mal nachweisbar.

»*I found the dog yesterday*«, erklärte er. »*He is so sweet. I will take him home.*«

»*Home?*«

»*Si. A casa mia.*«

Johann brauchte einen Augenblick, um zu begreifen. Waldi hatte ein Zuhause? Ein echtes Zuhause? Er wusste nicht, welches Gefühl stärker war, die Eifersucht, dass dieser Mann Waldi haben durfte, oder das Glück, ihn gut versorgt zu wissen.

»Äh, *si, bene*«, stammelte er.

»*Ah, parla italiano?*« Der junge Mann lächelte entzückt, als hätte Johann einen komplizierten philosophischen Sachverhalt fehlerfrei auf Italienisch formuliert.

»*Poco*«, antwortete Johann. »*Very poco.*«

Der Mann zwinkerte ihm zu, nahm Waldi auf den Arm, weg war er.

Johann blieb zurück und glaubte zu spüren, dass der Boden unter ihm bebte.

*

Der Rock-Opa in voller Aktion: Er spielte Bass und sang. Näselnd und irgendwie doch ein bisschen peinlich. War eben mehr was für die älteren Semester, die ihn mit seinen längeren angegrauten Haaren immer noch megatoll fanden. Befremdet darüber, dass ihre Mutter und Kristina augenscheinlich einen Hormonschub nach dem anderen erlebten, bahnte sich Lucie einen Weg durch die Menge. Eine ganze Stunde hatte sie schon ausgehalten, jetzt wollte sie nur noch weg. Denn je weiter das Konzert fortschritt, desto mehr kam ihre Mutter in Fahrt. Sie riss die Arme hoch, hüpfte wie ein Flummi auf und ab und pfiff auch noch auf zwei Fingern. Lucie hatte nicht mal geahnt, dass sie zu so etwas fähig war. Noch länger angucken mochte sie sich das klimakterische Gehampel jedenfalls nicht.

Sie zwängte sich zwischen einem Paar hindurch, das keine Skrupel gehabt hatte, sein plärrendes Baby mitzunehmen. Dann rempelte sie zwei Teenies beiseite, doch als sie endlich dem schlimmsten Gedränge entkommen war, ließ der Sänger seine Gitarre aufheulen, und Lucie blieb wie paralysiert stehen. Applaus brandete über sie hinweg. Die Melodie, ein bisschen gefällig, ein bisschen schräg, ging ihr durch Mark und Bein. Shit, war sie jetzt etwa auch in die Kitschfalle getappt? Oder entluden sich wieder mal irgendwelche unkontrollierbaren Pawel-Emotionen? Nein, ihr Ex konnte und sollte nicht für alles herhalten. Pawel war Schnee von gestern. Italien, Matteo und der Sprachkurs – das stand jetzt an erster Stelle. Endlich hatte sich eine Perspektive für sie aufgetan, was sie nach der langen Zeit im Depri-Loch schlicht überwältigte. Der ganze Ort trällerte mit, *Mare, Mare,* grölte das Publikum, und Lucie ertappte sich dabei, dass sie wie ihre Mutter alle Hemmungen ablegte und ebenfalls lauthals mitsang.

Noch eine Zugabe, dann war das Konzert zu Ende, und wie aus dem Nichts tauchte auf einmal ihre Mutter neben ihr auf.

»Wie fandest du's?« Sie klang heiser.

»So und so. Wo ist Kristina?«

Ihre Mutter lachte leise. »Backstage. Sie will sich ein Autogramm holen.«

»Ich glaub's nicht! Will sie etwa mit dem in die Kiste?«

»Sei nicht albern, Spatz. Kristina ist doch kein Groupie!«

Lucie konnte sich einen Gluckser nicht verkneifen. »He, Mami! Woher kennst du denn solche Ausdrücke? Früher mal Erfahrungen gesammelt?«

»Jetzt werd mal nicht frech.« Ihre Mutter holte zum Spaß mit der Hand aus, nahm dann aber bloß ihr Handy aus der Tasche und blickte aufs Display.

»Dein Vater hat gesimst.«

»Weiß er's eigentlich schon?«, erkundigte sich Lucie beiläufig.

»Ja, ich hab's ihm geschrieben.« Sie klickte die SMS auf. Sekunden wurden zu Minuten, während sie mit regungsloser Miene auf ihr Smartphone starrte.

»Was sagt er?«

Ihre Mutter setzte eine eisige Miene auf. »Er freut sich riesig, dass du ihm noch ein Weilchen vom Leib bleibst.« Doch schon im nächsten Augenblick gackerte sie albern los und konnte sich kaum wieder einkriegen.

»Oh Mann, ihr habt wohl wieder zu viel getrunken.«

»Jetzt sei nicht so spießig.« Sie nahm Lucie an die Hand. »Komm, wir schauen mal, wo meine Freundin bleibt.«

Kristina schien nicht die Einzige zu sein, der ein Rizzoli-Autogramm über alles ging. Frauen jeden Alters drängelten sich backstage vor dem Wohnwagen, in dem der Kultsänger Hof hielt.

»Das kann sich ja nur noch um Stunden handeln«, stöhnte Lucie.

Tatsächlich ließ Kristina eine geschlagene Stunde auf sich warten, aber als sie endlich, ihr Autogramm schwenkend, auf sie zueilte, sah sie so glücklich aus, dass Lucie sich mit ihr über die Karte mit dem geschönten Foto und der Angeber-Unterschrift freute.

Sie winkten ein Taxi herbei – zum Glück war der schlimmste Andrang schon vorbei –, und bereits zwanzig Minuten später fuhr es die Auffahrt zum Hotel hoch.

»Dann schlaft mal gut.« Ihre Mutter gähnte herzhaft, als sie ausstieg. »Spatz, ich seh dich doch morgen noch beim Frühstück, oder?«

»Klar. Ich freu mich schon auf die vielen Kuchen.« Seit sie wusste, dass sie nicht schwanger war, hatte sich ihre Übelkeit wie von Geisterhand verflüchtigt, und sie hätte zu jeder Tages- und Nachtzeit ganze Büfetts leer essen können.

Kristina schob die Glastür auf, schreckte jedoch gleich wieder zurück. In der Lobby saß ihr Mann und blinzelte ihr schläfrig entgegen.

*

Astrid kniff die Augen zusammen, aber sie hatte sich nicht geirrt. Die schmale Gestalt, die im steingrauen Designeranzug im Sessel kauerte, war Pius. Unter seinen Augen lagen Schatten; so mitgenommen hatte Astrid ihn nicht in Erinnerung.

»Schatz?« Bloß dieses eine Wort kam über Kristinas Lippen. Der Rest war pures Erstaunen. Sie presste ihre Autogrammkarte wie einen Schatz an die Brust und rührte sich nicht vom Fleck.

»Guten Abend.« Pius schob die edle Designertasche neben seinen Füßen ein Stück beiseite und stand auf. Höflich reichte er erst Astrid, dann Lucie die Hand, als Letztes begrüßte er seine Frau oder Exfrau mit Küsschen links, Küsschen rechts.

»Wir gehen dann, ähm, mal schlafen«, beeilte sich Astrid zu sagen. »Frühstück morgen so gegen neun?«

Kristina nickte. Pius tat nichts. Außer einen Fussel von seinem Sakko zu schnippen. Was ziemlich lange dauerte. Dafür, dass es bloß ein Fussel war. Astrid fürchtete immer noch, er könnte gleich seine Maske fallen lassen und sie wegen ihres aufdringlichen Telefonats zur Rede stellen.

»Kommst du, Lucie?«

»Was hat das denn zu bedeuten?«, wollte diese wissen, kaum dass sie im Zimmer waren.

»Ich hab keine Ahnung.« Astrid ließ sich ermattet aufs Bett sinken. Der Tag war lang gewesen. Popkonzerte, bei denen man sich, das Blut voller Glückshormone, körperlich völlig verausgabte und dazu noch Alkohol trank, war sie schon lange nicht mehr gewohnt.

»Und warum erschüttert dich das jetzt so?« Lucie streifte die Chucks von den Füßen und schleuderte sie in die Ecke.

»Weil …« Eine Hitzewelle stieg in Astrid auf, und sie schlüpfte rasch aus ihrem Kleid. »Ich … ich fass es einfach nicht.«

»Wie meinst du das?«

Astrid hatte ganz bestimmt nicht vorgehabt, ihre Tochter einzuweihen, gestand ihr nun aber, dass sie Pius hinter Kristinas Rücken angerufen hatte.

»Was wolltest du denn von ihm?«

»Ihn dazu bewegen, noch mal mit seiner Frau zu reden.«

»Und wo ist das Problem? Ist doch nett von dir.«

»Nein, es ist überhaupt nicht nett, sich hintenherum in Beziehungen einzumischen. Verstehst du? So was ist eigentlich tabu.«

»Seh ich nicht so eng.« Lucie gähnte. »Dann können sie sich jetzt doch versöhnen und wieder auf Ehepaar machen.«

Astrid schnaubte leise. »Glaubst du wirklich, das Leben ist so einfach?«

Sie verschwand im Bad, aber als sie zurückkam, war ihre Tochter bereits eingeschlafen. In voller Montur. Sie hatte sich nicht mal die Zähne geputzt. Vor einigen Jahren hätte sie Lucie geweckt und ins Badezimmer gescheucht, aber sie war erwachsen. Astrid hatte nichts mehr zu melden. Gerührt betrachtete sie ihre Kleine und war plötzlich sehr froh, dass Lucie war, wie sie war. Selbstbestimmt, emotional und immer noch ein wenig chaotisch.

27

Astrid wachte davon auf, dass ein Rollladen klapperte. Durch die Ritzen fiel Sonnenlicht und malte Flecken an die Wand. Wie spät mochte es sein? Ihr Blick ging zum Wecker – sieben durch – und glitt weiter zu Lucie, die, ins Laken eingerollt, wie eine Made vor der Verpuppung dalag. Sie schlief tief und fest und ohne jede Regung. Ihre Jeans hingen halb über dem Nachttisch; noch in der Nacht musste sie sie abgestreift und von sich geschleudert haben.

Astrid bemühte sich, keinen Lärm zu machen, als sie sich aus dem Bett schälte, ihre Kleidung nahm, die sie bereits am Vortag nach dem Kofferpacken über den Stuhl gehängt hatte, und ins Bad rüberhuschte. Bis elf Uhr mussten sie das Zimmer geräumt haben. Also würde sie Lucie noch ein Weilchen schlafen lassen und sie spätestens gegen halb zehn, zehn aus dem Bett werfen.

Über dem Parkgelände hing ein dunstiger Schleier, als Astrid hinaustrat. Die Bäume, die verschnörkelten Stühle und Tische, alles schien wie mit dem Weichzeichner bearbeitet, und ein wehmütiges Gefühl stieg in ihr auf. Am Abend würde sie schon wieder in Berlin sein. Sie freute sich

318

auf Thomas, vielmehr brannte sie darauf, ihm alles zu erzählen, aber sie würde auch so vieles vermissen. An erster Stelle ihre beste Freundin. Das gemeinsame Umherstreifen, die nächtlichen Gespräche auf der Terrasse, die Espressoorgien. Und natürlich Lucie, ihren kleinen großen Spatz, der so lange von zu Hause fort gewesen war, aber nicht vorhatte, ins warme Nest zurückzufliegen. Was sie über alle Maßen bedauerte. Wie gerne hätte sie ihre Tochter umhegt und verwöhnt, wenn auch nur für ein paar Wochen.

Sie stieg die wenigen Stufen zum Frühstückssaal hinunter und verharrte in der Tür. Es war noch nichts los, bloß Opa Johann und Pius saßen an einem Vierertisch und plauderten angeregt. Astrid witterte sogleich ihre Chance, machte auf dem Absatz kehrt und nahm die Treppe in zwei Sätzen. Die beiden Männer hatten sie zum Glück nicht bemerkt.

Keine zwei Minuten später klopfte sie an Kristinas Zimmertür. Alles blieb still. Sie klopfte erneut. Wieder nichts.

»Kristina?«, rief sie und hämmerte lauter.

Sie wollte bereits umkehren, als sie dumpfe Schritte hinter der Tür vernahm. Im nächsten Augenblick ging sie auf, und Kristina schaute mit zerstrubbelten Haaren heraus.

»Du schläfst noch?«

»Ja, wieso, wie spät ist es denn?«

»Halb acht.« Astrid spähte ins Zimmer, vielleicht gab es irgendwas Interessantes zu entdecken, Spuren der vergangenen Nacht, aber nur Kristinas Sachen lagen verstreut herum.

»Warum weckst du mich?« Sie klang verstimmt. »Ich brauch doch nicht lange unter der Dusche. Und wegen des Wagens ... Pius ist so nett und holt ihn in Frascati ab.«

»Darf ich kurz reinkommen?«

Kristina ließ die Klinke los, tapste auf Zehenspitzen zum Bett und schlüpfte unter das zerwühlte Laken. Sie war ein Morgenmuffel, immer gewesen. Oder war gestern Nacht etwas vorgefallen, das ihre schlechte Laune erklärte?

»Dein Mann sitzt schon mit Johann beim Frühstück.«

»Umso besser. Dann steht das Auto wohl auch schon auf dem Parkplatz.«

Astrid schnappte sich das Plüschtier, das neben dem Kopfkissen lag. Ein kleines, abgegriffenes Etwas von einem Hasen. »Vielleicht ist es für uns die letzte Gelegenheit, in Ruhe zu reden.«

Ein flüchtiges Lächeln umspielte Kristinas Mundwinkel. Sie stützte sich rücklings auf den Ellbogen ab und sagte: »Pius fährt heute nach Apulien.«

»Aha?«

Eine kleine Pause trat ein.

»Allein?«

»Er möchte, dass ich mitkomme. Also ... sofern ich das noch will.«

»Und? Willst du?«

Kristinas Pupillen irrten hin und her und fanden keinen Halt.

»Willst du?«, wiederholte Astrid.

»Denke schon. Ich weiß nur nicht, ob ich noch eine Woche freikriege.«

Astrid nickte verstehend. »Aber er hat heute Nacht nicht bei dir geschlafen, oder?«

»Nein. Das geht mir dann doch zu schnell. Und ihm wohl auch.«

Wie von einem plötzlichen Sog erfasst, sprang Kristina

aus dem Bett und begann, ihre Sachen zusammenzusuchen. Das tat sie jedoch so hektisch und ungeordnet, dass Astrid sich fragte, wie ihre Freundin es bei den OPs schaffte, koordiniert und mit Bedacht vorzugehen.

Sie sah ihr eine Weile dabei zu, dann erkundigte sie sich, wie es überhaupt zu dem Sinneswandel gekommen sei. Wo Pius doch eigentlich gar nicht mehr mit ihr habe reden wollen.

»Er hat es sich eben anders überlegt.«

»Einfach so?«

Ein Haufen Wäsche landete auf dem Bett, im nächsten Moment trat Kristina an den Schrank und riss mit Getöse die Türen auf. Wahllos zerrte sie Kleider und Hosen heraus und pfefferte sie zu der Dreckwäsche aufs Bett.

»Ich denke schon, dass dein Anruf was in ihm losgetreten hat.«

»Aber gesagt hat er's nicht.«

»Um Himmels willen, nein! Das würde er niemals zugeben.« Ihr Lächeln war warm, als sie einen knappen Blick über ihre Schulter warf. »Danke, Astrid. Du hast nichts falsch gemacht. Du warst einfach nur mutig. Hast sogar riskiert, dass ich dir unter Umständen ins Gesicht springe.«

Von dem euphorischen Gefühl beflügelt, dass die intuitiven Entscheidungen eben doch die besten waren, nahm sich Astrid des Wäschebergs an und faltete Teil für Teil zusammen. »Wie soll es jetzt weitergehen? Seid ihr nun wieder ein Paar oder ...«

»Auf jeden Fall *oder*.« Nachdenklich klemmte sich Kristina eine widerspenstige Haarsträhne hinters Ohr. »Es ist einfach zu viel vorgefallen. Unendlich viel Schmerz, Verletzung, Demütigung. Das lässt sich nicht eben mal so wie mit der Delete-Taste entfernen.«

Sie fuhr fort, dass sie die gemeinsame Reise nutzen wollten, um zu prüfen, ob es noch eine Chance für sie gebe. Auch ohne Kinder. Und unter dem Vorzeichen, dass sie das gemeinsam Erlebte in all seinen Facetten für immer in ihrem Gedächtnis behielten.

Kristina stand so verloren vor dem Kleiderschrank, dass Astrid befürchtete, sie könne heute gar nicht mehr fertig werden.

»Vorschlag«, sagte sie. »Du gehst duschen, und ich packe deinen Koffer zu Ende.«

»Das würdest du wirklich tun?«

»Natürlich. Du hast so viel mehr für mich getan. Mich zum Beispiel auf diese wunderbare Reise mitgenommen.«

Kristina flog ihr in die Arme, und Astrid drückte ihren noch bettwarmen Körper an sich. Nie wieder, das schwor sie sich, würde sie es zulassen, dass der Kontakt zu ihrer Freundin abriss.

*

Die Sonne trat just in dem Moment zwischen den hoch aufgetürmten Wolkengebilden hervor, als Astrid ihren Koffer vor die Tür schleppte. Kristina und Pius hatten ihr Gepäck bereits in den Kofferraum des Mietwagens geladen und steckten die Köpfe zusammen. Kaum wurden sie auf Astrid aufmerksam, fuhren sie wie ertappt auseinander.

»Stör ich?«

»Nein, nein.« Pius trug Chinos, T-Shirt und Turnschuhe. So lässig hatte Astrid ihn noch nie gesehen.

Lächelnd, wenn auch eine Spur unsicher, machte er einen Schritt auf sie zu.

»Astrid, es tut mir leid, wenn ich am Telefon nicht besonders freundlich zu dir war.«

»Und mir tut es leid, dass ich mich eingemischt habe.« Nach den Vorkommnissen der letzten Stunden entsprach dies zwar nicht mehr der Wahrheit, aber Astrid fand es nur höflich, ihm mit diesem kleinen Schuldeingeständnis entgegenzukommen.

»Das muss es nicht. Wenn du es nicht getan hättest, wäre ich jetzt womöglich nicht hier und würde auch nicht mit meiner Frau nach Apulien fahren. Übrigens setzen wir euch selbstverständlich am Flughafen ab.«

»Aber das müsst ihr nicht, wir …«

»Keine Widerrede. Ein Taxi von hier nach Rom kostet ein Vermögen.«

Eine Tür schepperte, und Johann trat vor sich hin fluchend ins Freie.

»Warten Sie!« Schon war Pius bei ihm und nahm ihm den karierten Koffer ab, der so zum Schämen aussah.

Kristina unterdrückte nur mühsam ein Kichern, und auch Astrid feixte sich eins.

»Was denn? Lacht ihr mich etwa aus? Oder den feinen Herrn Pius?«

Befeuert von Kristinas Glucksen, konnte Astrid nicht mehr an sich halten und bekam fast einen Lachkrampf. Doch weder sie noch Kristina klärten die Männer darüber auf, dass der abgeschabte Koffer in Pius' Händen einfach nur bizarr aussah.

Lucie zwängte sich, den Rucksack geschultert, durch die

Tür. Astrid hatte sie doch noch bis halb elf schlafen lassen; das letzte gemeinsame Frühstück war somit entfallen. »Seid ihr schon wieder betrunken?«

»Ganz und gar nicht«, entgegnete Astrid und reichte ihr ein gebunkertes Croissant und eine Banane. »Wir haben nur gute Laune.«

Während Opas Blicke suchend umherflitzten – augenscheinlich hielt er nach dem kleinen Hund Ausschau –, schnappte sich Astrid ihre Tochter und nahm sie ein Stück beiseite. »Ich kann jetzt nicht wegfahren, ohne zu wissen, wo du heute Nacht schläfst.«

»Spinnst du?« Lucie lächelte spöttisch. »Du hast monatelang nicht gewusst, wo ich schlafe.«

»Lucie.«

»Ja, schon gut«, sagte sie gedehnt. »Ich fahr nach Rom. Dort treffe ich Matteo und ein paar Freunde von ihm, und entweder übernachten wir bei diesen Freunden – keine Sorge, die sind alle schwul – oder wir fahren abends noch nach Sperlonga. Geh wohl erst mal in eine Pension. Matteo hat ja nur eine Einzimmerwohnung, da ist es vielleicht ein bisschen zu eng. Zufrieden?«

Astrid seufzte. Das klang alles so halbseiden, dass sie es doch lieber nicht gewusst hätte.

»Mami.« Lucies Stimme bekam eine weichere Note. »Ich simse dir heute Abend, wenn ich im Bett liege, okay?«

»Okay.« Astrid drückte ihre Tochter an sich. »Ich hab dich lieb, mein Spatz.«

»Ich dich auch. Und gib Paps einen Kuss von mir.«

Pius hatte Astrids und Opas Gepäck verladen und schaute ungeduldig zu ihnen rüber.

»Komm, Johann, verabschiede dich von Lucie. Pius und Kristina wollen los.«

»Tschüssi, mein Herzchen, und pass auf dich auf, ja?«

»Und du auch auf dich, Opa.«

Johann zog den Reißverschluss seiner Windjacke auf, griff in die Innentasche und steckte Lucie ein paar Scheine zu. Allerdings tat er das so diskret, dass Astrid nicht sehen konnte, um welche Summe es sich genau handelte. Aber gut, sein Sparbuch-Geld musste ja unter die Leute.

»Opa, das ist zu viel«, wehrte Lucie bescheiden ab.

»Nein, Kröte, das ist goldrichtig. Und wie ich mein Glück kenne, würden mich sowieso nur irgendwelche Ganoven am Flughafen beklauen.

Die beiden drückten und herzten sich ein letztes Mal, dann konnte es endlich losgehen. Als Pius den Motor startete, ließ Astrid rasch das Seitenfenster runterfahren. Lucie stand so verloren in der Parkanlage – hinter ihr ragte der Palazzo in seiner wuchtigen Pracht in den Himmel empor –, dass ihr ganz weh ums Herz wurde. »Willst du nicht wenigstens bis Frascati mitfahren?«, rief sie.

»Ist doch schon voll, der Wagen. Ich nehm den Shuttle. Echt, kein Problem.«

Aber Astrid öffnete die Wagentür. »Komm, Spatz, steig schon ein.«

Und dann genoss sie es, ihre Kleine noch ein paar Minuten an ihrer Seite zu haben.

28

Johann tat das Herz weh.

Adieu, Italien! Adieu, Waldi! Adieu, Sirene!

Er unterdrückte einen Seufzer. Ja, er musste Abschied nehmen, jeden Tag ein kleines bisschen mehr. Und dass er die Dame vom Flughafen nicht aufgespürt hatte, war besonders schmerzlich.

»Praline?« Er hielt Astrid die Tüte mit den Süßigkeiten unter die Nase. Für Wochen und Monate würden sie noch genug zu naschen haben. Auch wenn er Kristina bereits ein paar besonders edle Exemplare geschenkt hatte.

»Nicht jetzt, Johann.«

Sie standen in der Schlange zur Abfertigung an. Menschen bis zum Horizont, Kofferberge, kaum Sauerstoff.

»Setz dich besser mal hin.« Astrid wedelte mit der Hand. »Es reicht doch schon, wenn ich mir hier die Beine in den Bauch stehe.«

»Aye, aye, Käpt'n.« Johann schlug die Hacken zusammen und zwitscherte ab, die Tüte unter den Arm geklemmt.

»Dein Ausweis, Johann! Ich brauch deinen Ausweis.«

Husch zurück. Er händigte seiner Schwiegertochter das

kleine Kärtchen aus und war froh, als er ein paar Sekunden später die Beine von sich strecken und verschnaufen konnte. Hach, tat das gut. Das Herumstehen in der stickigen Halle zwischen all den Menschen war schon eine Tortur. Er schloss die Augen. Einfach kurz ausruhen. Waldi, der ja nun Cèsare hieß, sprang vor seinem geistigen Auge fröhlich durch die Parkanlage. Im nächsten Moment war er mit der feschen Kristina am Strand, die Sonne wärmte ihm die Schultern, und eine Frau, die wie seine Sirene aussah, stieg in einem geblümten Badeanzug und mit Badehaube aus den Fluten …

»Johann?«

Er schlug die Augen auf. Seine Schwiegertochter stand vor ihm und wedelte mit den Boardingpässen. »Wir können reingehen.«

Johann fühlte sich erfrischt, als er aufstand – der Sekundenschlaf hatte Wunder bewirkt –, aber die Leute von der Sicherheitskontrolle ließen seine Laune gleich wieder in den Keller sinken.

»Astrid-Schatz, ich zieh jetzt aber nicht meine Käsemauken aus«, erklärte er, als er sah, dass sich die Passagiere vor ihm reihenweise die Schuhe von den Füßen streiften.

»Ich fürchte, du wirst nicht drum herumkommen.«

»Aber bei uns in Berlin …«

»Wir sind aber nicht in Berlin«, überging sie seinen Einwand. »Außerdem ist das doch jetzt auch egal.«

»Eben nicht! Dann sehen die, dass ich ein Loch im Strumpf habe.«

Astrid brach in Gelächter aus.

»Und was ist daran jetzt so lustig?«

»Wenn ich dich erinnern darf, Johann: Alle deine Socken haben Löcher. Dein Problem, dass du sie nicht wegwirfst.«

»Ja, ja, ab damit in den Ascheimer. So einfach macht ihr euch das heutzutage.«

»Ich weiß.« Sie kicherte immer noch wie ein Schulmädchen. »Da haben die Heinzelmännchen mal wieder nicht das Stopfgarn gefunden, stimmt's?«

»Hilde hat ihr Leben lang Socken gestopft. Und sie hätte diese Wegwerfgesellschaft von heute ganz sicher nicht gutgeheißen.«

So entwürdigend die Prozedur auch war, Johann überstand sie heldenhaft, und das Loch war am Ende auch gar nicht so dramatisch wie befürchtet. Als er den Gürtel wieder in die Schlaufen seiner Sommerhose einfädelte, sagte Astrid: »Johann, ich hab mir übrigens was überlegt.«

»Guten Tag!« Die Stimme kam wie aus dem Nichts, und er fuhr herum.

Da stand sie vor ihm. Die Frau, nach der er überall gesucht hatte. Seine Sirene.

Er starrte sie an. Sein Herz wummerte, und sein Mund wurde trocken. Ob er etwa halluzinierte? Sie lächelte wie einstudiert, wobei eine Spur Lippenstift am oberen Eckzahn sichtbar wurde. »Erkennen Sie mich nicht wieder? Wir haben uns doch ... Wissen Sie denn nicht mehr ...?«

Sie wedelte mit der Hand vor seinem Gesicht, und er hörte Astrid wie aus weiter Ferne sagen: »Johann, die Dame hat dich etwas gefragt.«

Johann nahm Haltung an und erklärte mit einer ihm fremden, nahezu brüchigen Stimme: »Doch ... ich ... Ich hab Sie gesucht und gesehen und …« Er brach ab. Herrje, was stotterte er sich da bloß zusammen, das ging ja wohl auf keine Kuhhaut!

Die pure Sensationslust stand Astrid ins Gesicht geschrieben, als sie fragte: »Ach, Sie kennen sich?«

»Ja, ja!« Das war wieder seine Sirene. »Wir sind uns schon auf dem Hinflug begegnet.« Endlich lächelten auch ihre Augen, als sie weitersprach: »Da hatte er aber noch ein junges Mädchen dabei.«

»Ja, meine Enkelin.« Johann machte eine, wie er hoffte, galante Geste. »Darf ich vorstellen: meine Schwiegertochter.«

Die Dame nickte Astrid knapp zu, dann wandte sie sich wieder ihm zu. »Wie schön, dass wir wieder zusammen zurückfliegen, aber eins müssen Sie mir erklären. Wie haben Sie das eben gemeint?« Ihre Stirn kräuselte sich. »Sie haben mich gesucht und gesehen.«

»Gerne doch.« Er hielt ihr die Plastiktüte hin. »Das ist übrigens für Sie.«

Entgeistert wich sie einen Schritt zurück und kniff die Augen zusammen. »Das glaube ich jetzt nicht. Sie haben in dem kleinen Süßigkeitenladen in San Felice Circeo eingekauft?«

»Ganz genau«, sagte Johann mit nunmehr glasklarer Stimme. Es mochte ein paar Minütchen gedauert haben, aber er hatte sich wieder halbwegs im Griff.

Die Dame blickte ihn immer noch wie eine Erscheinung an. »Ich versteh nicht … Sie wollten doch nach Rom.«

Johann nickte, und da sich sein Herzschlag wieder beruhigt hatte, schlug er vor, dass sie sich kurz setzen sollten. Der Moment war gekommen, und er wollte die leise Turte-

lei, wenn man denn überhaupt davon sprechen konnte,
nicht gleich wieder zunichtemachen.

*

Astrid staunte nicht schlecht, als Johann mit der wohlge-
merkt attraktiven älteren Dame davonging. Kaum ließ sie
ihn mal einen Tag allein, geschahen die wundersamsten
Dinge.

Sie zog ihr Handy aus der Tasche und rief Lucie an.

»Spatz, wo steckst du?«

»Mit Matteo in Rom«, sagte ihre Tochter am anderen
Ende der Leitung. Im Hintergrund war lauter Verkehrslärm
zu hören.

»Hast du mal einen Moment Zeit?«

»Ist was mit Opa?«

Kann man so sagen, dachte Astrid und verkündete: »Wir
sind am Flughafen, und stell dir vor, Opa ist ziemlich durch
den Wind. Er hat sich gerade mit einer älteren Frau in die
Wartezone gesetzt.«

»Nee, echt jetzt?« Lucies Stimme klang wie ein Fanfarenstoß. »Hat er sie also doch wiedergefunden? Hammer!«

»Ist ja schön, dass du so begeistert bist, aber wieso weiß
ich hier eigentlich von nichts? Und warum weiht mich keiner ein?«

»Weihst du mich immer in alles ein?«

Astrid schwieg. Natürlich tat sie das nicht. Aber sie waren doch eine Familie! Und wenn es um Opa ging, wollte
sie schon gern Bescheid wissen.

Lucie begann zu erzählen. Wie Opa Johann die Dame

auf dem Hinflug am Abfluggate kennengelernt hatte, dass er aber nicht den Mumm gehabt habe, sich mit ihr zu verabreden, und deswegen auf die Suche nach ihr gegangen sei. In Rom habe er sie zufällig in der U-Bahn gesehen, er sei ihr gefolgt, und nur deswegen sei es zu diesem ganzen Rattenschwanz – Schwarzfahren, Diebstahl, Polizeistation – gekommen. »Jetzt reg dich bitte nicht auf, Mami«, beschloss Lucie ihren Bericht.

»Ich rege mich ja gar nicht auf. Ich finde es nur traurig, dass keiner von euch mal einen Ton gesagt hat. Bin ich denn so ein Monster von Mutter?«

Astrid hörte ihre Tochter glucksen. »Mami, du bist echt süß, wenn du dich aufregst.«

»Wie kann man jemanden in der Fremde suchen, dessen Namen man nicht mal kennt?«, überging Astrid das etwas schräge Kompliment. »Italien hat ja wohl mehr als bloß zwei, drei Einwohner.«

»Opa wusste, dass die Schwester der Frau in San Felice Circeo lebt und mit einem Hotelbesitzer verheiratet ist.«

Astrid empfand ihr eigenes Schnaufen als unerträglich laut. »Da habt ihr mich aber ganz schön an der Nase herumgeführt. Wusste Kristina etwa auch Bescheid?«

Lucie ließ die Frage unbeantwortet und sagte: »Mami, jetzt mach nicht so eine Welle. Du warst doch vollauf mit deiner Vespa beschäftigt.«

»Ja, du hast recht«, knickte Astrid seufzend ein. Alles gut. Augenscheinlich traf es bloß ihr Ego, dass man sie nicht informiert hatte. Was schon ein bisschen kindisch von ihr war. »Gut, Lucie, machen wir Schluss. Du simst mir nachher wie versprochen, okay?«

»Geht klar. Und sag Opi, dass ich mich für ihn freue. Riesig sogar! Kussibussi. Guten Flug!«

Sie legten auf.

Astrid wollte ihren Schwiegervater nicht stören und trieb sich länger, als ihr eigentlich lieb war, im Duty-free-Shop herum. Ein paar Male schlich sie in sicherer Entfernung am Abfluggate vorbei und beobachtete die beiden. Sie schienen sich nicht zu langweilen, ganz im Gegenteil. Opa Johann saß kerzengerade da, seine Hände tanzten durch die Luft, und ab und zu schallte das Gelächter der Frau zu Astrid herüber.

Erst wenige Minuten vor dem Boarding trat sie zögerlich zu ihnen heran.

»Setz dich doch, Astrid-Schatz.« Johann strahlte übers ganze Gesicht. »Frau Becker hat gerade gemeint, dass ich eine wirklich fabelhafte Schwiegertochter habe.«

Worauf sich dieses *fabelhaft* bezog, erläuterte er nicht, und auch sie zeigte bloß ihre akkuraten Zähne. Die dritten? Oder hatte die Natur es tatsächlich so gut mit ihr gemeint? Sie klickte ihre Queen-Mom-Handtasche auf, nahm einen Miniaturnotizblock raus und schrieb eine Nummer auf.

»Herr Conrady, das ist meine Festnetznummer.« Sie riss den Zettel ab und drückte ihm diesen schmunzelnd in die Hand. »Nicht dass Sie noch auf die Idee kommen, mich in Berlin zu suchen. Ich fürchte nämlich, das ist ein schier aussichtsloses Unterfangen. Und ja, ich gehe gerne einen Tee mit Ihnen trinken.« Sie stand auf – wie jede ihrer Bewegungen war auch diese elegant – und hielt die Tüte hoch. »Danke für die Süßigkeiten. Ich werde jede einzelne Praline genießen und mich an unsere schöne Begegnung zurückerinnern.«

332

Johann stotterte eine ungelenke Verabschiedung, es sah sogar aus, als würde er eine Spur rot werden, und als die Frau davontrippelte, wehte Astrid ein ihr vertrauter Duft an.

»Na, Johann, alles klar?« Sie setzte sich auf den Platz, auf dem eben noch die Frau gesessen hatte.

»Alles klar.«

Als habe ihn die vergangene halbe Stunde unendlich viel Kraft gekostet, sackte er nun in sich zusammen.

»Sie trägt aber ein wirklich schönes Parfüm«, konnte Astrid sich nicht verkneifen zu bemerken.

»Mhm.« Johanns Kopf wackelte auf und ab.

»Jetzt mal ehrlich. Hast du es zuerst bei ihr gerochen und es dann für mich ausgesucht, weil …«

»Ja, genau deswegen«, fiel er ihr ins Wort. »Wenn du das Wässerchen jetzt nicht mehr magst, kann du es ja wegwerfen. Oder mir geben.«

»Das hättest du wohl gerne. Ich mag es. Sehr sogar. Es ist geradezu perfekt. Auch wenn es jetzt noch jemanden in Berlin gibt, der danach riecht.« Sie knuffte ihren Schwiegervater. »Möchtest du im Flugzeug vielleicht neben ihr sitzen? Ich hab kein Problem damit, die Plätze zu tauschen.«

Johann schüttelte nur knapp den Kopf, und Astrid verstand. Womöglich war er viel zu aufgewühlt, um in eine zweite Gesprächsrunde zu gehen. Er brauchte Zeit, um alles zu verdauen.

»Willst du gar nicht wissen, wer sie ist?«, fragte er, als er kurz darauf leise ächzend aufstand.

»Nein, interessiert mich nicht.« Astrid tat gelangweilt.

»Wirklich nicht?«

»Komm schon, Johann.« Sie hakte ihren Schwiegervater

unter. »Ich hab natürlich längst Lucie angerufen. Sie hat mir alles erzählt.«

»Oh.«

»Ja, oh! Ich war ehrlich gesagt ziemlich sauer, dass ihr mir nichts gesagt habt.«

»Astrid-Schatz.« Johann stammelte ein paar Worte der Entschuldigung, aber es war auch egal, was er sagte. Denn es war sein Leben. Und sie musste langsam begreifen, dass die Familienmitglieder nicht ständig wie Satelliten um das Mutterschiff Astrid kreisten. Zumal es doch genau das war, was sie eigentlich wollte.

»Du wirst es nicht glauben«, schnarrte er, als sie einige Augenblicke später – die Menschenkarawane hatte sich doch zügig durch die Sperre bewegt – auf ihren Plätzen in der vierten Reihe saßen.

»Was denn, Johann?« Astrid war noch damit beschäftigt, ein paar Dinge in der Lasche des Rücksitzes vor ihr zu verstauen. Taschentücher, einen Krimi, die Zeitschrift und die Flasche Wasser, die sie am Flughafen gekauft hatte.

»Lucie hat dir doch bestimmt auch erzählt, dass ich Frau Becker überall in dem Badeort gesucht habe.«

»Ja, hat sie.«

»Ich bin in alle möglichen Hotels spaziert und habe nach einer deutschen Dame gefragt.« Er schloss den Gurt mit einem Klick. »Jedenfalls gehört ihrem Schwager … jetzt halt dich fest … dem gehört das Hotel, in dem wir gewohnt haben.« Er sah Astrid aus wässrig-blauen Augen an. »Kannst du dir das vorstellen? Ich lauf mir die Hacken blutig und weiß der Himmel was, und sie … sie war die ganze Zeit in meiner Nähe!«

334

Astrid wusste nicht, ob sie belustigt sein oder Mitleid mit Johann empfinden sollte. Denkwürdig war die Anekdote allemal.

»Ende gut, alles gut«, sagte sie und prüfte, ob ihr Schwiegervater sich auch richtig angeschnallt hatte. »Freut mich, dass ihr in Berlin mal eine Tasse Tee trinken gehen wollt.«

»Das hat sie vorgeschlagen! Nicht dass du glaubst, ich hätte mich ihr aufgedrängt.«

Quietschende Geräusche waren zu hören, dann rollte das Flugzeug rückwärts aus der Parkposition. Obgleich dies üblicherweise der Moment war, in dem Johann seinen Panikblick bekam und sich an den Armstützen festkrallte, saß er jetzt vollkommen entspannt da und lächelte zum Fenster hinaus. Kaum waren sie in der Luft und die Anschnallzeichen ausgeschaltet, schnarrte er: »Astrid-Schatz, du wolltest mir doch vorhin was sagen. Also bevor *sie* aufgekreuzt ist.«

Astrid tat, als wüsste sie nicht, was er meinte. Vielleicht war die Sache mit dem Hund doch bloß eine Schnapsidee gewesen. Denn würde Opa Johann tatsächlich in der Lage sein, sich Tag für Tag um einen Hund zu kümmern? Oder blieb ganze Arbeit am Ende doch wieder nur an ihr hängen?

»Du hast gemeint, du hättest dir was überlegt.« Auffordernd stupste er sie mit dem Zeigefinger in den Oberarm.

In dem Bedürfnis, einfach ein guter Mensch sein zu wollen, fasste sich Astrid ein Herz und sagte: »Johann, ich hab gedacht … Vielleicht würde es dir ja gefallen, wenn wir mal ins Tierheim fahren und nach einem kleinen Hund Ausschau halten. Also vorausgesetzt, du hättest gerne einen.«

Er blickte sie an, die Augen ohne Wimpernschlag. Dann

sagte er mit belegter Stimme: »Oh, Astrid, das würdest du wirklich für mich tun?

»Aber sicher. Sonst hätte ich es kaum vorgeschlagen.«

Astrid hörte es klappern, und der Servier-Trolley kam auf der Höhe ihrer Sitzreihe zum Stehen. Sie bestellte einen Orangensaft.

»Was darf ich Ihnen Schönes ausschenken?«, wandte sich die Stewardess an Johann.

»Danke, nichts. Mir ist ein bisschen blümerant.«

»Kein Wunder«, sagte Astrid, als die Stewardess die Fluggäste auf der anderen Seite des Ganges bediente. »Die ganze Aufregung heute. Dann ruh dich jetzt mal schön aus.«

»Ein süßer Waldi«, murmelte Johann und schloss die Augen. Doch schon kurz darauf riss er sie wieder auf und erzählte aufgeregt, dass Frau Becker sich ganz bestimmt außerordentlich freuen würde, wenn er sie mit einem kleinen oder auch größeren Hund besuchen würde. »Dann könnten wir im Tierpark spazieren gehen. Und danach in die Konditorei Buchwald einkehren. Dort gibt es doch diesen köstlichen Baumkuchen.«

»Ja, ich weiß, Johann. Aber jetzt fliegen wir erst mal nach Hause. Und morgen sehen wir weiter.«

Ihr Schwiegervater nickte, lehnte den Kopf gegen sein Handgelenkstäschchen, und Astrid kam endlich dazu, ihre italienische Modezeitschrift aufzuschlagen. Sie hatte sie in der Absicht gekauft, ein paar Texte zu lesen und bestenfalls auch zu verstehen.

Der Flug verlief ruhig. Unter ihnen glitzerten die schneebedeckten Gipfel der Alpen, später zogen Wolken auf, die sich nach und nach zu einem flauschigen Teppich verdichteten. Johann schlief die ganze Zeit über. Erst als das Flugzeug zum Landeanflug ansetzte und durch ein paar Wolken holperte, fuhr er hoch.

»Astrid-Schatz?« Er blickte sie aus schreckgeweiteten Augen an.

»Ja?«

Sein Mund klappte auf, doch es kam nichts als ein leises Pfeifen.

Erschrocken stopfte Astrid die Zeitschrift in die Ablage vor sich. Ihr Schwiegervater war kalkweiß, und Schweißperlen standen ihm auf der Stirn. »Johann, ist dir nicht gut?«

»Ich … ich weiß nicht …«

Sein Atem ging keuchend, dann verzerrte sich sein Gesicht, und er griff sich an die Brust.

Herzinfarkt.

Astrid konnte bloß dieses eine Wort denken, und als Johanns Augen zufielen und sein Kopf seitlich wegkippte, drückte sie den Knopf über dem Vordersitz.

Die Stewardess kam, sich an den Gepäckfächern abstützend, herbeigeeilt. »Was ist? Wir befinden uns mitten im Landeanflug.« Ihr Gesicht wurde schockstarr, als sie Johann wie tot in seinem Sitz hängen sah.

»Cabin Crew, prepare for landing!«, ertönte eine Stimme.

»Machen Sie seinen Hemdkragen auf!«, wies sie Astrid an. »Wir sind gleich unten. Ein Notarztwagen wird dann schon zur Stelle sein.«

Die Stewardess wankte in der sich von links nach rechts

neigenden Maschine wieder nach vorne, und dann begannen die schlimmsten fünf Minuten in Astrids Leben. Ihre Hände waren eiskalt, als sie sich zitternd über ihren Schwiegervater beugte und die obersten Knöpfe seines Hemds öffnete.

»Johann, hörst du mich? Johann?«

Er antwortete nicht, lag da wie tot. Vielleicht war er ja auch tot, und weil Astrid das nicht akzeptieren wollte, redete sie auf ihn ein. Ohne Unterlass. Es war ein vielleicht hilfloser Versuch, sich der eigenen Angst zu widersetzen, aber was sollte sie auch sonst tun? Sie konnte nicht bloß aus dem Fenster schauen, wo nichts als Berliner Wolkensuppe zu sehen war.

Sie flehte Johann an, er solle nicht gehen. Weil das unfair sei, sich einfach so davonzustehlen. Und ob er das Thomas und Lucie wirklich antun wolle. Und Frau Becker. Und dem Hündchen, das er ja noch nicht hatte. Und dass sie gerne wollte, dass er beim Frühstück schmatzte, er sollte auch Gummibärchen naschen, so viel er wollte, und sie bei der Arbeit stören, wenn er nur endlich wieder die Augen aufschlug. Sie nahm sein Handgelenk und tastete den Puls. Doch alles, was sie spürte, war das Hämmern ihres eigenen Herzens.

Endlich. Das Flugzeug setzte auf, und während es sich der Landebahn entgegenstemmte, spülte die Angst sie in ein tiefes schwarzes Loch.

29

Sie saßen Schulter an Schulter im fahlen Licht der Krankenhausbeleuchtung. Die Minuten verstrichen, bald war eine Stunde vergangen, doch kein Arzt ließ sich blicken. Astrid schlug das linke Bein über das rechte, das rechte über das linke, sie suchte Thomas' Blick, schaute gleich wieder weg, weil sie die Verzweiflung in seinen Augen nicht ertrug. Ihre Oberschenkel zuckten, aber sie widerstand der Versuchung, aufzuspringen und durch die elektrische Schwingtür zu stürmen, um nach ihrem Schwiegervater zu sehen. Die Ärzte mussten doch schon irgendetwas wissen! Lebte er noch? War er tot? Oder schwebte er zwischen den Welten?

Thomas umschloss ihre Hand, was sie, wenn auch nur für den Bruchteil einer Sekunde, tröstete. Alles würde gut werden. Bereits im nächsten Moment sah sie sich mit Thomas in derselben Position in der Trauerhalle sitzen, und allein die Vorstellung durchfuhr sie wie ein körperlicher Schmerz. Sie hatte sich das so anders vorgestellt. Sie, Thomas und Opa auf der Rückfahrt im Auto. Sie hätten Spaß gehabt und wild durcheinander von Italien erzählt. Ernstes, Skurriles, und bei der Episode mit Opa, mit der verschwundenen Frau Becker und der prall gefüllten Pralinentüte hätten sie Tränen gelacht.

Doch jetzt war ihr nicht zum Reden zumute. Nicht mal zum Weinen. Weil sie sich innerlich wie gelähmt fühlte, die Zunge pelzig, der Magen flau.

Das Handy surrte in ihrer Jackentasche. Es war Lucie.

»Was ist mit Opa?« Sie schrie in den Hörer.

Astrid hatte sie per SMS informiert, dass er im Krankenhaus lag.

»Wir wissen es noch nicht. Aber mach dir keine Sorgen, Spatz.«

»Mami, du klingst aber, als sollte ich mich ziemliche Sorgen machen. Sag mir jetzt sofort, was los ist!«

»Lucie …«

»Gibt mir mal Paps.«

Astrid krallte sich am Hörer fest, als könnte ihr auch noch ihre Tochter abhandenkommen. »Wir wissen es nicht«, sagte sie, bemüht, sich ihre wachsende Verzweiflung nicht anmerken zu lassen. »Wir müssen uns nur darauf einstellen, dass er möglicherweise … also dass er einen Herzinfarkt hatte.«

»Ist er tot?« Lucie klang mit einem Mal ganz ruhig.

»Ich kann dir wirklich nicht mehr sagen. Die Ärzte sind noch bei ihm drin. Wir melden uns bei dir, sobald es etwas Neues gibt.«

»Okay, ich pack meine Sachen und fahr zum Flughafen.«

»Das ist doch Unsinn, Lucie, das tust du nicht.«

»Behandle mich nicht immer wie ein kleines Kind, ja?«

Peng – sie hatte aufgelegt, und Astrid starrte ihr Handy an. »Lucie will kommen.«

Thomas nickte ihr zu. »Wenn sie das möchte, soll sie es tun. Der Sprachkurs kann doch auch warten.«

Nein!, schrie Astrid lautlos. Wenn Lucie kommt, ist es ernst. Und sie wollte nicht, dass es so ernst war, wie es den Anschein hatte. Ihr empfindlicher Magen krampfte sich zusammen. Ihr war schlecht, und Wackersteine lasteten auf ihrer Brust.

»Soll ich dir einen Kaffee holen?«

»Tee. Pfefferminz.«

Thomas stand auf und war kaum zwei Meter gegangen, als sich die Doppeltür schnarrend öffnete und ein Arzt heraustrat.

*

Vier Tage waren vergangen, und auch wenn Johann noch nicht wie das blühende Leben aussah, hatte er doch schon wieder etwas mehr Farbe im Gesicht. Es grenzte an ein Wunder, dass er noch am Leben war. Zwei Stents hatten ihm die Herzchirurgen eingesetzt, eine weitere OP würde folgen, und Astrid spürte grenzenlose Erleichterung. Und Dankbarkeit. Opa Johann würde weiterhin am Frühstückstisch schmatzen, er würde in ihr Arbeitszimmer platzen und nerven, seine löcherigen Socken würden herumfliegen – und das war gut so.

Lucie war gleich am nächsten Morgen mit dem ersten Flieger angereist. Ihr Opa war ihr Opa; sie hätte es sich nie verziehen, wenn die Sache nicht gut ausgegangen wäre und sie ihn nicht mehr zu Gesicht bekommen hätte. Sie schlug vor, schon jetzt einen Hund anzuschaffen, um Opa Johann damit im Krankenhaus zu überraschen, doch Astrid hielt dagegen, dass das noch Zeit habe. Alles, was ihn aufregte, egal, ob in positiver oder negativer Weise, war im Moment kontraproduktiv. Außerdem sollte sich Opa das Tier schon selbst aussuchen dürfen.

Am Tag darauf zwitscherte Lucie verdächtig früh Richtung Krankenhaus ab.

»Hoffentlich kauft sie nicht übereilt einen Hund«, sagte Astrid, aber Thomas redete ihr ihre Bedenken aus. So unvernünftig würde sie schon nicht sein. Zumal sie ihn ja gar nicht mit ins Krankenhaus nehmen dürfe.

»Da kennst du deine Tochter schlecht. Glaubst du allen Ernstes, sie lässt sich von so was abhalten?«

Astrid hörte schon im Geist einen Hund bellen, als sie am Nachmittag die Klinke zu Opas Krankenzimmer runterdrückte, doch dann drang bloß Gelächter an ihr Ohr. Weibliches Gelächter. Und ein Frauenbein in cremefarbenen Perlonstrümpfen schob sich in ihr Blickfeld. Einen Sekundenbruchteil später erfasste sie die Szene. Lucie saß auf der einen Seite des Krankenbetts, Frau Becker auf einem Stuhl auf der anderen Seite. Opa Johann thronte wie ein König zwischen den beiden und bot ihnen abwechselnd Gummibärchen an. Astrid setzte einen Fuß ins Zimmer, in dem es wider Erwarten nicht die Spur nach Krankheit roch. Die beiden anderen Patientenbetten waren leer, und der Duft ihres neuen Parfüms, vermischt mit einem Hauch Kölnischwasser, wehte sie an.

»Ihr Herzchen, kommt doch rein!«, rief Opa Johann ungewöhnlich munter.

»Wenn's dir jetzt zu viel wird, können wir auch später noch mal wiederkommen«, sagte Thomas taktvollerweise, doch Frau Becker entknotete bereits ihre Beine, stand auf und strich ihren Rock glatt.

»Ich wollte sowieso gerade gehen.« Sie erzählte etwas von einem Handwerker und dass der Bus ja auch nur alle zwanzig Minuten führe, dann verabschiedete sie sich sehr höflich, sehr formvollendet von Opa Johann.

»Wie geht es dir?«, wollte Thomas wissen, als sie kurz darauf unter sich waren. Er schien – das bekam Astrid oft nachts mit, wenn er sich schlaflos im Bett herumwälzte – dem Frieden noch nicht ganz zu trauen.

»So weit blendend. Wenn ich nur nicht noch mal in diesen schrecklichen Operationssaal müsste! Ihr könnt euch nicht vorstellen, wie kalkig die Ärzte in dem Neonlicht aussehen. Als würden sie selbst gleich umkippen.«

»Das tun sie schon nicht, keine Sorge.« Astrid ließ sich auf den Stuhl sinken, auf dem eben noch Frau Becker gesessen hatte. »Soso, du hattest also Damenbesuch«, fuhr sie fort, indem sie in Lucies Richtung lächelte.

»Du brauchst gar nicht so blöd zu grinsen«, entgegnete diese.

»Ich dachte ja nur, dass du vielleicht irgendwas damit zu tun hast.«

»Hab ich auch. Opi weiß Bescheid.«

Johann schüttete sich eine Handvoll Gummibärchen in den Mund und sagte kauend: »Lucie hat sie angerufen und unter vorgehaltener Pistole gezwungen herzukommen.«

»Sehr witzig.« Lucie schnappte sich die Tüte und langte hinein. »Frau Becker war total froh, dass ich sie informiert habe. Sie wusste ja gar nicht, was nun mit Opa ist. Nach dem ganzen Drama am Flughafen.«

Johann blinzelte seine Enkelin dankbar an, dann wollte er wissen, wann sie zurück nach Italien flöge.

»Weiß noch nicht.«

»Aber du fliegst doch auf jeden Fall?«

Lucies Schultern zuckten auf und ab.

»Kröte, du fliegst. Es geht um dein Leben.«

»Kann sein. Aber hier geht es um deins.«

»Komm mal her, mein Herzchen.« Er klopfte neben sich auf die Matratze, und Lucie rückte ein Stück näher. »Wenn du nicht fliegst, gibst du mir ein bisschen das Gefühl, als wäre ich schon halb tot. Verstehst du das?«

Lucie nickte.

»Also was tust du?«

»Fliegen.«

»Braves Mädchen.« Er streckte seine Arme nach ihr aus, und sie schmiegte sich für einen Moment an ihn. »Versprich mir, dass du dir gleich, wenn du zu Hause bist, einen Flug raussuchst. Und du, Thomas, bringst mir beim nächsten Mal bitte mein Sparbuch mit.«

»Opi …«

»Papperlapapp. Mein Sparbuch wird aufgelöst, und fertig ist der Lack.«

Lucie bedankte sich zwischen Lachen und Weinen bei ihrem Großvater.

»Du hörst jetzt sofort auf zu heulen, Kröte, sonst setzt es was. Das mache ich sowieso nur aus eigennützigen Motiven. Wenn du in drei Wochen wieder zurück bist, will ich mit dir in die Pizzeria gehen, und wehe, du blamierst mich und machst einen Italienischfehler nach dem anderen.«

Lucie versprach, sich richtig ins Zeug zu legen, und als

sie und Thomas kurz rausgingen, um die Örtlichkeiten aufzusuchen, wurde Johanns Gesicht ernst. Er knisterte mit der Tüte. Suchte Astrids Blick. Schaute wieder weg.

»Was ist, Johann?«

»Nichts«, brummte er. »Wollte nur mal danke sagen.«

»Wofür?«

»Dafür, dass ich noch am Leben bin.«

»Aber«, Astrid fühlte sich plötzlich in einem Kokon beklemmender Gefühle gefangen, »was hab ich damit zu tun?«

Opa Johann blies beide Backen auf und ließ die Luft zischend entweichen. »Es war irgendwie schön, zu sterben«, erklärte er fast tonlos. »Also ich meine, nicht sterben im Sinne von bald tot sein, aber ich hatte keine Schmerzen mehr, und irgendwie tat es auch gut … loszulassen.« Sein Blick schweifte an die Decke. »Es war ein bisschen, als wäre ich eine Pusteblume, die der Wind immer weiter davonträgt, aber dann … dann war da plötzlich deine Stimme.«

»Du hast mich gehört?«, fragte Astrid unsinnigerweise.

»Ja, und du hast so schöne Dinge gesagt. Dass ich nicht gehen soll und dass ich euch das nicht antun darf, und da hab ich gedacht, reiß dich am Riemen, Johann, vielleicht drehst du eben doch noch eine hübsche kleine Ehrenrunde auf der Erde.«

Astrid traten Tränen in die Augen, und sie starrte krampfhaft auf die Wildrosen, die Frau Becker mitgebracht haben musste. Rosa mit einem Hauch Pink.

»He, he, jetzt flenn du nicht auch noch. So ein Geheule kann ich hier am Krankenbett überhaupt nicht gebrauchen.«

»Ich hätte ja nicht gedacht, dass du das alles mitbekommst.«

»Oh doch!« Er knipste ein Grinsen an, als er sich ein paar Zentimeter aufrichtete. »Es war ganz merkwürdig. Ein bisschen wie in einem Film. Wir beiden waren die Hauptdarsteller, nur den Kameramann, den hab ich nirgends gesehen.«

»Nein?«

»Nee, nee! Dafür hatte der Tonmann den Ton aber umso besser eingestellt.« Seine kühle trockene Hand kam angekrochen. »Sag mal … mir war so, als hättest du auch gesagt, dass ich dich jederzeit in deinem Büro überfallen darf. Oder hab ich das etwa nur halluziniert?«

»Halluziniert.«

»Du lügst.«

»Einigen wir uns darauf, dass du ab und zu klopfen darfst, okay? Aber nur, wenn es was wirklich Wichtiges gibt.«

»Was denkst du bloß von mir? Ich weiß mich ja wohl zu benehmen.« Er sank in die Kissen, und dann kehrten auch schon Thomas und Lucie zurück.

»Hier! Hab ich dir aus dem Kiosk mitgebracht.« Thomas schleuderte eine Zeitschrift auf die Bettdecke.

»Oh, wie schön, danke.« Johann fischte seine Lesebrille vom Beistelltisch und las mit schnarrender Stimme: »Insidertipps Sizilien.« Er schielte Thomas über den Rand der Brille hinweg an. »Aha?«

»Ich dachte nur … Vielleicht würde dich das interessieren.«

Johann zog die Stirn kraus. »Also ich weiß ja nicht. Frau

Becker fährt doch immer nur nach … herrje, wie heißt der Ort noch mal?«

»San Felice Circeo«, kam Lucie ihm zu Hilfe, während Astrid in schallendes Gelächter ausbrach.

»Ich denk mal, *so* hat Thomas das nun auch wieder nicht gemeint, oder?«

Doch ihr Mann ließ die Frage unbeantwortet. Erst als sie später das Krankenhaus verließen – Lucie ging ein Stück voraus –, griff er den Faden wieder auf und sagte gedämpft: »Was Opa mit seiner Frau Becker kann, können wir doch schon lange, oder?«

»Wie meinst du das?«

Er lächelte sein spöttisches Nicht-halb-nicht-ganz-Lächeln. »Ich hab mir sagen lassen, dass manche Ehepaare ab und zu sogar zusammen verreisen. Warum nicht nach Sizilien? Von mir aus auch nach Rom. Oder in dieses hübsche Küstenörtchen. San Felice … wie heißt das noch?«

»Was tuschelt ihr denn da?«, wollte Lucie wissen.

»Nichts, was dich was angeht«, erwiderte Astrid, und beflügelt von dem Gedanken, schon bald mit Thomas nach Italien zu fahren, stieg sie ins Auto.

Danksagung

Ich danke Almuth Klumker für ihre fachliche Unterstützung bei allen medizinischen Fragen, Nina Wepler für »die gute Fee« und ihre Hilfestellung beim Thema internationale Kongresse, Christiane Heckes und Anja Beyer, die beim Plot immer ein offenes Ohr für mich hatten, Luisa Hendriks für ihren Erfahrungsbericht aus Indien, Melanie Böge, die extra meinetwegen die Kirche Santa Trinità dei Monti in Rom besichtigt hat, Bruno Hächler für den Feinschliff der schweizerischen Dialoge, Christiane Deledda für ihre Hilfe bei den italienischen Dialogen, Bettina Siggelkow für die Infos aus dem Berufsalltag einer Flugbegleiterin und ganz besonders meinem Mann Ryszard für den ersten Leseeindruck und dafür, dass in der heißen Schreibphase immer Venchi-Schokolade und Primitivo di Manduria im Haus waren.

Susanne Fülscher
Mit Opa auf der Strada del Sole

Originalausgabe
Roman. www.list-taschenbuch.de
ISBN 978-3-548-60919-5

Astrid Conrady ist alles andere als begeistert vom Geburtstagswunsch ihres 80-jährigen Vaters: Dieser möchte noch einmal nach Italien, an den Ort seiner ersten großen Liebe. Da es ihm keiner abschlagen kann, macht sich die fünfköpfige Familie im klapprigen alten Citroën auf die lange Fahrt von Berlin gen Süden. Pannen, Streits und Katastrophen reihen sich aneinander. Doch der miesepetrige Opa zeigt sich plötzlich von einer ganz neuen Seite, und auch Astrid und Thomas entdecken neu, was im alltäglichen, mühevollen Kampf des Familienlebens untergegangen war: ihre Liebe zueinander.

List Taschenbuch

Susanne Fülscher
Mit Opa am Canal Grande

Roman
ISBN 978-3-548-61109-9

Damit hat bei den Conradys keiner gerechnet: Plötzlich steht die junge Italienerin Emilia vor der Tür und behauptet, Opa Johann sei ihr Großvater. Das Entsetzen bei Mutter Astrid ist groß, aber Opa erinnert sich tatsächlich an ein amouröses Abenteuer vor über fünfzig Jahren! Also reist man sofort nach Venedig, um die neue Familie kennenzulernen. Franca, die Italienischkurse gibt, will allerdings von ihrem unbekannten Erzeuger nichts wissen. Deshalb schreibt sich Opa Johann erst mal inkognito bei ihr im Kurs ein – und die ganze Familie muss mit! *Amore mio* oder Himmel hilf, denn jetzt geht der deutsch-italienische Familientrubel erst richtig los.

www.list-taschenbuch.de

List

Tessa Hennig
LISA GEHT ZUM TEUFEL
Roman

Das Glück

kommt

selten allein

Lisa macht seit Jahren Urlaub in Marbella. Nur dieses Mal ist alles anders: Ihr Stiefsohn macht ihr das Wohnrecht in der Villa ihres Exmannes streitig. Als sie sich weigert, auszuziehen, quartiert er den obdachlosen Rafael und die ehemalige Prostituierte Delia dort ein. Stampfende Flamencoschritte mitten in der Nacht und ein Heer streunender Katzen sollen Lisa das Leben zur Hölle machen. Doch dann stellt Lisa fest, dass aus Feinden Freunde werden können. Und wer solche Freunde hat, kann es sogar mit einem Teufel von Exmann aufnehmen.

Auch als ebook erhältlich

www.list-taschenbuch.de

List